KB099688

그리움은

그 먼 바다에
두고 왔는데

그리움은 그 먼 바다에 두고 왔는데

발행일 2023년 6월 7일

지은이 김대성
펴낸이 손형국
펴낸곳 (주)북랩
편집인 선일영 편집 정두철, 배진용, 윤용민, 김부경, 김다빈
디자인 이현수, 김민하, 김영주, 안유경 제작 박기성, 황동현, 구성우, 배상진
마케팅 김회란, 박진관
출판등록 2004. 12. 1(제2012-000051호)
주소 서울특별시 금천구 가산디지털 1로 168, 우림라이온스밸리 B동 B113~114호, C동 B101호
홈페이지 www.book.co.kr
전화번호 (02)2026-5777 팩스 (02)3159-9637

ISBN 979-11-6836-938-2 03810 (종이책) 979-11-6836-939-9 05810 (전자책)

베테랑 기관장이
들려주는
바다와 선원 이야기

그리움은 그 먼 바다에 두고 왔는데

김대성 에세이

들어가는 글

젊은 날 위험하고 무모했던 시절의 이야기, 누구도 말하지 않았던 이야기를 해보았다. 늘 삶과 죽음의 경계선에 있었지만, 우리의 삶은 사회라는 원 밖의 이야기였다. 많은 일이 일어났지만, 아무 일도 일어나지 않은 듯이 사람들은 몰랐다. 그렇지만 우리도 엄연한 대한민국 국민으로 살았다. 알려지지 않았다고 모른다고 해서 바다에서의 삶이 없었던 것은 아니다. 단지 사람들은 관심을 두지 않았고, 기록하여 알리지 않았기에 모르는 것이다.

울산에는 반구대 암각화와 천전리 각석이 있다. 기록하였기에 우리는 그 시대의 가치 있는 역사를 가질 수 있었다. 마찬가지다. 바다에서 있었던 일도 기록함으로써 우리 역사 속으로 들어올 수 있다. 또한 사회에 알린다는 의미도 있다. 알림으로 바다를 보존하고 더 좋은 환경으로 만들 수 있다.

우리나라의 정책 입안자들은 바다에 대해 잘 모른다. 이웃 일본만 하더라도 정치인의 반 이상이 바다와 연관되어있다. 그러므로 우리보다 바다에 관심이 많았고 해양 강국이 될 수 있었다. 반면 우리나라는 삼면이 바다인데도 불구하고 너무 바다에 무관심하다. 알아야 진단이 되고 진단이 되어야 나아갈 바른 방향이 결정된다. 바다는 보물 창고다. 어떻게 활용하느냐에 따라 우리에게 무한한 기회를 준다. 평생 선원으로 바다에서 보냈기에 그런 사실을 사회에 알려야 한다는 일종의 사명감을 가지게 되었다.

너무도 절박했던 많은 순간, 그 현장에 내가 있었다. 그리고 이 이야기는 내가 겪은 사실적 이야기임을 밝힌다. 망설이기도 했지만, 용기를 내어 내 방식대로 표현했다. 독자는 이 세상에 있었던 수많은 이야기 중에 잠깐 스쳐 지나가는 이야기 정도일 수도 있으리라. 하지만 나는 현재를 살아가는 많은 사람에게 내가 겪은 이야기를 들려주고 싶었다. 그것은 동시대를 함께 하며 바다 위에서 유명을 달리한 고인들을 추모하는 행위이기도 하다.

이 책에는 꼬박 40년 내 바다 생활 이야기가 담겼다. 하루에도 수많은 책이 출간되어 나온다. 그런데 거의 모두가 육지에서 일어난 이야기들이다. 하지만 바다에서도 많은 일이 일어난다. 우리가 매일 먹는 생선, 그 생선을 식탁에 올리기 위해 많은 선원이 목숨을 걸고 바다에서 사투를 벌이고 있다.

우리나라와 일본 사이에 있는 대화퇴 어장에서부터 러시아 블라디보스토크까지, 때론 북한 수역 조업까지 오징어와 여러 수종의 고기를 잡는 이야기가 이 속에 들어있다. 그리고 일반인이 모르는 선원만이 아는 조업방식과 선원 생활을 담았으며, 울릉도와 독도 등에서 일어난 어업 이야기도 담았다. 이 이야기는 나만의 이야기가 아닌, 바다 선원들의 이야기이기도 하다.

이 책을 읽는 독자는 바다라는 새로운 세계를 만나게 될 것이다. 우리가 알고 있는 육지에서 바라본 바다는 낭만적이다. 하지만 바다에서 벌어지는 치열한 삶의 현장은 낭만적일 수만은 없다.

이 책을 시작으로 더 많은 바다 이야기가 독자에게 알려지기를 바라며, 더 많은 사람이 바다에 관심 가져주기를 바란다.

차례

3장 선원 생활을 시작하다

4장 북한 수역 조업과 씨가 마른 오징어

5장 삶과 죽음의 경계 해상사고

6장 바다 이야기

1장

어려웠지만 추억 가득한 시절

황해도에서 부산으로 다시 밀양으로

우리 부모님은 황해도 해주에서 6·25 때 피난을 왔다. 당시 그 지역에서는 알아주는 양반가로 부잣집이었다. 일본이 패망하고 남과 북은 38선으로 갈렸다. 남은 이승만 북은 김일성이 통치했는데, 김일성이 처음 한 일이 농지개혁이었다. 농지를 전부 몰수하여 집단 농장을 지었다. 농사일은 공동으로 했으며, 수확물의 절반은 국가가 가져가고 나머지는 식구 수대로 분배했다. 처음 공산주의는 농민에게 엄청난 환영을 받았다. 환영은 오래 가지 못했으며, 주민은 수탈에 시달려야 했다. 이것이 지금까지 이어진 집단 농장 체제이다.

우리 아버지 형제들은 지주라는 이유로 반동으로 몰려 혹독한 비판을 받았고 전쟁이 나자 남으로 피난을 결정했다. 북에서 피난을 올 때 아버지 형제인 삼촌 2명과 고모 2명이 같이 출발했으나 문산 다리를 건너는 와중에 부모님은 형제들과 생이별했다. 부모님은 자식 셋을 데리고 먼저 건넜는데 삼촌들과 고모들은 피난 보따리를 챙기느라 정신이 없었다. 그 사이 미군 폭격에 문산

다리가 끊어졌고 부모님과 형제들은 70년이 넘는 오늘까지도 이산가족이 되었다. 이 이야기는 부모님께 전해 들었고, 훗날 모 기록영화에서 미군이 문산 다리를 폭격하는 장면을 촬영한 것을 보았다.

처음 부모님은 다른 피난민과 같이 부산 깡통 시장 옆에 자리를 잡았는데 광산 김씨 양반가 체면상 장사나 하는 것은 아버지의 성격과는 맞지 않았다. 굶어 죽어도 체면이 중요했다. 그래서 아버지는 늘 이상과 현실의 경계에서 방황하며 혼자만의 공간에서 살았다. 또한, 아버지는 어디에 광산 김씨가 있다는 말만 들리면 두루마기를 걸쳐 입고 10리도 멀다 않고 바삐 길을 나섰다.

북에서 고이 자란 어머니는 세 자매의 막내였다. 젊었을 땐 연극배우도 했다는데 남쪽으로 피난 와서 경제력이 없는 아버지 탓에 엄청나게 고생했다. 우리는 2남 4녀로, 누나들과 형을 비롯한 형제들도 그런 고생을 피할 수 없었다.

처음엔 부산으로 피난을 왔지만, 장사도 체면상 할 수 없다는 아버지였기에 도시에서 벌이가 없어 밀양으로 이사했다.

낙동강변 밀양 하남 평야

아버지는 북한에서 집에 머슴까지 거느리고 살다가 남쪽에 오니 농사는 직접 지어본 경험이 없어 할 수 없었다. 결국 우리 형제가 다닌 초등학교에서 소사로 일했다. 학교 사택에서 살고 세비는 한 해에 쌀 몇 마지기로 받았다. 그 외 수입이라 해봤자 농로 물고랑을 파거나 할 때 일을 해서 전표 몇 장을 받는 것이 전부였다. 당시 농로 물고랑은 사람들이 쭉 늘어서서 곡괭이와 삽을 들고 직접 팠다. 당시 전표 한 장값이 오십 원인 걸로 기억하는데 어머니는 전표가 5장, 10장 모이면 쌀과 보리, 밀가루로 바꾸어왔다.

부모님과 나의 일부 형제는 북한이 고향이지만, 나는 엄연히 내가 자란 밀양의 낙동강변이 고향이다. 가끔 고향을 찾아가지만, 지금은 외지인일 뿐이다. 내가 다닌 초등학교는 폐교되었고 지금도 학교 일부는 그대로 남아있다. 한국 영화인 협회 모 간부가 사비를 들여 사들였다. 우리가 들락거렸던 학교 정문 이순신 동상 자리에는 '밀양 영화학교'라는 팻말이 붙어있다. 전도연, 송강호가 나오는 영화 '밀양'도 그 학교에서 촬영했다고 한다. 옛날에는 초등학교 운동장에서 노래자랑도 했다.

가을 추수가 끝나면 마을 청년이 주체가 되어 각 집 지붕을 걷어내고 새 볏단으로 이웅을 매서 덮었다. 그때는 네 집, 내 집 할 것 없이 차례대로 지붕 개량을 새 볏단으로 해주었다.

한 번씩 낙동강에 가뭄이 들어 비가 오래 오지 않으면 바지를 걷고 강 이쪽저쪽으로 왔다 갔다 했다. 강변 모래사장은 금빛으로 반짝였고 각종 물새알이 많았다. 마을 어르신들은 한해 추수가 끝나면 장구며 꽹과리를 들고 어울려 놀았는데 낙동강변은 한바탕 놀이마당이었다. 우리 마을에는 주변에서도 알아주는 밀양 하남 평야의 곡창지대로 그 어려운 때도 보릿고개가 없었다고 한다.

겨울에는 시베리아에서 따뜻한 남쪽 나라로 이동하는 흑고니가 강변에 내려앉아 배를 채우고 다시 날아갔다. 마을 청년들은 이때를 놓치지 않고 작은 물고기 입에 청산가리를 넣어 덫을 놓았다. 흑고니들이 그것을 먹으면 죽었다. 어떨 때는 무리에서 뒤처진 흑고니가 떨어지는데 그때는 마을 꼬맹이들이 다 뛰어나왔다. 우리 시절에는 낙동강 물을 물지게에 지고 길어서 먹었다.

박정희 대통령의 새마을 운동 바람이 시골에도 불어왔다. 초등학교 4학년 때쯤에는 군인이 운동장을 돌면서 노래를 부르며 행군했다. 후방에 사는 우리는 군인을 처음 보았다.

그러다 방위병 1기가 처음 생겼고 제식 훈련을 하면서, 향토예비군 노래를 부르며 운동장을 돌았다. 지휘하는 사람은 좀 엉성했다.

우리가 살았던 마을은 전주 이씨가 사는 마을이었다. 처음 마을의 모태는 조선의 어느 왕족이 정처 없이 전국을 유람하며 낙동강 굽이굽이 따라 내려오다가 강나루가 있는 것을 보고 정착했다고 한다. 당시 이 마을에는 밀양 근교 여러 읍·면 중에서도 제일 부자 마을로 넓은 들판에 끝없이 펼쳐진 밀양 평야가 있었다. 강나루에는 늘 황포돛대가 다니고 있었다. 종달새가 지저귀고 각종 물새알은 모래사장에 알을 품었다.

어릴 때 저 강 너머 누가 살까? 어떤 동네가 있을까? 늘 궁금했다. 또한, 기차가 낙동 철교를 건너가고 보이지 않으면, 우리는 기차가 굴속으로 들어가는 것으로 생각했다. 내가 상상한 것이 맞는지 알고 싶어 강 건너편을 탐사하기도 했다. 낙동강 건너편 끝에서 끝까지 탐사했는데 기차가 통과하는 굴은 없었다. 기차가 낙동 철교를 통과하면 다음 산 능선으로 돌아가는데 그때 산에 가려 보이지 않은 것을 나중에 알았다.

전주 이씨 문중 사당과 천주교 성지

우리 마을은 이씨 문중이 하나둘 자리를 잡고 몇 백 년이 지나서, 전주 이씨 씨족 사당이 커다랗게 지어졌고, 그 옆에는 천주교 성지가 들어섰다. 우리 꼬맹이들은 천주교 성지가 무엇인지 전주 이씨 사당이 무엇인지 몰랐고 그냥 우리 놀이터였다. 거의 매일 천주교 성지에서 놀았다. 그곳에는 엄청난 포구 나무가 있었는데, 정확한 나무 이름은 모르고 어릴 때 그냥 포구 나무라고 불렀다. 포구 나무는 마을 청년들이 공기총 과녁으로 이용했다. 당시 공기를 저어 조그만 쇠구슬을 넣고 쏘는데 산토끼 정도는 잡을 수 있었다. 그 나무에는 총알이 수백 발은 박혀 있을 것이다.

천주교 성지에는 전해져오는 이야기가 있다. 조선 시대에 김씨 성을 가진 소금 장수가 있었다. 그는 늘 성경을 소금 가마니에 숨긴 채 진주, 멀리 하동까지 가서 소금을 팔았다. 19세기 말 대원군이 쇄국정책을 실시하면서 양학이라 하여 천주교를 핍박했다. 대원군은 십자가를 땅에 그려놓고 사람들에게 밟고 지나가라고 했는데, 진정한 신자는 밟지 않았다고 한다. 그런 정책을 펴면서 천주교 신자를 엄청나게 많이 잡아 죽였다고 한다. 그래도 여전히 신자들은 존재했다. 그날도 소금 장수는 소금 지게를 황포돛대에 싣고 강 건너 소금을 팔러 떠났다. 그러다 포졸에게 성경이 들켰고 소금 장수 김씨는 대구 감옥으로 끌려갔다. 가족들이 급히 돈을 마련하여 뇌물로 쓰려 했지만, 김씨는 강하게 가족을 꾸짖었다고 한다.

"나를 위해 한 푼도 쓰지 마라. 나는 그냥 하나님 곁으로 갈 뿐 우리는 모두 하나님의 자식이다. 이제 그분에게 가는 것뿐이다."

라고 했단다.

후세에 밀양 성당이 주체가 되어 천주교 성지에 제법 커다란 성당을 지어 관리도 하고 미사도 지냈는데, 일제 강점기에 불이 났다. 불을 끄고 보니 기둥 받침대마다 십자가가 새겨져 있었다고 한다.

그 후 천주교 성당은 뒷벽이 무너졌고 폐허로 변했다. 수십 년이 지나서 밀양 성당 모 신부가 낙동강변에 버려진 이 성당을 발견하고는 천주교 신자들에게 이 사실을 알렸다. 처음 발견했을 때는 돼지 막사였다. 전국에서 자원봉사자들이 한 달 동안 움막을 치고 생활하며 성당 천장부터 청소했다. 깔끔하게 청소하고 보니 천주교 역사에서 김대건 신부 이후의 성당으로 남한에서 처음으로 발견된 천주교 보물이었다. 원형대로 복원하지 못하고 기존 건물의 2분의 1로 축소하여 재건했다.

성당 내부는 중간에 둥근 통나무가 공간을 반으로 갈랐다. 이러한 양식은 조선 시대 남, 여를 구별하는 천주교 방식으로 김대

건 신부 시대의 성당 양식을 볼 수 있는 유일한 건물이다. 역사적 가치가 있는 성당으로 경상남도에서는 지방문화재로 등재했다. 천주교에서는 성지로 지정했는데, 전국에서 성지 순례객들이 한 해 수만 명은 찾는 곳이다. 소금 장수 집터가 1032번지이고 우리 집 번지가 1044번지였다. 어릴 때 가끔 미사에 참석했는데, 그때는 건빵도 주었다. 지금은 차차 주변의 모습이 바뀌어 그 주변에 밭이나 모든 땅을 천주교에서 사들여 순례객의 숙소로 지어졌다. 어릴 때 살았던 우리 집터까지 모두 성지로 흡수해 가끔 그곳에 가면 엄청난 고생을 하셨던 어머니를 상상 속에서 만날 수 있다.

천주교에서는 모금 운동을 하며 소금 장수 김씨 후손을 찾아 나섰지만, 아직도 찾지 못했다고 한다. 지금도 생생하게 기억나는데 그 성당은 의자가 없고 특이하게 마룻바닥에서 예배를 보았다.

우리 어릴 때 놀이터는 그 성당이었고 꼬맹이들이 삼나무 껍질을 벗겨내면 속에 하얀 나무가 나오는데 그 나무 중앙에는 구멍이 뚫려 있고, 우리는 굵은 나무만 골라 칼싸움을 했다. 성당 주변에는 플라타너스가 둘레에 있고 커다란 고목이 있는데 마을 청년들에 의해 몸살을 앓았다. 나무도 생명이 있고 아픔을 느낀다는데 어린 우리가 알 리가 없었다.

그때만 해도 그 성당에는 관리인이 있었는데 좀 무서웠다. 관리 사택이 있고 우리 아버지처럼 사택에 살림집이 있었는데, 일은 다른 데서 했다. 낮에는 통 보이지 않았고 그 틈을 타 우리는 플라타너스를 옮겨 다니며 나무를 많이 괴롭혔다.

또 전주 이씨 모태가 된 그 왕족이 한문으로 쓴 글귀가 사당에 적혀 있다.

"낙동강 굽이굽이 흘러 따라 내려오니 황포돛대가 보이는구나. 이 나루터에 발을 담그니 … 오늘은 이 마을에서 하룻밤을 청할 거니."

대충 이런 내용이다.

성당과 나란히 붙어있는 사당 뒤 대나무밭 중간에 작은 사당이 있는데, 수백 년 동안 문을 열지 않았다. 몇 년 전 문을 열었는데 왕가에서 사용하는 접시 몇 점과 술잔 등 도자기 몇 점이 나왔다. 왕가의 흩어진 유물 중에 인천 지역에서도 발굴된 유적이 있는데, 지금은 우리 마을 이씨 씨족 문중에 보관되어있다.

자전거와 홍재 이야기

내 얼굴 오른쪽 눈 밑의 광대뼈는 (-)모양으로 함몰되어 있다. 중학교 2학년 때, 아버지가 중고 자전거를 한 대 사주었는데, 그때까지 자전거를 탈 줄 몰랐다. 당시는 새마을 운동이 한창 진행되던 시기라 도로는 전부 자갈을 깔아 비만 오면 진흙 천지가 되었다. 비포장도로에 자갈을 깔았고 나는 도로가 아닌 농로에서 자전거 연습을 하다 그대로 농로 다리 밑으로 자전거와 함께 떨어졌다. 농로 개울에는 빨래터가 계단식으로 되어 있었는데 내 광대뼈가 찍힌 것이다. 정말이지 한쪽 볼이 쩍 벌어졌다.

우리 동네엔 약방이 하나 있었다. 요즘으로 치면 비상약을 살 수 있는 약국이었다. 그 집은 최홍재라는 내 동기생이 있었다. 당시 홍재 아버지는 90CC 오토바이를 늘 타고 다녔다. 요즘으로 치면 벤츠 S 클래스 정도로 당시에는 그런 오토바이를 타는 사람은 홍재 아버지뿐이었다.

얼굴에 상처가 난 상태로 약방에 갔는데 아무도 없고 홍재만 있었다. 홍재는 약통을 꺼내 침착하게 내 오른쪽 뺨을 대여섯 바늘 듬성듬성 꿰매었다. 물고기 낚싯바늘과 똑같은 바늘이었다. 당시 시골에는 항상 사고가 잦았다. 작두로 볏단을 자르다 손가락이 잘린 사람이 흔했다. 그런 사람은 모두 홍재 아버지가 치료했는데 약방을 넘어 임시 병원이었던 셈이다. 그 친구 집에는 백색전화기가 있었고 텔레비전도 있었다.

우리 동네에는 자전거 수리센터가 2개나 있었다. 늘 카바이드를 물속에 넣고 거기서 나오는 가스로 용접했는데 그 원리가 항상 궁금했지만, 아직도 그것을 모른다.

타이어 휠도 살대로 조절하여 펴주었는데 살대를 조여주고 펴주는 동그란 모형에 중간중간 육각형 모형의 작은 홈이 있다. 하루에 20리 길을 매일 다니다 보면 타이어 휠은 구부정하게 되었다. 요즘에는 타이어 휠이 구부러지면 버리고 새로 자전거를 사서 타고 다니기도 한다. 하지만 그 시절은 자전거 수리점에 맡기면 수리해서 완벽하게 고쳐주었다. 학교 앞이나 동네 자전거 수리점 근처는 늘 카바이드 냄새가 진동했다.

홍재하니 생각나는 것이 있다. 초등학교 4학년 때, 우리 반 아이들과 선생님은 함께 홍재 집으로 갔다. 홍재 집은 농약 대리점이기도 했다. 이유는 모르지만 홍재 엄마가 농약을 먹은 것이다. 농약을 조금 먹은 게 아니고 병 채로 몽땅 먹었는데, 우리는 어릴 때 홍재 엄마가 죽는 모습을 지켜보아야만 했다. 선생님은 왜 우리를 그곳으로 데려갔을까? 그 엄마는 그 전에 소죽을 끓이는 솥에 다리를 넣어 난리가 난 적도 있다는 이야기도 들었다.

언젠가 홍재 큰형이 부산고등학교에 다니다가 방학이라 집에

왔다. 부산고등학교는 공부만 잘하는 학교가 아니고 당시 야구의 명문 고등학교로 전국에 이름을 날렸다. 그때는 프로야구가 없었고 고교 야구가 엄청나게 인기가 있을 때였다.

1972년 황금 사자기 결승전에 전북 군산상고와 부산고등학교가 만났다. 전북 군산상고는 4대 1로 지고 있다가 9회 말 5대 4로 역전하여 우승했다. 당시 우리 꼬맹이들은 홍재 형 친구들과 텔레비전 생중계로 보았는데, 9회 초까지 열광의 도가니였다. 그런데 패색이 짙은 군산상고가 9회 말 극적으로 5대 4로 역전에 성공했다. 홍재 형은 우리 꼬맹이들이 보는 앞에서 엉엉 소리 내어 울었다. 그때 그 장면이 어제처럼 생생하다.

한국 야구 역사상 그처럼 극적인 역전승은 흔치 않았다. 역전의 명수를 소개하면 다음과 같다. 홈런왕 김봉연, 타격왕 김준환, 도루왕 김일권 등이다. 그 후에 실업팀이 생기고 프로야구가 창단되었는데 이 영웅들은 오랜 세월 한국 야구 중심에 있었다. 현역에서 은퇴 후 지도자로 생활하는 등 각자 다른 삶을 살았을 것이다. 하지만 꼬박 반세기가 지났어도 중학교 시절의 그 상황은 내 머릿속에 생생하게 남아있어 내 그리움의 한 귀퉁이를 차지하고 있다.

홍재 아버지는 부인이 돌아가시고 얼마 안 지나 재혼했다. 당시 홍재가 막내였는데 언젠가 고향에 갔다가 동네 어르신과 이야기 중에 홍재 아버지와 재혼한 아주머니가 살아계신다는 이야기를 들었다.

이야기 끝에 그 많은 논과 밭은 다 팔아 홍재 형제들에게 분배하였고, 형제들은 모두 서울로 부산으로 가서 오지 않는다고 했다. 재혼한 아주머니가 낳은 아들만 한 번씩 온다고 했다. 아마 그 아들도 나이가 50살은 넘었으리라.

1970년대 초반 텔레비전

1969년 7월 20일, 미국의 아폴로 11호가 달에 착륙했고, 선장 닐 암스트롱은 달에 첫발을 내디뎠다. 그리고 유명한 말을 남겼다.

"이것은 한 인간에게는 한 걸음이지만 인류에게는 위대한 도약이다"

이날 전 세계가 텔레비전으로 그것을 지켜보았는데, 미국의 아폴로 11호가 달에 착륙하며 달에 역사적인 첫발자국을 찍었다. 이로써 수천 년간 인류에게 신화와 동경의 대상이었던 달이 과학의 영역으로 들어오게 되었다. 그 당시 나는 11살로 그 장면을 생생하게 기억한다.

물론 우리 집에는 텔레비전 같은 건 없었다. 텔레비전이 있던 곳은 내 친구 홍재 집과 방앗간뿐이었다. 우리는 아폴로 11호가 달에 착륙하는 방송 중계를 방앗간에서 보았다. 해설은 훗날 아폴로 박사로 불리는 조경철 박사가 했는데 그는 과학의 대중화에 크게 이바지했다. 달 착륙 사건 후에는 많은 학생이 천문학과에 지망했다.

조경철 박사는 당시 미모의 인기 탤런트 전계현과 결혼했고 2010년에 고인이 되었다. 그 당시 눈병이 전국에 유행했는데, 그 눈병을 아폴로 눈병이라고 불렀다. 아폴로 11호 몇 년 뒤인 1971년 국민 드라마 태현실, 장욱제 주연의 〈여로〉와 최불암 주연의 〈수사반장〉이 나왔는데, 드라마가 방영되는 시간 방앗간은 난리가 났다. 주인은 아예 텔레비전을 마당에 두고 멍석을 깔았다. 지금은 최불암만 살아 있고 모두 다 고인이 되었다.

아폴로 11호 달 착륙 이후 지구상에는 또 한 번의 이벤트가 있었다. 캐시에서 클레이와 조 프레이저의 대결이 성사된 것이다. 당시 나는 12살이었다. 지금 젊은 사람은 모르겠지만 '캐시에서 클레이'는 종교를 이슬람으로 바꾸면서 이름도 무하마드 알리로 개명했다. 두 사람의 대결은 세기의 대결로 전 세계의 굉장한 이벤트였다.

알리는 올림픽 금메달 출신이다. 조 프레이저는 도쿄 올림픽 주전 선수가 아니고 예비 선수로 참석했는데 당시 주전 선수가 손가락을 다쳐 후보였던 조 프레이저가 대신 나가 금메달을 땄다. 두 사람의 전성기 전에는 전설의 살인자로 불렸던 소니 리스턴이 챔피언으로 있었다. 알리와 리스턴의 경기에서 당시 도박사들은 4대 6으로 소니 리스턴의 승리를 예상했다. 무하마드 알리는 눈싸움에서 소니 리스턴의 커다란 눈동자에서 뿜어져 나오는 살기를 정면으로 보지 못했다고 했다. 당시 소니 리스턴은 교도소에서 복싱을 했고 출소한 지 얼마 되지 않았다. 알리와 리스턴의 챔피언 타이틀전은 알리의 K.O 승으로 끝났다.

무하마드 알리와 조 프레이저의 경기는 지금까지 50년이 넘었지만 생생하게 기억에 남아있다. 그 경기도 방앗간에서 보았는데 두 사람의 신경전은 대단했다. 캐시에서 클래이는 "나비처럼 날아서 벌처럼 쏜다"라는 유명한 말을 남겼다. 오십 년 세월이 넘는 동안 일부 기억이 사라졌지만, 그 경기는 15라운드였고 승리자는 조 프레이저였다.

그 후 두 사람이 다시 붙어 알리가 승리해 일대일이 되었다. 그 후에 조지 포먼이 등장했고 조 프레이저는 조지 포먼에게 3라운드로 K.O 패 당했다. 다음 해 마닐라의 전율이라고 불린 대단한 경기가 벌어졌다. 조지 포먼과 무하마드 알리의 경기가 있었는데 알리는 "늦게 입장하는 관객은 경기를 못 볼 수도 있다"라는 너스레를 떨었고 실제 알리가 K.O로 이겼다.

당시 방앗간 기와지붕 위로 커다란 감나무가 한 그루 걸쳐 있었는데 엄청나게 컸다. 담벼락 옆에서 비스듬히 기와지붕으로 걸쳐졌는데, 그야말로 방앗간 나무는 저녁마다 마을 꼬맹이 등쌀에 못 견딜 지경이었다.

어른들은 텔레비전을 보면서 꼬맹이들을 쫓아내곤 했다. 그러면 가만히 있을 꼬맹이들이 아니다. 감나무 위로 올라가 나무를 흔들며 "텔레비전 좀 보여주시오" 하고 난리가 났다.

방앗간 집 또한 만만치 않았다. 아무리 꼬맹이들이 난리를 쳐도 문을 열어주지 않는다. 그때면 각자 감나무에서 바지를 내리고 지붕에서 똥을 한 무더기 싸 놓곤 했다.

어려웠던 중학교 시절,
그리고 돌아가신 어머니

우리 집에서 내가 다닌 중학교까지 거리가 정확히 10리였다. 시골은 모두 남녀 공학이라 여학생도 꼼짝없이 걸어서 가고 오고 했다. 잭나이프라는 접이식 칼을 모두 가지고 다녔는데 오다가다 배가 고프면 낙동강 강변 무밭에서 무의 파란 부분만 싹둑 잘라서 깎아 우걱우걱 먹었다. 계절마다 농사가 달랐다. 밀이 자랄 계절이면, 밀밭 한중간에 자리를 잡아 불을 피워 밀고사리를 해 먹었다. 키가 큰 수입 밀은 밀고사리가 되지 않았고 키가 작은 토종 밀만 해 먹을 수 있었다. 밀 수확 철이 되기 직전 포동포동 알곡이 여문 게 보인다. 그때가 밀고사리 해 먹기가 제일 좋을 때다. 불에 그을리면 껍질은 타고 알곡이 탁탁 터지며 익는데, 그때 손으로 비비며 후후 불어먹으면 그렇게 맛있을 수가 없다. 마지막 찌꺼기를 씹으면 껌과 같았는데, 그것이 오늘날 당뇨의 원인이 되는 글루텐이라는 것을 그때는 몰랐다.

당시 우리 집 살림은 어려웠다. 그래서 우리 형제 중 중학교에 다닌 사람은 나뿐이고 누나들과 형님은 도시 공장으로 일찌감치 돈을 벌러 나갔다. 한 번은 형님에게 군대 영장이 나왔는데 집안에 난리가 났다. 집안에 돈벌이는 순전히 형님에게 의존했는데 초등학교 4학년 중퇴자인 형님에게 영장이 나왔으니 집안이 발칵 뒤집힌 것이다.

당시 신체검사를 받을 때 다른 사람들은 전부 중학교를 졸업했다고 말했는데, 초등학교 중퇴인 형님은 창피해서 자신도 중학교를 졸업했다고 말했다고 한다. 그래서 신체검사 2급 판정이 나와 현역 입대 영장이 나온 것이다. 아버지는 나에게 형님이 다닌 학교에 가서 초등학교 4학년 중퇴 증명서를 떼오라고 시켰다. 증명서를 발급해주던 사람이 고개를 갸웃거리며 나를 한참 쳐다보았다. 그 사람은 형님이 4학년 때까지 다닌 성적표와 중퇴 증명서를 나에게 보여주었다.

그때에는 학교 성적표에 수, 우, 미, 양, 가로 표기했는데 1학년 때부터 4학년 중퇴할 때까지 형님은 올 수였고 전교 1등이었다. 이렇게 공부를 잘했는데 중퇴한 것이 그 사람은 이해하기 힘들었을 것이다. 학교를 나오면서 어린 마음이었지만, 아팠고 서러웠다.

그 후 형님은 부산 국제시장 깡통 골목(미군 시레이션)에서 미군부대에서 나온 물건으로 장사를 해 제법 많은 돈을 모았다. 국제시장 깡통 골목에서 커다란 점포도 갖고 있었다. 당시에는 오가는 계산은 다 주산으로 하였다. 점포마다 부산 상고 출신의 쟁쟁한 계산원이 한 명씩 있었는데 시골에서 초등학교 4학년 출신인 형님은 주산 실력으로 깡통 골목에서 제법 이름을 날렸다.

큰 누님은 부산 범일동에서 쌀 가게를 하는 집으로 시집갔다. 어머니는 그곳에서 화장품, 동동구리미 등 손 크림 같은 것을 떼와 보따리를 이고 이 마을 저 마을 다니며 장사했다. 집으로 돌아오는 언덕을 오를 때는 힘겨워했고 그러면 나는 달려가 보따리를 받아들었다. 각 마을을 다니다가 잔칫집이 있으면 떡이나 부침개 같은 음식을 보따리 속에 넣어 오곤 했다. 한 번도 빈 보따리를 가져온 적이 없었다. 나는 동구밖에서 늘 어머니가 오는 방향을 보면서 기다렸다. 까마득히 저 멀리서 어머니가 오면 한걸음에 달려가 보따리를 받아 대신 들고 왔는데 그것이 나의 유일한 즐거움이었다.

중학교 3학년 때, 나는 항상 검은색 물이 휘 뿌옇게 빠진 싸구려 교복을 입고 다녔다. 숱한 고생을 하다가 내가 중학교 3학년일 때 어머니는 몸져누웠다. 당시 시집을 간 누나가 사는 부산 자성대 병원에서 치료를 받았는데 암이 3개나 나왔다고 했다.

어머니는 중증 환자가 되었고, 가난은 더 고달픈 생활로 이어져 우리 형제와 아버지는 절망적이었다. 시골에서 공부를 잘해야 진학할 수 있는 게 아니고 능력이 있어야 진학하던 시절이었다. 우리 형님 같은 경우엔 경제적 능력이 되었다면 서울대도 갈 실력이었다. 그러나 초등학교 4학년으로 학업이 마무리되었다. 누나들은 모두 초등학교 3학년, 5학년 다니다 도시 공장으로 갔다. 큰 누님만이 서울에서 생활해 경상도 사람과는 확실히 차이가 났다. 말씨부터 서울 말씨였다. 큰 누님은 서울에서 무얼 했는지 모른다. 당시 윤정희, 남정임, 문희 트로이카 시대였는데, 큰 누님은 나와 나이 차이도 크게 났는데 당시 누가 봐도 영화배우 문희를 닮았다고 했다. 후에 딸을 낳았는데 그 딸도 엄마는 문희를 닮았다고 했다.

절망적인 그 시절 내 교복을 사줄 수 있는 형편이 아니란 걸 어린 나도 알았다. 그래도 공부야 형님만큼은 아니어도 늘 상위권에 있었다. 당시 선생님 사이에도 가난한 집안에 아버지는 소사일을 하는 자식인 셈이었다.

중학교 3학년, 그날은 토요일이었는데 선생님이 2교시 마치고 집으로 가라고 했다. 집에 가니 바로 위 누나가 펑펑 울고 있었다. 그때 어머니가 죽었고 어린 나이에 죽음을 처음 경험하였다. 그 슬픔은 환갑, 진갑이 다 지난 오늘까지도 생생하게 기억에 남아있다. 이제는 갈수록 그리움에 사무친다. 현재와 과거를 구별하지 못하고 경제력이 없던 아버지를 평생 미워하며 산 이유이기도 하다.

기술 선생님과 가출

중학교를 마치지 못한 결정적인 일이 있었다. 그것은 내 인생의 전환점이 된 사건이기도 했다. 기술 선생님은 수업을 마치면 꼭 학생에게 부탁했다. 집에서 쓰는 물건 말고 못 쓰는 물건, 오래된 것이 있으면 하나씩 가져오라고 했다. 요즘으로 치면 골동품이 될만한 것을 가져오라는 것이다.

명망 있는 마을이라 진짜 보물이 있었을 것으로 생각한 것 같다. 고인돌 같은 것도 농사에 방해가 되기에 돌을 다른 곳으로 옮겨 놓을 수도 있었다. 돌칼이나 돌도끼 화살촉 같은 것도 우리 어릴 때 많았지만, 그게 무엇인지 그때는 몰랐다. 나는 선생님 부탁을 한 번도 들어주지 못했다.

"너거 아버지 뭐 하시노."

이건 곽경택 감독의 영화 친구의 대사다. 곽경택 감독은 1966년생으로 우리보다 7년 후배다. 그 당시 학창 시절을 가장 잘 표현했다고 생각한다. 그 시절 선생은 제자를 한 번 때리면 거의 폭행 수준이었다. 나는 번번이 기술 선생님에게 정신 차리지 못할 정도로 맞았다. 그 사람은 지금도 초상화를 그리라면 정확히 그릴 수 있을 정도다. 대머리에다 키가 컸다.

점심시간이면 학생들은 운동장으로 뛰어나가 신나게 논다. 밀양 읍내 외곽 지역에서는 제일 컸기 때문에 한 학년이 한 반에 60명으로 6반까지 있었다. 점심시간이 끝나는 사이렌 소리가 나면 각자 뛰어 들어가는데 커다란 중앙 통로 좌, 우로 한쪽은 교무실과 좌, 우 교실이 있고 좌우에는 2층으로 올라가는 계단이 있었다. 한꺼번에 몇백 명이 우르르 각자 교실로 흩어졌다.

중앙 통로 홀 중앙엔 커가란 화분이 있었다. 지금 생각하면 싸구려 수입 난인데 학생들이 각자 교실로 뛰어가면서 그 화분이 깨졌다. 그런데 2층에서 내려오던 기술 선생이 손가락으로 나를 지목했다. "너거 아부지 뭐하시노."라며 뺨을 수십 대 때렸다. 그러니까 수업에 들어가던 다른 선생들도 한 대씩 철썩 때리고 지나갔다. 나는 그날 당직 선생님 한 명이 남을 때까지 무릎을 꿇고 두 손을 들고 벌을 섰다. 그날 나는 내 인생 최고의 치욕을 맛보았고 반세기가 지나도 그 치욕을 잊을 수 없다.

지금 후회하는 것은 어차피 공부는 해도 고등학교는 가지 못할 것을 알고 있었는데 영화 친구에 장동건처럼 야구 방망이로 유리창을 다 부수지 못한 것이다. 그날 컴컴할 때 집에 도착했다. 그리고 가출하여 부산으로 도망갔다. 중학교 졸업을 얼마 남겨두지 않았을 때다.

내가 중학교 졸업을 못 한 계기가 되었던 기술 선생님, 그는 과연 학생들에게 보물 하나 건졌는지 아니면 고인돌에서 나온 돌칼 정도는 수집했는지 모르겠다. 그때 나는 16세 소년이었고 그는 50대 중반의 중년이었다. 어느새 내 나이가 60대니까 살아있다면 기술 선생님은 100살 정도 되었으리라. 죽었다면 어느 산 중턱에 잘 누워있겠지. 그분은 과연 보물 하나 건졌을까? 건졌다면 저승에 가져갔을까? 아니면 팔아 돈으로 바꾸어 부귀영화를 누리다가 공동묘지에서 편안한 휴식을 보내고 계실까?

가출 후 부산 생활

가출하여 부산 국제시장 깡통 골목으로 향했다. 깡통 골목 밑에는 수입 과자 대리점이 있고 그 밑에는 지업사, 장판지 상점과 커다란 종이를 절단기로 주문대로 절단해 출판사로 배달하는 곳도 있었다. 업소마다 일하는 점원이 있었고 나는 수입 과자 대리점에서 배달일을 자전거로 했다. 박스를 수십 개를 쌓아 싣고가는 점원도 있었지만, 나는 일을 배우는 과정이었다.

어떨 때는 멀리 부산진 시장까지 배달했다. 처음부터 짐 자전거는 잘 타지 않았지만, 조금씩 짐이 늘어났다. 수입 과자 무게는 얼마 되지 않았지만, 지업사 측은 종이의 무게가 엄청났다. 종이를 수백, 수천 장 싣고 다니려면 엄청난 기술과 요령이 있어야 했다. 당시 점원끼리도 세를 과시하는데 당연히 지업사 쪽 점원이 제일 셌다.

영화로도 나왔지만, 국제시장 상권의 대부분은 북한에서 피난을 온 사람들이 쥐고 있었다. 지업사 쪽이 제일 셌는데 당시 지업사 쪽 골목에서 점원 한 사람이 군대 영장이 나와 술을 한 잔씩

한 모양이다. 괜히 내 자전거를 발로 차서 싸움이 붙었다. 그때가 열여섯 살 때였는데 지업사 쪽의 점원들은 21살로 나보다 5살이 많았고 군대에 갈 정도의 청년이었다. 고향에서 도망 와 처음 하는 점원 생활인데 나는 이성을 잃고 폭발하고 말았다. 처음에는 1대 1로 싸웠는데 한 놈이 더 붙어 2대 1로 싸우게 되었다. 힘으로 안 되자 나는 양손에 돌을 하나씩 들고 휘둘렀다. 그러자 한 놈이 더 붙어 3대 1로 싸웠다. 큰 싸움이 되었다. 큰 싸움이 났다는 소리에 형님은 놀라서 가게 점원과 사장 아들과 함께 왔다. 꼬맹이가 3대 1로 돌을 쥐고 싸우는 것을 보고 형님은 기겁했다고 한다. 그날 나는 얼굴이 완전히 일그러졌다. 상대도 머리에 구멍이 났다.

우리 큰 누님은 부산 동구 범일동에 시집왔는데 범일동 함안상회라고 시집은 쌀집을 했고 옆에는 부산 미군 보급창 기지가 있었다.

언제 부산 갈 일이 있어 그곳에 한 번 가보았는데 도무지 그곳이 어딘지 알지 못했고 방향 감각도 없었다. 범내골 1번 출구에서 내려 올라오면 보이는 빌딩 12층에서 서류를 발급받아 오라고 해서 간 것인데, 여기가 뉴욕인지, 홍콩인지 내가 지금 외국의 한 도시에 와있는지 의문이 들 정도로 발전되어 있었다. 그것을 보고 내 젊은 날의 추억을 통째로 도둑맞은 기분이 들었다.

당시 범내골, 좌천동, 교통부, 보림극장 뒤에는 판잣집이 빽빽하게 있었다. 벽과 둘레는 판자이고 지붕은 박스에 아스팔트 콜타르를 바른 집이었다. 그곳에 시골에서 올라온 처녀, 총각 수만 명이 다닥다닥 붙어살았다.

동네 한 구역당 3칸짜리, 좀 큰 구역은 5칸짜리 재래식 화장실이 있었다. 아침마다 화장실 1칸마다 십수 명씩 줄을 섰는데 화장실 주변에 사는 주민은 똥 냄새가 말도 못 한다고 했다.

그곳에 살던 처녀, 총각들은 10시까지 신발공장에서 잔업을 하고 집에 오면 연탄 아궁이 불이 피는 걸 확인하고 바로 잠을 잤다. 아침마다 꽃다운 젊은 청춘들이 수없이 연탄가스로 죽어 나갔다. 가혹한 공장 노동자 생활로 피곤한 몸을 이끌고 집에 오면 축 늘어졌다가 연탄가스로 변을 당한 것이다.

1970년 11월 13일 "노동자는 기계가 아니다"라고 외치며 젊은 전태일은 평화시장에서 분신하였다. 그의 죽음은 한국 노동운동 시발점이 되었다. 노동조합은 현재 거대한 집단이 되어 때로는 권력과 유착하기도 하고 때로는 권력의 최고 우두머리가 되어 정치 권력의 한복판에 있다. 한국의 노동운동에 불을 지폈던 전태일 열사는 땅속에서 현재의 노동 상황을 보며 어떤 생각을 하고 있을까? 그가 씨를 뿌린 노동운동은 현재 어떤 모습일까?

그 시절 한국의 학생 운동과 노동운동은 전 세계가 알아주었고 우리가 불렀던 〈임을 위한 행진곡〉은 각국에서 우리말로 따라 부르고 있다. 2020년 홍콩의 우산 혁명 당시 그들이 모여 〈임을 위한 행진곡〉을 한국말로 부르는 것을 우리는 보았다.

노동운동이 권력화되지 말기를, 그 시절 수많은 우리 누이의 죽음을 더럽히지 말기를, 오늘날 노동운동을 하는 사람은, 자신의 활동이 진정한 노동운동인지 깊이 있게 생각해 보길 바란다.

그 시절 큰 누님은 범일동에서도 대단했다. 말씨 자체가 달랐다. 완전히 서울 말씨였는데 그 시절 할리우드 영화배우쯤은 줄줄이 꿰고 있었다. 나는 큰 누님에게서 그런 성향을 많이 배웠다. 큰 누님에게 용돈과 담배는 하루 5개비만 피우라고 하면서 당시 일본 담배를 하루에 5개비 계산하여 5갑씩 받았다. 하루에 5개비가 넘게 되면 나는 꽁초를 주어 피웠다. 그리고 한창때, 담배를 끊었다. 그 당시 군에 제대했을 때만 해도 담배를 피웠다.

당시 큰 누님은 서울에서 사귀는 사람이 있었다. 그런데 중매쟁이가 범일동에 쌀 가게를 한다고 하니 제법 부자로 알고 시집을 보냈다. 결혼식 할 때는 몰랐는데 우리 매형이 한쪽 다리를 조금 절었다. 매형은 18세까지 일본에서 나고 자란 재일 교포였다. 당시 누님은 서울에 있는 경찰서의 서장 아들과 결혼을 약속했는데, 우리 아버지는 보수적인 사람으로 불호령을 내렸고 결국 매형과 결혼했다. 매형의 한쪽 다리를 저는 모습을 본 우리 아버지는 가슴에 비수를 꽂은 것과 같지 않았을까?

비가 온다고 하면 미리 꽁초를 여유 있게 주워 놓아야 했다. 나는 늘 구석진 골목에서 바닥을 훑고 다녔다. 다음 누님 집에 갈 때까지 그렇게 피웠고 조용히 내방에서 소리 없이 나만의 세계에서 지냈다.

더는 그렇게 살 수 없다고 판단했고 배낭을 하나 꾸려 부산을 떠났다. 오랜 세월이 흘렀어도 누구를 원망하거나 용서할 이유도 없다. 부모님 다 돌아가시고 당시 고아가 된 내 처지가 슬펐을 뿐이다.

이젠 서로가 만나도 알아보지 못하겠지만, 82년 제대한 후 한

두 달쯤 지낸 형님 집도 찾아가지 못할 뿐, 형님 또한 거기서 살고 있지도 않을 것이다. 서로가 미워할 수도 없는 형제임에는 틀림이 없지만, 나는 아직 숨을 쉬고 있고 형제들 절반쯤은 아마 이미 돌아가셨으리라.

청소년 시절과 세화 여상

청소년 시절 회사에서 퇴근하면 시민회관을 지나 동천강을 건너서 문현동으로 왔다 갔다 했다. 당시 부산 동천강은 말이 강이지 그냥 도시의 하수가 바다로 흘러가는 통로였다. 그 후 한 번도 가보지 않아 어떤 모양인지 알 수가 없지만, 그때 악취는 말도 못 했다. 시민회관 옆에는 고속버스터미널이 있었다. 당시 부산은 깡패의 천국이었다. 어디를 가도 그 동네 건달이 우글거렸고 이 동네에서 저 동네에 가면 그 동네 건달에게 얻어맞고 그 동네 건달이 왔다는 말이 들리면 여러 명이 모여 두들겨 패고 보냈다. 당시 문현 3동 안창에는 군부대가 있었고 주변에는 생활이 넉넉지 못한 사람들이 살았다. 어느 날 군부대가 철수하자 고철을 줍는 사람 수백 명이 전국에서 몰려왔다. 그중에는 금속 탐지기로 고철 덩어리를 탐지하는 사람도 많았다. 철수한 군부대 부지에는 언제부턴가 폐타이어가 엄청나게 쌓였고 건축자재로 엉망이었다. 자연 우범지역이 되었다.

당시 우리는 동네 만화방에서 만화도 보고 담배도 피우고 했는데 훈이 형이라고 있었다. 정확하게 그 형 이름은 모르고 어디에 사는지도 몰랐다. 호리호리한 체격에 항상 빨테 안경을 쓰고 있었는데 어마어마하게 폭력적이었다. 10대의 우리는 5~6살 많은 형들에게 항상 돈을 뜯겼다. 그는 추석 명절이나 설날쯤에는 문현동 황경산 언덕에 우리를 집합시켰다. 당시 문현동 황경산은 세화 여상을 짓기 시작했는데, 각종 중장비가 땅 고르기를 하고 한쪽은 언덕을 허물고 건축자재로 형편없었다. 그 사람은 10대 청소년들을 불러 집합시켜놓고 한가지씩 주문했다. 요번 추석에 대학생 교복 한 벌하고 또 너는 권총 가스라이터를 하나 준비하라는 둥 한 사람씩에 명령했다. 나는 형편이 좋지 못해 못 한다고 말했는데, 그 순간 그는 쌓여있는 벽돌 하나를 집어 내 머리를 내리쳤다. 진짜 무서웠다. 당시 우리 주변에는 말 만하면 도와줄 형들이 많이 있었지만, 후환이 두려워 아무도 나서지 못했다. 하지만 이번엔 용기를 내어 해결하자고 모두 결의했다.

당시 문현 로터리에 대성극장이 있었고 극장 지하 1층에는 대성 태권도 도장이 있었다. 그곳 관장은 배순창이었고 아들 배남수가 태권도장을 운영했다. 남수 형은 당시 해양고등학교 3학년 학생이었다. 말이 고등학교 3학년 학생이지 몇 해를 유급해 나이는 정상적인 학생보다 3살 더 많았다. 배남수는 충무동에서 송도까지 구역이 있는 진짜 깡패로 당시 해양고등학교는 송도에 있었다.

태권도 공인 4단으로 평소에는 태권도 사범으로 있었다. 우리는 남수 형에게 사실대로 이야기했고 알았다는 답변을 들었는데 그 이후 훈이 형을 본 사람이 없었다. 누구는 남수 형이 친구들과 훈이 형을 황경산 공사장으로 끌고 가는 것을 보았다고 하고 누구는 훈이 형이 군에 입대했다고도 했다. 풍문만 있었을 뿐 내가 입대할 때까지 훈이 형을 보지 못했다. 그 후 학교는 완공되었고 훈이 형은 그곳 어딘가에 묻혀있을 수도 있다고 생각하기도 했다.

삼화고무 신발공장 정문 맞은편에는 허접한 집이 도로 옆에 여러 채 있었다. 공장에서 퇴근할 적엔 여공은 여공 통로로 남자 공원은 남자 통로로 나오는데 반드시 항상 몸수색을 받아야 나갈 수 있었다. 삼화고무는 범표 신발이다. 퇴근 때는 왁자지껄했다. 특히 봉급날에는 가족들이 항상 데리러 왔다. 하도 건달이 많았기 때문이다. 삼화 신발공장 도로에서 가야 쪽으로 가는 도로가 있는데 그 유명한 신암동이다.

당시 신암동은 부산의 유명한 소매치기 선수들의 주요 무대였다. 그곳은 부산 북부 경찰서 관내였고 신암동은 강력계 베테랑 형사들의 주요 표적이었다. 신암동을 지나면 가야시장이 나오고 말표 태화 고무공장이 있었다. 당시 부산은 신발공장의 메카였다. 세화 여상에서는 중학교 졸업 시즌에 전국 농촌을 돌며, 돈도 벌고 잠도 재워주고 밤에는 학교도 보내준다고 하며 신발공장 공원을 수천 명씩 모집해 왔다.

허름한 큰 강당 같은 곳에 교실과 방을 만들고 여러 채의 숙소도 만들었다. 신발공장에 한 명당 돈을 받고 500명 1,000명씩 보내주었고 학생들에겐 학비와 기숙사비를 따로 받았다. 그 돈으로 황경산에 세화 여상을 지었다. 그리고 학생들을 각 공장으로 통근버스가 태워 갔다. 처음엔 세화 여자 상업고등학교라는 명칭을 붙이지 못했는데, 후에 한영복 이사장이 국회의원에 당선되고 정식으로 문교부 승인을 받았다.

삼화 범표 신발 앞 동네 나지막한 산자락에는 잔디가 깨끗하게 자라있고 청와대 같은 집이 한 채 있었다. 그곳에서 한 번씩 골프채로 골프 연습하는 머리가 희끗희끗한 중년 신사가 있었는데 그가 바로 부산일보와 삼화고무 회장 부산 갑부 김지태인 줄은 나중에 알았다. 그 집은 철책 울타리가 둘러쳐 있었고 당시에도 철책 빙 둘러 감시 카메라가 있었다. 동네 자체가 우범지역이라 김지태는 빼앗길 재물이 많은 관계로 그렇게 철통같이 해놓고 살았지만, 엉뚱하게 박정희에게 재산의 3분의 2를 빼앗겼다. 김지태는 자신의 집을 철통같이 지켰지만 정작 도둑놈은 다른 데 있었고 삼화고무만 빼고 모두 빼앗겼다. 오늘날 그 공장은 흔적도 없이 사라졌다.

부산에서 보낸 청년 시절

어릴 적 중학교도 졸업하지 않고 3학년 때 부산으로 도망 나왔다. 어머니도 돌아가시고 물이 빠진 교복을 입고 학교에 다니는 등 가난한 생활이 싫었다. 부산에서의 생활은 환상 자체였으며, 가난한 시골 생활 때보다 늘 자유로웠다. 나보다 두 살 위인 누나와 아버지와 세 명이 함께 살았다. 누나는 삼화고무 미싱사였고 나도 그곳에서 노동자로 생활했다.

우리는 문현동 안창 동네에 살았는데 퇴근하면 당시 부산 자유시장과 평화시장 쪽에서 시민회관 옆으로 동천강을 건너 집으로 갔다. 자유시장과 평화시장은 가까이 붙어있었다. 커다란 솥뚜껑 같은 철판에 생선을 갈아 다른 배합재료와 섞어 둥글게 호떡처럼 구워 팔았다. 눌러서 펴주고 뒤집어 주고 하는데 바로 부산 오뎅의 원조는 여기서 시작되었다. 사람들은 빙 둘러 즉석에서 사 먹었는데 정말 맛있고 그 맛을 잊을 수가 없다. 시민회관 쪽으로 질러가면 빨리 가는 길이 있지만 해가 지면 위험했다.

시민회관 약간 못 가서 통나무가 어마어마하게 쌓인 곳이 있었다. 당시 용호동 바다에는 항상 통나무 수만 개가 떠 있었다. 어릴 때는 왜 통나무를 바다에 그렇게 많이 담가 놓는지 궁금했다. 당시 부산에는 국내 굴지의 동명 목재와 성창기업이 있었는데 바다에 오래 담가 나무속 진을 빼는 것이었다. 그래야 나무가 더 단단해지는 걸 나중에 알았다.

어느 정도 담가 두었다가 시민회관 주변 공터에 산처럼 쌓아놓았다. 그 목재는 인도네시아 보르네오 밀림과 아마존 정글에서 수입해 와 선박에 사용하는 목재로 못도 들어가지 않을 정도로 단단했다. 후에 내가 이 목재와 관련이 있는 작업을 할 줄 그때는 몰랐다.

그 나무들은 나이테가 거미줄처럼 촘촘하게 되어 선박의 가장 중요한 부분에 사용한다. 철선도 바깥은 철이지만 내장재는 모두 그 목재를 사용했다.

산처럼 쌓아 둔 목재 부근에 넝마주이들이 살고 있었다. 수백 명이 목재 안쪽 깊숙이 잠을 자며 넝마주이로 생활했다. 어둑해질 때 넝마주이에게 잡히면 시계나 금품이 탈탈 털렸다. 여성은 아예 그 길로 가지 않았고 자성대 공원 쪽으로 돌아 찻길로 걸어갔다. 당시 부산에는 넝마주이가 아주 많았다. 범천동 보림극장 뒤쪽으로 산복도로가 있었는데 산복도로는 부용동까지 이어졌고 주변에 판잣집이 많았다.

지금은 부산의 명물 문화의 거리로 각종 젊은 예술인의 거리가 된 것을 텔레비전으로 보았다. 범천동 산복도로 맞은편에는 안창이라는 동네가 있다. 그곳에는 안창 동네 주민도 살았지만, 깊숙이 들어가면 범천동 넝마주이 마을이 있었다. 잘 모르는 외지인들이 들어갔다간 큰 봉변을 당했다.

또 충무동에 개다리 시장이 있었다. 남포동과 반대편 자갈치 중앙에 부산에서 제일 큰 도로가 송도 쪽에서 대신동 쪽으로 갈라지는데 토성초등학교가 있다. 대신동 쪽에 제법 큰 개천이 있었다. 개천이라 해야 각종 오물 하수구인데 그 위에 커다란 시장이 들어섰다.

매일 장이 서는 것이 아니고 오 일에 한 번씩 장이 서는데 그 장을 개다리 시장이라고 불렀다. 그 동네에 부산에서 규모가 제일 큰 넝마주이 촌이 있었다. 지금 그 동네는 뉴욕 한복판처럼 발전했을 것이다.

한군데 더 있는데 부산의 명물 에덴공원 옆이다. 낙동강 하구에는 을숙도가 있다. 우리 때에는 에덴공원에서 을숙도 방향으로 나무다리와 아름다운 방갈로가 있었는데, 연인의 데이트 장소로 주막촌이 있었다. 각종 예술가의 활동무대로 사진작가들이 낙조 모습을 담는 아름다운 장소였고 철새를 관찰하는 조류학자가 활동하기도 했다.

을숙도 주변 어디를 가도 갈대밭이 수백만 평 깔려 있었다. 이 갈대밭은 수많은 범죄의 온상으로 대부분 무릎까지 빠질 정도로 늪지대지만 군데군데 바닥이 좋은 곳에는 넝마주이가 살았다. 낮에 활동하다가 밤에 그곳에서 잠을 자며 자기들끼리 가족 단위로 살았다.

당시 넝마주이를 양아치라고 불렀는데 대부분 6.25 참전 용사나 베트남 참전용사로 한쪽 팔이 없거나 한쪽 다리가 없는 상이군인이었다. 대나무 소쿠리를 가지고 다니며 활동했는데 불쌍한 사람들이었다.

그 시절 현대 정주영 회장이 개발을 진두지휘했다. 일부 구간은 했지만, 참전용사로 구성된 넝마주이의 반발로 더는 공사를 진행하지 못했다. 공사라고 해봐야 넓은 갈대밭을 단단한 공업지대로 바꾸는 땅을 다지는 공사였다. 넝마주이는 아예 불도저나 굴착기 삽날에 드러누웠다. 절대 타협점이 없을 것 같았는데 결국 타협안이 제시되었고 협상은 성공적으로 끝났다.

그 사람들에게는 일반 데모와는 차원이 다른 생존의 문제였는데, 정주영 회장이 내놓은 타협안은 한 사람당 얼마의 땅을 주는 것이었다. 그 늪지대는 어마어마한 크기의 땅으로 바뀌었다. 한 사람당 몇 평을 주었는지는 몰라도 일약 땅 부자가 된 사람도 있었다.

나의 영화 이야기

당시 일해서 봉급을 받아 아버지에게 생활비를 드리고 내 마음대로 돈을 썼다. 당시 봉급은 얼마 되지 않았지만 같은 공장 여성과 연애도 하며 삼성 극장, 삼일 극장에 자주 갔다.

그 시절 본 수많은 영화 중에 그리스는 최고의 영화였다. 올리비아 뉴턴 존과 존 트라볼타가 샌디와 대니로 나오는 수작으로 올리비아 뉴턴 존의 아름다움은 이 땅에 여신이 살고 있구나! 할 정도였다. 영화의 배경은 1950년 미국 사회의 모습을 담은 것으로 당시 올리비아 뉴턴 존은 날라리로 나왔는데 그렇게 예쁠 수가 없었다.

나는 당시 19세 정도였는데 존 트라볼타나 올리비아 뉴턴 존이 우리 또래인 줄 알았다. 존 트라볼타는 그 후에 할리우드 배우로 변신해 계속 볼 수 있었지만, 내가 궁금해했던 올리비아 뉴턴 존은 다시 볼 수 없어 늘 궁금했다. 2022년 8월 8일 올리비아 뉴턴 존이 사망했다는 소식을 SNS로 접했다.

나와 같은 또래인 줄 알았던 올리비아 뉴턴 존은 나보다 8살이나 많았다. 그녀는 73세였고 존 트라볼타는 나보다 세 살 많은 68세인 것을 반세기나 지나서 알았다. 73세의 올리비아 뉴턴 존은 여전히 예뻤고 나이가 들어도 여전히 여신이었다. 올리비아 뉴턴 존은 영국 출신 가수로 30년 넘게 유방암으로 고생했다고 한다. 그녀의 남편인 존 이스털링은 2022년 8월 8일 올리비아가 오늘 아침 남부 캘리포니아 목장에서 가족과 지인들이 지켜보는 가운데 영원히 잠들었다고 전했다. 이어 매우 힘든 시기이니 가족의 프라이버시를 존중해주길 모든 이에게 간곡하게 요청한다고도 했다.

존 트라볼타는 "올리비아 뉴턴 존이 30년 넘게 유방암과 투병하여 승리한 희망의 상징이었다"라며 고인을 기렸다. 영화 그리스에서 환상의 듀엣으로 호흡을 맞췄던 존 트라볼타는 자신의 인스타에 "사랑하는 올리비아 당신은 우리 삶을 훨씬 좋게 만들었다. 우리는 다시 만날 것이고 그곳에서 다시 함께 할 것이다. 당신의 대니 당신의 존으로부터."라는 글을 올려 그녀를 추모했다.

올리비아는 존 트라볼타와 함께 영화 그리스로 일약 대 스타가 되었다. 영화 주제곡 〈피지컬〉은 일억 장 넘는 앨범 판매고를 올렸다. 그녀는 2008년에는 기금을 조성해 어린 시절 성장한 호주 멜버른에 자신의 이름을 내건 올리비아 뉴턴 존 암센터를 설립하여 암 연구와 환자들을 지원했다. 그녀의 운구차는 그 지역의 브라스 밴드가 양옆으로 조용히 연주하며 호위했고 지인들은 그녀의 뒤를 따랐다. SNS 영상은 그것이 끝이었다. 나는 자전거를 타고 매일 운동하는 농로 길을 평소에는 한 바퀴만 돌았는데, 그날은 대여섯 바퀴를 돌며 삼가 고인의 명복을 빌었다. 그리고 수십 년 동안 왜 소식이 없었는지의 수수께끼도 풀렸다.

부산에 와서 본 또 다른 기억에 남는 영화는 '브루스 리'라 불렸던 이소룡의 정무문이었다. 정무문으로 중국 무술영화의 또 다른 대표 배우의 등장을 알렸다. 당시 중국 무술영화의 계보는 추룡, 깡다위에서 외팔이 왕우 시대였고 홍콩영화는 할리우드 영화와 양대 산맥을 이루고 있었다. 당시 유행한 미국 영화는 올리비아 핫세와 크리스토퍼 미첨이 나오는 〈서머 타임 킬러〉였다. 크리스토퍼 미첨이 킬러로 나왔는데 오토바이를 타고 유럽 곳곳에 흩어져 있는 원수들을 하나씩 찾아가 제거하는 내용이었다. 올리비아 핫세는 원수 중 한 명의 딸인데 크리스토퍼 미첨과 운명적인 사랑에 빠졌다. 노란 머리의 크리스토퍼 미첨이 모는 오토바이 뒤에 검은 생머리를 휘날리며 탄 올리비아 핫세의 모습이 아직도 기억에 남아있다. 영화는 수작이라고 하기는 부족한 점이 있지만, 두 남녀의 오토바이 신은 암스테르담 바닷가의 배경과 잘 조화되어 인상적이었다.

특히, 올리비아 핫세는 로미오와 줄리엣으로 전 세계에 알려졌다. 얼마 전 50년 전에 촬영한 영화사를 상대로 올리비아 핫세는 천문학적인 소송을 제기했다. 당시 올리비아 핫세는 15세의 미성년자로 원치 않는 알몸 신을 영화사가 요구해 촬영했으며, 그것이 수십 년간 자신을 괴롭혔다고 소송을 제기한 것이다. 얼마 전까지 올리비아 핫세는 SNS상에 그 이름이 떴다. 어느 매체에서 역사상 가장 예쁜 사람 5명을 뽑았는데 올리비아 핫세가 1위에 올랐다.

우리 때에는 007 제임스 본드가 숀 코너리에서 로저 무어로 바뀌었다. 로저 무어는 2세대 제임스 본드로 〈나를 사랑한 스파이〉, 〈007 문레이커〉에 주인공으로 나왔다. 〈007 문레이커〉가 나오자 미국 나사는 발칵 뒤집혔다. 당시 비밀 나사 프로젝트로 우주정거장 설계를 진행하고 있었는데, 〈007 문레이커〉에 똑같은 내용이 나온 것이다.

로저 무어는 007 영화도 좋았지만, 〈골드〉란 영화도 좋았다. 영화 〈골드〉는 로저 무어가 남아공의 금광 책임자로 지하 수백 미터까지 금맥을 따라가다가 갱도에서 지하수 벽을 건드려 수압이 터지는 내용으로 그가 활약하는 모습이 인상 깊었다.

그보다 더 어릴 때 본 영화는 1971년에 개봉된 〈러브스토리〉다. 중학교 1학년 여름방학 때 어머니를 따라 부산으로 시집간 누나 집에 갔다가 본 영화다. 그 영화는 여러 번 TV 등에서 리메이크되어 나왔지만, 어릴 때 처음 영화를 보았을 때의 감흥은 없었다.

〈러브스토리〉에 등장하는 알리 맥그로와 라이언 오닐은 하버드 대학생이었다. 라이언 오닐은 부유하고 명망 있는 미국 상류사회의 공부 잘하는 학생으로 나오는데 주제곡이 너무도 아름다웠다. 두 사람은 집안의 반대에도 동거를 하고 센트럴 파크에서 눈싸움을 하는 장면이 압권이었으며, 여자는 시한부 판정을 받고 사망한다는 내용이다.

나의 영화에 대한 사랑은 큰누나의 영향이 컸다. 그러다가 이소룡 영화는 내가 도시로 나와 제일 먼저 본 영화다. 브루스 리는 젊은 나이에 의문사했다. 지금도 사망원인이 밝혀지지 않고 있다. 연인과 관계 중 사망했다는 설도 있고, 해외 촬영 중 그 지역 건달 몇 명과 싸웠는데 그 후유증으로 사망했다는 설도 있다. 그 무엇도 확실한 것이 없는 슈퍼스타의 죽음은 아직도 수수께끼로 남아있다.

영화 〈맹룡과강〉 마지막 장면에 척 노리스가 상대 고수로 등장한다. 아테네 격투장에서 브루스 리와 척 노리스가 결투를 벌이는 장면이 멋졌다. 척 노리스는 이소룡 사후 할리우드의 액션 배우로 수많은 영화에 등장했다. 척 노리스는 실제 태권 고수로 그는 태권도를 주한 미군 시절에 접했다고 한다. 주한 미군으로 한국에서 오랜 근무를 했는데 그때 태권도를 배웠고 미국에 가서도 태권도를 계속 연마했으며 할리우드 액션 영화의 한 장르를 열었다. 미국에는 그의 이름을 건 태권도장이 여러 개가 있다고 한다.

부산 건달과 삼청교육대

당시 범일동에는 79번지 철도길이 있었다. 79번지 철도 길에 아침 청소차가 올 때는 늘 누군가 죽어있었다. 그만큼 우범지역이었다. 79번지 못 가서 굴다리가 하나 있었는데 커다란 솥을 여러 개 걸어놓고 장사하는 아주머니들이 있었다. 나는 큼직한 냄비를 들고 가서 팥죽 50원어치를 사서 누나들과 나누어 먹었다. 각자 솥에 담긴 내용물은 달랐다. 어떤 날은 수제비 50원어치를 사와 집에서 누나들과 먹기도 했다. 그 굴다리 옆에는 부산지역 사창가로 유명한 곳이었다.

범내골에는 내 또래 친구들이 많았다. 삼성 삼일 맞은 편에서 보림극장 중간쯤에 감미당이라는 빵집이 있었는데, 그곳은 부산 시내에서 껌 좀 씹는 여고생의 모임 장소였다. 모두 닉네임이 있었는데 덕명여상 백바지 5인조라던가 혜화여고 7인조 등이다.

당시 범내골 보림극장 뒤쪽 안창에는 진짜 깡패들이 살았다. 이들이 바로 부산 조직폭력조직 칠성파 1기생들이다. 한 사람은 창수 형이고 한 사람은 봉길 형으로 그 두 사람의 조직 내 서열이 어떤지는 몰라도 한 사람은 구역이 남포동이고 한 사람은 서면 쪽으로 그쪽 구역의 총지배자였다. 봉길 형은 눈 밑에서 입술까지 깊게 파인 칼자국이 선명했고 창수 형은 항상 까만색 슈트를 입고 다녔다. 20세기파니 하는 조직은 그 후에 생겨났는진 몰라도 당시 부산지역에는 칠성파가 있을 뿐이었다. 봉길 형 동생과 창수 형 동생이 우리와 매일 어울려 다녔고 남포동이나 서면으로 몰려다녔는데 당시 서면에는 음악다방이 많았다.

조약돌로 유명한 가수 박상규가 직접 나와 DJ를 하는 조약돌이라는 다방이 유명했다. 박상규는 매일 나오는 게 아니고 한 달에 몇 번 나왔다. 그리고 부산이 낳은 통기타 가수 김세화도 그쪽에서 노래를 불러 성공했다. 그리고 낮과 밤, 에트랑제, 돌고래 같은 음악다방은 한 번씩 이종환이 특별 손님으로 나와 DJ를 하기도 했다.

돌고래 음악다방에는 특별한 종업원이 있었다. 당시 나는 시골에서 올라온 지 얼마 되지 않은 촌놈이었는데 찻잔을 가져오는 예쁜 종업원에게 누군가 심한 욕을 했다. 내가 바깥에 나와 그 사람에게 왜 여자에게 심한 욕을 하느냐고 했더니 저거 여자가 아니고 남자라고 했다. 나는 혼란스러웠다. 여장 남자라서 그런지 말소리가 좀 허스키하고 목에 스카프를 하고 있었다.

당시 부산 서면에는 고고클럽이 있었는데 뉴페이스, 맘모스, 틴클럽 등 클럽 주변에는 그 지역 건달이 있었다. 그 지역을 담당하는 창수 형을 만나면 까만 양복 윗도리를 확 벗어주었다. 건물 뒤쪽에 가면 전당포가 있으니 전당포에 맡기고 클럽에 들어갈 때는 돈을 주고 가라고 했다. 그렇지 않으면 이 동네 애들과 싸움이 날 거라고 돈을 주고 정당히 입장하란 것이다. 창수 형과 봉길 형은 그냥 건달이 아니고 부산 조직 계보에 있는 진짜 칠성파로 전국구 건달이었다. 뭐가 달라도 달랐다.

당시에는 부산 보림극장에는 연예인의 쇼가 자주 있었는데 연예인이 오면 북부 경찰서 사복형사들이 총출동했다. 신암동 소매치기 단속을 하는 것이다. 보림극장 맞은편에서 극장 쪽으로 육교가 있었는데 육교 위에서 바라보면 봉길 형이나 창수 형이 가수 윤복희 씨 오빠 윤항기 씨나 코미디언 임희춘 씨와 나란히 담배를 주고받으며 피우고 있는 것이 보이기도 했다. 당시 그 형들은 부산지역의 어디를 가도 웬만히 이름만 대면 건달 세계에서는 모두 다 알아주었다.

80년도 5.18 광주항쟁이 끝나고 삼청교육대에 넣기 위해 군, 관, 민 합동 작전으로 사람들을 잡아들였다. 북한산 골짜기에서 공부하는 학생이든 조그만 사찰 형식의 무허가 사당의 무당들조차 다 잡아 삼청교육대에 넣었다. 일단 누군가 신고하면 조사고 수사고 할 것 없이 모두 삼청교육대로 끌고 갔다. 80년 첫 휴가를 나왔는데 진짜 부산지역의 깡패들이 사라졌다. 창수 형과 봉길 형이 늘 가던 당구장에 가니 두 형은 한눈에 보아도 몸이 허접해 보였다. 오랜 삼청교육대 생활로 몸과 마음이 허접해 보일 수밖에 없었다. 그 많던 깡패들이 사라지고 그 많던 넝마주이가 전부 사라진 것을 알았다. 후에 노태우 정부가 들어서고 범죄와의 전쟁으로 형들은 오랜 세월 징역살이를 해야 했다.

부마민주항쟁과 아르헨티나 에비타

79년, 학생 소요사태가 부산에서 엄청나게 일어났다. 군경의 무자비한 진압으로 시민들까지 합세했다. 당시 광복동과 서면에는 최루탄 가스가 난무했고, 코를 막고 지나가야 할 정도였다. 그것이 바로 부마민주항쟁인데 부산과 마산에서 동시에 일어났다.

당시 부산에는 공수부대와 백골단 수천 명이 투입되어 학생과 시민을 향해 무자비하게 곤봉을 휘둘렀다. 내 오른손 손가락 중간 마디에 기역으로 볼록 튀어나온 자국이 있다. 그날도 공장에서 퇴근하고 서면 늘 가던 음악다방으로 가는 길이었다. 당시 엄청난 데모 군중을 보았지만 나는 학생이 아니기에 그냥 길을 걸었다. 학생들이 수백 명 쫓기며 아무 가게로 뛰어 들어가며 나도 군중 속에 파묻혀 가게 속으로 밀려 들어갔다. 그때 눈치 빠른 종업원이 셔터를 내렸는데 전경의 군홧발이 들어왔다. 그 빈틈으로 최루탄 수십 발을 발사했다. 그 속에 학생 시민 할 것 없이 숨을 쉴 수 없었고 밖을 나오니 몽둥이 타작을 했다. 여자고 남자고 앞사람의 엉덩이를 잡고 경찰차에 올라탔다.

밖이 까만 가림막으로 되어 있어서 어디로 가는지 알 수 없었다. 나는 손에 피가 나는지도 몰랐다. 한참을 달렸고 영도다리를 건너는 것 같았다. 당시 부산 시내 유치장 모두 꽉 차 분산 수용하는 것이다. 웅성웅성 소리도 없었고 조용했다. 나 말고도 피를 흘리는 사람이 많았다. 최루탄은 가스만 분출되는 것이 아니고 가스가 터질 때 파편이 튀는 것으로 나는 그 최루탄 파편에 손가락을 맞은 것이다. 훗날 1987년 연세대 경영학과 이한열 군이 전경이 발사한 최루탄 파편에 머리를 맞아 숨졌다. 한 장의 사진은 전 세계에 보도되었고 한국은 세계에서 최루탄을 가장 많이 소비하는 국가로 낙인찍혔다.

경찰서에 잡혀 와 한참 있으니 한 사람이 영도 경찰서 정보과장이라고 자신을 소개하며 말을 했는데 반세기가 지났지만 지금도 그 말이 생각난다.

"나는 당신들을 풀어줄 수가 없고 권한도 없다. 이 사건은 국가반란 소요사태이기 때문에 중앙에서 명령이 내려와야 한다. 당신들은 반역자일 수도 있고 아닐 수도 있다. 계곡으로 싣고 가 파묻어 버리라고 하면 명령대로 할 뿐이다."

라고 했다. 순간 나는 섬뜩한 느낌을 받았고 무서웠다.

당시 나는 학교는 다니지 않았지만, 아르헨티나 페론 사상에 관한 책을 읽고 있었다. 같이 갇혀 있는 학생의 심정은 어떤지 알 수 없었지만, 실제 그때의 상황은 아르헨티나의 상황과 너무도 똑같았다. 당시 부에노스아이레스에는 학생 소요사태가 있었고 우리처럼 모두 경찰 까막차에 태워 갔는데 그 학생들은 돌아오지 않았다.

아르헨티나 후안 도밍고 페론이 노동부 장관으로 있을 당시 에바를 만났다. 에바는 성공 가도를 달렸고 후안 도밍고 역시 에바를 만나면서 성공했다. 에바 페론은 1946년 대선에서 남편의 유세에 동행해 아름다운 외모와 뛰어난 언변으로 대선 승리를 이끌었다. 에바는 27세의 나이에 퍼스트레이디에 올랐다. 에바 페론은 작은 에바라는 뜻의 애칭인 에비타로 불리며 대통령보다 더 사랑받았고, 33세의 젊은 나이에 암과 백혈병으로 생을 마감했다. 후안 페론은 두 번의 연임에 성공했고 에비타의 장례식은 한 달 동안 계속되었다. 3년 뒤에 후안 페론은 군부 쿠데타로 쫓겨나 해외로 망명 생활을 했고 에바의 시신은 군부에 의해 해외를 떠돌았다.

에비타의 향수에 젖은 국민은 훗날 후안 페론을 다시 선택했지만, 너무 나이가 많았고 임기를 1년도 채우지 못하고 사망했다. 세 번째 부인 이사벨 페론 여사가 대통령직을 물려받았는데 또다시 쿠데타로 물러났다.

당시 아르헨티나는 세계 5위의 경제력으로 부국이었지만 국민은 페론주의 망상에 사로잡혀 채무불이행으로 빈민국으로 전락했다. 에비타의 평가는 극과 극이지만, 여전히 에바를 그리워하는 사람이 많다. 훗날 마돈나가 열연하여 부른 〈돈 크라이 포 미 아르헨티나(Don't cry for me. Argentina)〉는 오늘날까지 전 세계에서 뮤지컬로 공연되고 있으며, 귀에 익숙한 음악으로 남았다.

후안 페론은 나치의 망명 장소로 아르헨티나를 제공했고 수많은 나치는 아르헨티나로 도망하여 신분 세탁을 했다. 이스라엘 모사드는 끝까지 추적했다. 600만 명 대학살의 주범 아이히만을 체포해 이스라엘로 공수했다. 그 외에도 이스라엘의 모사드는 도망간 나치 친위대를 수없이 체포하고 현장에서 사살했다.

1966년에서 1973년까지 아르헨티나는 3번의 군부 쿠데타가 일어났고 학생들은 가만히 있지 않았다. 아르헨티나 학생의 소요사태는 전국을 강타했고 잠자고 있는 학생들이 끌려가고 우리처럼 거리에서 강제로 연행해 군부는 싣고 갔다. 실려 간 학생들은 한 명도 살아서 온 사람이 없었다. 훗날 아르헨티나의 한 계곡에서 수많은 사람의 뼈가 발견되었는데, 그 당시 사라진 학생들로 밝혀졌다. 오늘날까지 부에노스아이레스에는 침묵의 광장이 있는데 어머니들의 소리 없는 시위는 다음 세대로 이어졌다.

내가 경찰서로 끌려간 몇 달 뒤 궁정동에서 대통령의 만찬이 있었는데 그 자리에서 부산의 학생소요 사태 얘기가 오고 갔다. 차지철은 탱크를 몰고 가 학생들을 모조리 밀어버리겠다고 했고 격분한 김재규는 박정희와 차지철을 현장에서 사살했다. 훗날 차지철의 남은 가족이 국가를 상대로 소송을 제기하였고 결과는 패소했다고 한다. 그것이 10·26 사태이며, 나는 그 며칠 후 군에 입대했다.

만약 차지철의 탱크로 학생을 밀어버리겠다는 말에 김재규가 동의했다면, 실제 영도 경찰서 정보과장의 말이 실현되었을 수도 있겠단 생각이 들었다.

2장

나의 군대 생활과 군사 반란

오봉산 매미는 겨울에도 운다

김재규 정보부장의 10·26 박정희 대통령 시해 사건과 12·12 군사반란 등 굵직한 역사적 사건이 일어나던 시기 난 군대에서 졸병 생활을 했다. PX에서 바람개비 빵 하나가 얼굴 크기만 했는데 하나에 90원 하였다. 배가 고팠지만, 그 빵을 사러 졸병은 PX에 갈 수 없었다. 당시 육군 이등병 월급은 2,400원이었다. 소대 내에 군기 반장을 기지개라 불렀는데 군기반장은 일등병 최고참이 할 때도 있고 상병 중간이 할 때도 있었다. 2,400원 월급을 타면 기지개는 고참, 졸병 할 것 없이 월급 때마다 500원을 걷었다. 소대 내 제대군인의 날짜가 다가오면 군 생활 추억을 담은 방패 같은 걸 만드는 그 비용으로 쓰고 제대군인 회식 때 PX에서 빵이랑 과자 같은 걸 준비해서 회식을 했다.

군대 생활한 사람은 알겠지만, 군기반장의 무서움은 엄청났다. 졸병의 일과는 군기반장에 달려있다는 말이 있을 정도다. 밤에 잠들기 전에 기지개는 침상 머리를 발로 툭 찬다. 그러면 알아서 일어나 밖에 나가야 한다. 차례로 두들겨 맞고 들어와 침상에 누우면 그제야 일과가 끝이 난다.

엊그제까지 사회 생활하다 군에 입대했다고 하루아침에 군인이 되는 건 아니다. 밥을 빨리 먹는다고 해도 두세 숟갈 목구멍에 넘어갈 때쯤 조교는 영락없이 "동작 그만"을 외친다. 그중에 깍두기를 입에 넣고 살짝 깨물었다가는 어김없이 군홧발이 날아왔다. "식사 끝" 구령과 함께 각개전투장으로 끌려갔는데 30사단 각개전투장은 경사가 30도 정도에 2㎞ 꼭대기에 철탑이 있었다. 낮은 포복으로 기어서 반쯤 올라가고 기어서 내려왔다. 본격적으로 훈련이 시작되었다.

오봉산 각개전투장은 항상 신병들이 기어 다녀서 작은 산 돌들이 반질반질했다. 30사단 오봉산 각개전투훈련장은 대한민국 최고의 도끼 살인마 고재봉이 사형당한 사형장으로 악명 높았다. 1962년 말 101대대 상병 고재봉은 301대대 박병희 중령 관사에 침입해 명태와 구두 두 켤레를 훔쳤다. 박 중령은 식모한테 이 사실을 듣고 "오랜만에 외출해 술도 마시고 싶고 하니 명태 마리나 훔쳐 간 것"으로 이해하려고 했으나 군화와 구두까지 훔쳐 간 것을 알게 되었고 박 중령은 출근도 제대로 하지 못했다. 이에 박 중령은 화가 나 신남 지서에 도난신고를 했고 고재봉은 군 수사기관에 검거되어 절도죄로 구속돼 육군교도소에서 7개월간 옥살이를 했다. 세간에는 고재봉이 박 중령의 '당번병'이라고 소개되어 있으나 이는 사실이 아니다. 고재봉과 박 중령은 대대가 달랐으며 1963년 11월 18일 자 〈경향신문〉에 나온 박 중령 인터뷰를 보면 그는 고재봉의 얼굴도 잘 모른다고 했다.

군대 생활을 한 사람이라면 "육군 형무소 7개월 살래 민간인으로 교도소에서 7년 살래"라고 하면 민간인 교도소를 선택할 것이다. 요즘 젊은이들은 모르겠지만 옛날 우리 때만 하더라도 군대 영창은 죽음의 고문으로 온종일 철봉에 매달려 있어야 했다. 팔에 힘이 빠져 밑으로 내려오면 몽둥이 타작을 당했다.

이 사건은 고재봉의 살의를 불러일으켰다. 고재봉은 출소한 후 박병희를 결딴내기 위해 관사에 한밤중을 기다려 침입했다. 자는 일가족을 모조리 도끼로 살해했다. 그러나 고재봉은 큰 실수를 하고 말았다. 고재봉이 군 교도소 생활할 때 박병희 대대장은 다른 부대로 전출을 갔고 그곳에 살던 사람은 신임 대대장 이득주 중령의 일가족이었다. 결국 엉뚱한 이득주와 그 부인인 교사 김재옥 그리고 9세, 5세 딸, 3세 막내아들 그리고 가정부 당시 15세까지 총 6명이 살해되었다.

고재봉은 오봉산 각개전투장에서 총살형을 당했다. 오봉산 매미는 겨울에도 운다. 조교의 "울어!"라며 고함을 지르면 우리는 "맴맴"하고 울었다. 아무리 큰 소리로 외쳐도 조교는 복창 불량이라 했다. 그 시절은 왜 그렇게까지 병사들에게 밥도 충분히 주지 않고 혹독한 훈련을 시켰는지 이해가 되지 않는다. 이것이 한국군의 전통인지 꼭 이렇게 해야만 전투력이 좋아지는지 아무튼 그 시절은 군대 내에서의 구타 또한 죽지 않을 정도로 행해졌다.

서창우 일병이 생각난다. 그는 결혼한 사병이었는데, 아내는 한번씩 아들과 딸을 데리고 면회를 오곤 했다. 당시 철모는 말 그대로 쇠로 되었다. 머리에 쓰는 모자는 무게가 2㎏ 정도 된다. 그런데 선임병이 서창우 일병 머리를 철모로 빵 내리쳤다. 우리 귀에까지 '빵' 하는 큰 소리가 들릴 정도로 세게 맞았다. 우리 모두 뒤로 벌렁 나자빠진 서창우 일병이 죽을 줄 알았다. 그러나 그는 벌떡 일어섰다. 군기가 바짝 들어 자기가 맞은 줄도 몰랐다. 그 정도로 구타가 수시로 행해졌다.

그 시절에는 6개월 하사, 3개월 하사, 1개월 하사가 있었다. 6개월 하사는 입대할 때부터 하사관 학교에서 정식으로 교육받고 자대에 배치된 장기복무자였다. 그들은 정년 때까지 군 생활하는 선임하사로, 교육도 보병부대에서 살인적인 훈련을 받았다.

실제 하사관 학교 교육 기간에는 천리행군이나 30㎏ 완전군장을 하고 10㎞ 구보 같은 훈련을 한다. 구보 중에 동네 똥개가 있으면 군홧발로 개를 차버리고 개 밥그릇을 몇 순갈 퍼먹고 뛴다고 했다. 나는 신병 9주도 그렇게 힘들고 배고팠는데 6개월 하사 교육이라니, 살인적인 교육의 그 힘듦이 충분히 이해되었다.

3개월 하사는 신병훈련소에서 어느 정도 체격이 있고 고등학교를 졸업한 사병들을 뽑아 3개월을 교육한다. 3개월 훈련을 받으니 우리는 3개월 하사라고 불렀다. 이러한 제도는 장기부사관 복무자 지원이 줄어드니, 부대 내에서 자체적으로 하사를 뽑아 부사관학교로 보내 교육을 받게 한 것이다. 복무기간도 일반 사병과 똑같았다.

우리가 상병 고참쯤 될 무렵, 일등병 중에서 뽑아 하사관 학교로 파견을 보내 1개월 하사교육을 받고 자기가 근무한 소대로 돌아와 분대장을 하는 하사가 있었다. 우리는 그들을 단풍 하사라고 불렀다. 문제는 계급은 하사였지만, 교육을 받았다고 해서 분대장으로 대하는 사람은 없었다. 예전처럼 부를 때도 김 상병님이라든지 박 병장님이라고 불렀다.

6개월 하사는 어차피 부사관이고 선임하사이기에 소대장급이지만, 3개월 하사는 자주 1개월 하사들을 집합시켜놓고 매타작을 했다. 기존 선임병을 잡으라는 의미이다. 그러니 자연히 내무반은 항상 긴장 속에 있었다. 1개월 하사들은 내무반 사병들을 장악하기 위해 침상 5열에 정렬, 침상 끝에 정렬하고 군기 잡기에 들어갔다. 중앙에 내무반 복도가 있고 침상이 양옆으로 있는데 동작이 일치하지 않거나 아니꼬운 고참 병은 한 박자 늦게 반응했다. 그러면 군홧발이 공중으로 펑펑 날아다녔다. 한 개 소대에 1개월 하사가 두 명 정도 있었는데 2명이 양측 침상 하나씩 맡아 군홧발이 춤을 추었다. 공포 그 자체였다.

그러면 병들 또한 갚아준다. 북한산은 우리가 파견 근무를 하던 곳이다. 우리가 입대하기 전 김신조 일당이 세검정으로 해서 당시 미도파 백화점까지 내려와 청와대로 방향을 잡은 곳이다. 그때 발각되어 세검정 계곡에서 치열한 전투가 벌어졌고 그 사건으로 종로경찰서장이 순직했다.

북한산 노적봉 아래 암벽에는 당시 치열한 전투 흔적이 있었다. 백운대 인수봉에 분대 단위로 매복도 했다. 파견을 나가면 고참 병들은 일등병 이하 이등병들에게 "야, 분대장 끌고 나가 군기 좀 잡고 와"하며 시킨다. 그러면 분대장(1개월 하사)은 꼼짝할 수 없이 당한다. 그렇다고 수색 나가서 병에게 얻어터졌다는 말도 못 했다. 서로 앙심을 품었지만, 총기사고나 오발 사고는 내가 제대할 때까지 한 건도 없었다.

북한산 노적봉 아래 주둔하고 있을 때 재미있는 일화도 있다. 대대본부에서 교회에 갈 병사를 분대장 인솔하에 구파발 대대본부 교회에 갔다 오라고 했다. 오랜만에 외출이라 근무자 빼고 서로 가려고 했다. 교회에는 군인만 오는 게 아니고 군인 가족도 참석하는데, 가끔 장병에게 선물 꾸러미도 주곤 했다.

귀대하는 길은 서울 근교의 유명한 유원지이기 때문에 주차장이 엄청나게 넓고 가게 또한 많다. 계곡물이 흐르고 조그만 다리를 건너면 군인만 갈 수 있는 군사 보호시설이 있다. 다리 입구에서 7~8명이 모여 권투선수 김태식과 박찬희 이야기를 했다. 김태식은 당시 WBC 플라이급 세계 챔피언이며, 박찬희 또한, 한국이 낳은 세계 챔피언 권투선수다. 김태식과 라이벌인 박찬희에 관해서 이야기한 것이다. 그런데 그 유명한 김태식이 소대에서 꼬박 이틀을 자고 갔다. 그 후 신웅철 병장이 일간 스포츠에 김태식과의 인연을 투고했는데 원고료로 당시 160,000원이라는 거금이 나왔다.

우리는 일간 스포츠를 돌려 가면서 보며 고달픈 군대 생활을 잠시나마 잊었으며, 받은 원고료로 거나하게 회식했다.

군대 생활 중 겪은 월북자 이야기

입대하기 2년 전인 1977년, 우리 군 현역 대대장 유운학 중령이 무전병을 데리고 월북했다. 운전병은 안 간다니까 다리에 총을 쏘고 무전병만 데리고 월북했다. 유운학은 북한에서 엄청난 환영을 받았다. 그러나 환영은 1년 지날 무렵 끝났다.

다음 해인 78년, 정보사 이준광 소령이 월북했다. 그의 월북 사건은 민간인은 잘 모르겠지만 그가 정보를 다루는 정보사 소령이었기 때문에 우리 군 체제 자체를 통째로 바꾸는 계기가 되었다. 이준광은 유운학이 남한에서 특수한 교육을 받은 북파공작원이라고 증언했다. 북한에서 보면 유운학을 살려줄 필요가 없었다.

이준광 소령은 남쪽에서 정보사로 있었기에 그의 말이 설득력이 있었던 것 같다. 그 후 유운학은 커다란 트럭에 깔려 비참한 생을 마쳤다고 한다. 이 증언은 탈북 1호 박사인 안찬일이 당시 북한에 있었고, 그의 진술은 어느 정도 신뢰성이 있었다. 그 무렵 유운학의 비화 자체도 어느 순간 없어졌다.

이번엔 군관민 합동으로 불온 불순자 소탕 작전(삼청교육대)을 하였는데 사단 사령부 내 신병교육대 연병장에 철조망을 쳤다. 네 군데엔 기관총으로 무장을 하고 삼청교육대를 운영했다.

그 후에도 월북자는 계속 나왔다. 윤치기 중위는 몽금포 해안에서 북한 미녀들과 샴페인을 터뜨렸고 일병 정시수는 화동들에 둘러싸여 환한 웃음으로 엄청난 환대를 받았다. 그리고 이준광의 신상에 변동이 있거나 할 때는 엄청난 삐라가 넘어왔는데, 결혼하거나 아기를 낳았을 때는 어김없이 소식을 보내왔다. 모란봉 그네 터에서 아이를 안고 아름다운 부인과 활짝 웃는 사진이 삐라에 들어 있었다.

어떤 삐라에는 비행기를 몰고 월북할 때는 날개를 어떻게 흔들어 귀순 의사를 표시해야 하는지와 사병들은 어떤 코스를 통해 와야지만 지뢰를 피할 수 있다는 내용이 있었다. 당시 우리 예비사병사단 사령부는 서울 근교에 있었지만, 훈련은 임진강 너머에서 했다. 항상 대북 방송이 쩌렁쩌렁하게 울렸다. 특히 하사관의 월북자가 많았다.

훈련장 주변에는 삐라가 아예 책자로 날아왔다. 그때는 어김없이 78년 월북한 이준광의 소식이 실려있고 윤치기 중위의 모습도 담겨있었다. 종이도 컬러로 우리 달력 종이보다 질이 좋았다. 물에 젖어도 찢어지지 않는 고급 재질이었다. 확실히 그 시절에는 남한보다 북한이 잘 살았다는 것을 말해주는 것 같았다. 특히 겨울에는 편지까지 삐라로 날아왔다.

"남조선 최전방에서 근무하는 오빠들에게, 저희 북녘 동포 여동생들은 남조선 오빠들의 불쌍한 모습이 떠올라 오늘도 잠을 설칩니다. 우리 빨리 통일이 되어 흩어져 살지 말고 어울려 같이 살아요. 그때까지 몸 건강하시기 바랍니다. 그날은 얼마 남지 않았으니 참고 나중에 만나요."

당시 전방에서 군 생활한 사람이라면 누구나 알 것이다. 사병들은 철모 안에 그런 삐라를 넣어 한 번씩 보곤 했다. 그만큼 그 시절은 북한으로 월북한 사람이 많았다.

월북하니 생각나는 일이 하나 더 있다. 눈보라가 휘날리던 어느 날, 그날은 농로가 아닌 통일로 양쪽으로 행군하며 내려오는데, 육군본부 별 수십 개가 전방으로 달려갔다. 별 번호판을 단 지프가 30대 정도 전방으로 올라가는데 우리 사병은 그 이유를 몰랐다. 벽제 용미리 공동묘지 벙커에서 하루를 보내고 아침에 일어나보니 공동묘지 전체에 삐라가 뭉텅이로 날아와 있었다. 1사단 수색 중대장이 월북한 것이다. 그 이름은 석정현 대위로 충청도가 고향이고 3군 사관학교를 졸업했다. 우리 사병들은 훈련을 중지하고 부대로 복귀했다. 석정현 대위 월북 시 나는 갓 병장을 달고 있을 때였다.

그 후 사병은 외출, 외박이 금지되었고 매일 내무반에서 정보사나 보안대에서 나와 보안 교육을 받았다. 대충 민족을 배신한 반역자, 석정현은 어쩌고저쩌고하는 내용인데 당시 보안 부대원은 머리는 민간인처럼 하고 계급장 없는 군복을 입고 다녔다. 그 사람이 장교인지 하사인지 병사인지 몰랐다. 그들은 중대장이나 소대장이 옆에 있는데도 다리를 꺼덕꺼덕하며 소대장이나 중대장에게 구타당한 사람은 쪽지에 적어내라고 했다. 그 당시 보안

사의 위세는 그만큼 당당했다.

교육을 마치고 우리는 선임하사에게 물어봤다. "저 새끼는 계급이 있습니까" 선임하사는 대부분 군대 생활을 10년 이상 한 사람들로 중대장보다 더 내용을 잘 안다. 선임하사는 뜻밖의 대답을 했다. 그의 계급은 일등병이라고 했다. 그 시절은 보안사 출신 대통령 전두환 시절이었고 보안대는 전군을 장악하고 있었다. 부대마다 파견 보안대가 있었다. 군대 어떤 정보도 보안사 정보망을 피해 가지 못했다. 12·12 사태 때 사단장 이마에 권총을 들이댄 보안사 군인은 중령이라고 했다. 그들은 항상 민간인 복장을 하고 사단 위병소를 들락거렸고 사령부 테니스장에서 공을 치곤 했는데 사병들은 그 사람이 군인이 아닌 줄 알았다.

반역자 석정현 대위는 그 후 어떻게 되었는지 나는 모른다. 나는 이준광 소령이 대좌 계급장을 달고 삐라에 담겨 소식이 넘어올 때까지 군대 생활을 했다.

훈련, 또 고달픈 훈련

훈련 일정이 잡히면 육군 병장은 한 일주일 전부터 상병 이상 중간 간부들을 불러놓고 말로써 분위기를 잡는다. 그러면 기지개는 저녁마다 매타작하며 졸병 군기 잡기에 들어간다. 군기를 잡아야 낙오자가 생기지 않기 때문이다.

또 훈련장에 도착하면 기지개 밑으로는 다 식기 당번이다. 식기를 씻기 위해 골짜기로 기지개가 가면 자연히 그 밑 병사들은 골짜기에 집합한다. 우리 소대만 있는 게 아니고 전 대대 병력의 졸병들은 다 배에 잔뜩 힘을 주고 열을 맞추어 선다. 그러면 골짜기에 졸병의 비명이 몇 시간 울려 퍼졌고 저녁 밥차가 올 때까지 구타는 계속되었다. 훈련 중에 낙오하지 말란 뜻이다. 그렇게 해도 100㎞가 넘는 거리를 행군하다 보면 졸병 중에서 낙오자가 나오기도 했다. 50분 걷고 10분 쉬는 형태로 걸었는데, 쉬는 시간 졸병은 담배도 한 대 못 피웠다. 고참에게 라이터가 있었는데 고참은 담배를 피우고 야박하게 군화로 문질러 꽁초를 꺼버렸다.

그 외에도 한미연합훈련 같은 일정이 잡히면 미군은 대항군(북한군)으로 정상에 있었다. 우리 보병에게는 새벽 4시에 공격 앞으로 돌격 명령이 떨어졌다. 산을 넘고 고개를 넘어가다가 고구마밭이나 감자밭이 나오면 뽑아 먹기도 했는데, 그러면 밭은 엉망이 된다. 지휘관이야 작전지도대로 하지만 병사들은 군장을 지고 기관총을 둘러매고 산을 몇 개나 넘어야 했다. 목적지 봉우리 9부 능선에서 돌격 앞으로 명령이 떨어지면 "와~" 하는 함성과 함께 고지를 점령하는데 정작 대항군인 미군은 한 명도 없었다. 산을 넘고 고개를 넘는 사이 이슬에 온몸이 젖어 추위를 느꼈다. 공격 능선을 내려와 대열을 맞춰 다시 도로를 따라 내려오면, 미군은 장갑차 뒷문을 열어놓고 비스킷을 먹고 있었다.

우리 부대는 벽제 용미리 공동묘지 한복판에 벙커가 있었는데 그곳에는 특이한 무덤 하나가 있었다. 비석에는 숙명여대 약학과 2학년 김송숙의 무덤이라고 쓰여 있었다. "적막한 묵묵 석에 푸름이 돋는 것은~"으로 시작하는 김송숙 자작시가 새겨진 또 하나의 비석이 그 옆에 있었다. 약학과 동기생들이 그녀의 비석 옆에 세운 것이다.

우리 부대는 원래 벙커에서 자게 되어 있는데 벙커는 늘 축축해서 공동묘지 잔디에서 자곤 했다. 누구도 알아주지 않아도, 우리는 김송숙의 묘지를 관리해주었다. 때론 잡풀도 뽑아주고 잔디도 고루 깎아주었다. 우리 앞에 선배도, 우리가 제대하고 후배들 또한 그녀의 무덤을 항상 관리해주었다.

나는 특히 동계훈련이 힘들었다. 임진강 칼바람이 만만치 않았다. 지금은 그 위치가 어딘지 알지 못하지만, 항상 대북 방송이 쩌렁쩌렁하게 흘러나왔다. 당시 우리 사령부는 고양시 수색에 있었는데, 제대한 후 한 번도 가보지 않았다. 40년이 지난 오늘, 정확한 지명도 기억나지 않는다.

군인은 항상 밤에 이동하며 주로 차가 없는 좁은 길을 이용하는데 오고 갈 때 농로에 소가 있으면 졸병들은 군홧발로 소를 둘러찬다. 소는 고삐가 묶여 도망도 가지 못하는데 우리 대대 병력이 통과하며 한 명씩 소를 군홧발로 찼다. 그것으로 힘든 군 생활의 스트레스를 푸는 것인데, 소는 몇백 명이 통과하는 동안 펑펑 소리가 나도록 군홧발로 차였다. 지금 생각하니 참 못 할 짓을 한 것 같다.

김신조 등 무장 공비가 1968년 1월 북한산 세검정 계곡까지 왔는데 모두 다 죽고 김신조 한 명만 살아남아 투항했다. 그 사건을 1·21 사태라고 한다. 그때에는 군에 있지 않았지만, 당시 군 생활을 한 선임하사나 행정관을 통해 들어서 잘 알고 있다. 당시 사병의 군 복무기간은 30개월이었다고 한다. 그런데 김신조 사건이 나고 36개월로 연장되었다. 제대 날짜가 다가오면 특명이 육군본부에서 날아온다. 나 같은 사람은 34개월 16일 했지만, 제대 날짜가 누구나 똑같지 않다.

일요일 아침은 라면이 나왔다. 식당에 가지 않고 기지개가 당번을 데리고 커다란 알루미늄 양쪽 손잡이가 있는 통에 라면을 담아오는데 1개 소대 병력이 먹을 분량이다. 사병은 오히려 밥보다 퉁퉁 불은 라면을 더 좋아했다. 아침에 일어나면 제대 특명을 받은 최고참에게 졸병들은 "필승! 라면 세 그릇"하고 경례를 했다. 그 말은 제대하는 날까지 일요일이 세 번 남았다는 것을 의미했다. 그런데 김신조 사건이 나고 군 복무기간이 갑자기 늘어났으니, 군인들은 얼마나 황당했을까? 특명을 받은 군인도 있었을 것인데, 군대 생활이 갑자기 늘어나게 되었으니, 벼락도 그런 벼락이 없었을 것이다.

제대가 얼마 남지 않았을 때 공지 합동훈련이란 걸 했다. 그것은 사단마다 1개 대대가 참가한 훈련으로 여러 사단이 참가하고 공중에 조명탄을 쏘고 보병들은 연합해 돌격 앞으로 하는 훈련인데 당시 산정호수 근처에서 훈련했다.

대대 단위가 참가하는 훈련이기에 대대 보급관은 각 중대와 본부중대 보급병을 소집하여 훈련에 필요한 보급 물자를 나누어 주었다. 우리 중대 보급병 박 병장은 무슨 잘못을 했는지 잘 모르겠지만, 대대 보급관 대위에게 엄청난 구타를 당했다. 대대 보급관 대위는 산정호수 능선마다 있던 타 부대가 보는 데서 군홧발로 돌려차기를 하면서 엄청나게 두들겨 팼다. 지금도 똑똑히 들린다. 그 보급관은 발차기하면서 "야 이 새끼야 너하고 나는 7계급 차이다." 당시는 상관이 부하를 죽을 정도로 패는 일이 예사였다. 지금은 군 인권위원회 같은 것이 있지만, 당시에는 그런 건 존재하지 않았다. 당시 장교의 군화는 사병과 달랐다. 옆에 지퍼가 달렸고 군화 밑에는 징이 박혀 있어 그 자체가 엄청난 무기고 한번 걷어차면 죽을 수도 있었다.

그 일이 있고 난 날 저녁 소대 단위로 큰 텐트를 치고 소대 전부가 들어가 잠을 잤는데 큰 바위 하나가 굴러와 우리가 자는 텐트 귀퉁이를 치고 지나갔다. 다행히 다친 사람은 없었지만, 우리 소대 텐트 위에는 대대본부 텐트가 있었는데 누군지는 모르지만, 산 위에서 바로 보급관을 노리고 바위를 굴렸지 않았나 생각한다.

제대 말년과 우 순경 사건

취사병으로 근무

북한산, 송추 등 여러 곳을 중대 단위 또는 소대 단위로 파견 생활할 때는 누군가 취사 담당을 하는데 주로 내가 맡았다. 대대 본부에는 정식 취사병이 있지만, 작은 중대나 소대 단위에는 자체에서 취사병을 뽑아 담당하게 했다. 나는 병장을 달고부턴 취사반장으로 생활하면서 검정고시를 준비하며 틈틈이 사회에 나갈 준비를 했다.

취사반장은 보조 취사병을 데리고 밥을 하지만 나는 육군 정량대로 밥을 하지 않았다. 육군 정량은 일식 3찬으로 아침, 점심, 저녁 메뉴판에 따라 나오고 메뉴대로 부식이 나왔지만, 북한산, 송추 같은 곳은 주로 기름 같은 것은 헬리콥터가 내려주지만 매일 먹는 부식은 군단 사령부에서 각각 고지에 차가 갈 수 있는 곳까지 트럭으로 날라다 주었다. 그러면 기지개가 병사들을 데리고 부식을 받아 고지로 가지고 온다. 그때부터는 국방부 메뉴판은 필요 없다. 취사반장으로 내가 하고 싶은 메뉴대로 만들어 매일 병사들을 먹였다.

잡채 같은 음식도 만들고 국수도 삶아 비빔국수도 해서 먹이고 국방부 메뉴에는 없는 카레 같은 것도 만들어 먹였다. 국수를 할 때는 기지개에게 "김 상병 오늘 점심은 비빔국수다."라고 말하면 기지개는 "예 알겠습니다." 하고 어떻게 해서든 국수를 정확히 준비해온다. 내 방식대로 하다 보니, 육군에서 나오는 고기나 다른 부식 거리는 항상 남았다. 수제비 하는 날에는 육군 정량 고기를 주먹만 하게 큼직큼직하게 썰어 넣어주었다. 소대장도 사병도 전부 밥때를 기다리며 오늘은 뭘 주려나 궁금해했다. 주방을 기웃거리는 병사도 있었다. 졸병은 항상 배가 고픈 것을 잘 알기에 식은 밥 남은 걸 버리지 않고 무쇠솥에 얇게 펴서 누룽지를 만들어 주곤 했다.

한 번은 힘든 '돌격 앞으로' 훈련을 하고 내려왔는데 대항군인 미군이 가랑비가 오고 하니 전부 장갑차에 들어가 자고 있었다. 사실인지 모르지만, 미군은 비가 오면 훈련하지 않는다고 한다. 진주가 고향인 최광용 병장이 트럭을 총의 개머리판으로 꽝 치면서 "헤이 미스터 블랙조" 하고 고함을 질렀다. 당시 덩치가 어마어마한 흑인 병사가 반사적으로 M60기관총을 번쩍 들고 뛰어나왔다. 지금도 그때 모습이 생생하다. 우리는 중대 단위로 오와 열을 맞추어 행진하다가 얼마나 놀랐는지 본능적으로 중대장이고 소대장 할 것 없이 논두렁 밭두렁으로 도망갔다. 그때는 전우애고 뭐고 할 것 없이 본능적으로 도망친 것이다. 얼마나 놀랐는지 아직도 기억에 생생하게 남아있다.

어느덧 내 군대 생활에도 특명이 내려왔다. 정확히 82년 8월 20일. 군 제대 말년, 탄약고에 중대 단위로 파견 생활을 했다. 다른 병사들이 훈련에 나가면 나는 취사반장이기 때문에 열외로 중대 행정관과 바둑을 두곤 했다. 나는 바둑을 중대 행정관에게 배웠다. 처음에 넉 점을 깔고 두었지만 한 번도 이긴 적이 없고 번번이 졌는데 내가 왕 선임자가 되었을 무렵 행정관이 넉 점을 깔아야 할 정도로 처지가 바뀌었다.

우 순경 사건

당시 3군 사관학교 출신 대위가 중대장으로 부임했는데 나와는 군대 생활을 얼마 하지 않아 이름도 모른다. 당시 나는 취사반장으로 선임하사 수준이었다.

취사반장으로 제대를 몇 달 앞둔 82년 4월 26일, 나라가 떠들썩했다. 나는 중대장과 선임하사들과 같이 텔레비전을 본부중대 내무반에서 보았는데 그 유명한 우 순경 사건이 경남 의령에서 일어났다. 우범곤 순경 사건은 하룻밤 사이에 62명을 죽이고 33명에게 중경상을 입혔다. 하룻밤 사이 최고로 사람을 많이 사망케 한 사건으로 기네스북에 등재되었으며, 아직도 깨어지지 않은 세계살인마 1위 기록이다.

전화교환원이 우체국에서 연결해 주어야 통화가 되는 시절, 우범곤은 현역 순경이었다. 전화기 하니 생각나는 것이 있다. 우리 어릴 때는 백색전화기, 청색전화기가 있었다. 전화기 색상이 아니고 백색전화는 1970년 9월 1일 이전에 가입한 전화이며 청색 전화는 그 이후에 가입한 전화다. 백색전화기는 돈을 주고 사고 팔 수 있는 집안의 재산이었고 70년도 이전엔 웬만한 시골 동네에서는 백색전화를 구경하기 어려웠다. 백색전화만 있으면 부자였던 셈이다. 그러다가 1970년 9월 1일 이후 청색전화기가 시골에도 드문드문 생겼다. 그렇지만 시골에는 우체국에서 교환원이 연결해 주어야 통화가 되었다.

우 순경은 우체국부터 습격하여 당시 교환원으로 근무하던 여성들을 먼저 쏘아죽였다. 그러자 경남 의령은 누구와도 통신할 수 없는 암흑의 세상이 되었고, 우 순경은 각 마을을 돌아다니면서 조준 사격으로 사람을 죽였다.

그는 한때 특등 사수로 청와대 경호실에서도 근무했다. 우 순경 사건을 사람들은 파리채 사건이라 말하기 한다. 당시 야간 근무하고 웃통을 벗고 잠을 잤는데 동거하던 여성이 우 순경 배에 파리가 한 마리 있는 것을 보고 파리채로 때렸다. 깜짝 놀란 우 순경은 동거녀의 해명도 들어보지 않고 엄청나게 구타했다. 당시 청와대 경호실 소속으로 잘나가던 시절도 있었지만, 두메산골로 발령받아 박봉을 받았기에 늘 동거녀 가족에게 구박을 받았다고 한다. 그런 스트레스가 한 번에 폭발한 것이다.

잠을 깬 우 순경은 파출소로 가서 방위병 두 사람과 소주를 주고받았는데, 동거녀 조카가 와서 왜 여자를 구타했냐고 거칠게 대들었다. 갈 데까지 갔다고 생각한 우 순경은 무기고 문을 열어 카빈총 두 자루와 수백 발의 실탄이 든 탄창 통과 수류탄을 들고 나가 우체국부터 습격했다. 항간에는 우범곤 순경이 전화교환원 아가씨를 집요하게 좋아했다는 설도 있다. 그 교환원 아가씨가 우 순경을 상대하지 않자 살의를 품어 제일 먼저 살해했다는 것이다.

통신할 수 없어진 상황에서 의령군 궁류면 4개 마을을 차례차례 습격했는데 가장 피해가 심한 마을은 상가였다. 시골 상가는 밤새 불을 밝혀놓고 돗자리에 음식과 술상을 차려놓고 조문객을 맞는다. 그런데 약간 취기가 있는 우 순경을 보고 마을 청년이

"야, 우 순경. 공비가 왔나, 총은 왜 두 자루씩이나 매고 다니냐?"

하고 핀잔을 주고

"자네, 여기서 똥폼 잡냐?"

하는 식으로 한마디씩 했다. 처음엔 우 순경이 조의금도 내고 상가니까 그냥 안주나 한 상 받아먹고 나가려고 했는데, 이미 전화국에서 두 사람을 죽였고, 그것을 목격한 택시 운전사도 죽인 상황이었다. 마을 청년에게 핀잔을 들은 우 순경은 또다시 감정이 폭발하여 총을 들고 자리에서 일어났다.

"니 쏠 수 있나?"

하고 마을 청년이 또 비웃었다. 실탄 수백 발이 든 탄창을 들고 나온 터라 아예 조준 사격으로 당시 상가에 모인 사람들을 모두 사살했다.

중대장과 제대

새로 부임한 중대장과의 인연은 같이 우 순경 사건과 같은 텔레비전의 특집 방송을 내무반에서 본 것 말고는 기억에 남은 것이 없다. 입대했을 때는 육사 출신의 강병직 대위였는데, 중대장 부인은 당시 부산 국민은행에서 근무했다. 사모님은 같은 부산 출신인 나를 반가워했다. 배치카 당번을 하면서 야전잠바를 홀랑 태워서 내 몸에 맞지 않는 큰 야전잠바를 입은 나를 보고 안타까워하던 기억이 난다.

새벽 6시에 기상하면 전 중대 병력이 연병장으로 나와 하루를 시작한다. 점호하고 10㎞를 군가를 부르며 뛰는데, 당시 군기가 바짝 들어 있던 나는 잠이 다 깨지 않았다. 잠들기 전에 군기 반장에게 두들겨 맞고 또 야간 근무 2시간을 서야(두 시간이지만 오고 가는 시간까지 하면 훨씬 많은 시간이다) 했기에 졸병은 항상 잠이 부족했다. 그런 상태에서 새벽 점호를 받을 때 한 번은 나도 모르게 중대장님 하는 소리를 "아부지요"라고 했다. 연병장의 전 중대원들은 폭소가 터져 나왔는데, 아예 고참은 배꼽을 잡고 웃었다.

작전을 나가면 M60기관총을 돌아가면서 둘러매고 다녔는데 한 번씩 강병직 중대장이 M60을 받아 매고 가기도 했다. 어느 날 작전 지역에서 나무를 한 그루 심었으며 중대장이 말했다. 자기는 평생 군 생활해야 하지만 후에 제대하면 이 나무를 보러 한 번씩 와 달라고 했다. 부대원들 모두는 그러겠다고 답했다. 누군가는 찾아갔는지 모르겠지만, 나는 살기 어려웠고, 직업이 배를 타는 선원이라 그 약속을 지키지 못했다. 지금은 그 위치도 기억이 나지 않는다. 아마 그 능선 어딘가에 고목이 되어 잘 자라고 있으리라. 내 그리움 속에 그 나무가 있다.

당시 계급 정년이 있었다. 계급 정년은 위관급에서는 언제까지 반드시 소령 진급을 해야 하고, 대령은 정해진 기간 내에 반드시 장군 진급을 해야 했다. 장교 사이에도 빽이 있어야 진급할 수 있었다. 장교는 대부분 이화여대 출신 여성과 결혼했으며, 계급 정년 때는 사모님들의 치마 전쟁이 시작되었다. 남편의 진급에 결정적인 역할은 부인이 했다. 대부분 육사 출신의 위관장교는 특별한 문제가 없으면 소령 진급은 거의 확정적이다. 그러나 대령에서 장군 진급할 때는 부인의 출신과 능력에 달려있었다.

우리나라는 학연이 하나의 줄인 나라다. 이화여대 장군 부인이 이화여대 후배 남편을 끌어주는 것이다. 검찰도 마찬가지, 경찰 또한 마찬가지이며 자기 후배를 끌어올려 가까이 두길 원했다. 선배 없는 사시 합격한 독학생들은 우수한 성적에도 변호사를 택하는 이유이다.

내 그리움의 한 귀퉁이에는 중대장 보직이 끝나고 소령 진급을 눈앞에 둔 강병직 대위가 항상 있다. 제대 말년에 중대장이 삼군 사관학교 출신의 대위로 바뀌었고 여전히 국방부 시계는 돌아 갔지만, 보직을 발령받지 못한 그는 부대를 왔다 갔다 했다. 전임 중대장은 내가 제대할 때까지 진급을 못 했다. 지금은 다 노인이 되어 은퇴했겠지만, 나는 항상 그립고 궁금하다. 한국 별은 똥별이라고 불렀지만, 그는 장군까지 진급하였을까?

고참 시절 시간이 될 때마다 검정고시 공부를 했다. 취사반에 쌓아두고 늘 보고 또 보곤 했다. 제대하면 1순위로 검정고시 통과하고 사법 시험을 준비하여 꼭 성공하겠다고 다짐했다. 우리 본부중대 행정병 중에는 법대 다니다 온 병사가 있었는데 책을 얻어보기도 하고 빌려보기도 했다. 당시 꼭 대학을 나오지 않아도 사법 시험을 통과하여 성공하는 사람이 가끔 있었다. 당시 나는 확고한 결심이 있었지만, 제대하는 순간 불가능하다는 것을 깨달았다.

제대는 했지만 돌아갈 집이 없었다. 부모님 모두 일찍 돌아가시고 누나들은 모두 시집을 갔다. 형님은 내가 아주 어릴 때 도시로 나갔기에 형제는 맞지만 남과 다름없었다. 제대 후 형님 집에 갔으나 형수는 늘 싸늘했고 나에겐 가시방석이었다. 당시 하루 빨리 형님 집에서 나와야 했다. 형님과 형수 처지에서도 어색한, 전혀 낯선 사람과 한집에 있는 셈이었다.

부모님 중에 어머님이 먼저 돌아가시면 콩가루 집안이 된다는 말이 있는데, 나는 양친 모두 돌아가셨다. 내가 보던 모든 책을 버리고 방을 깨끗이 정리한 후 형님 집을 나왔다.

부산은 20대 때 떠나고 나 스스로 부산과 인연을 끊었다. 누나

4명과 형님 한 분이 있어도 어디에 사는지 몰랐고, 발길을 끊은 지 40년이 넘는다. 몇 년에 한 번씩 면허 발급 기간이나 교육이 있을 때 부산 영도나 용당 두 군데에 잠시 갔다 올 뿐 내 머릿속에 부산은 40년 전 그대로다.

해병대와 괴병대

군인하면 먼저 떠오르는 것이 해병대다. 우리 동네 방앗간 뒤쪽으로 골목이 하나 있었는데 안쪽에는 당시 월남에서 갓 돌아온 해병대 형이 살았다. 동네 사람들은 그 형의 아버지를 박 의사라 불렀는데 진짜 의사인지는 몰랐다. 그 해병대 형은 그 집의 막내아들이었고 꼴통으로 소문났다. 당시 해병대를 괴병대라 부르기도 했는데, 군대 밖에서 사고를 치고도 부대로 복귀만 하면 다 해결됐다. 귀신 잡는 해병이라 말할 정도로 월남전에서 그 명성이 자자한 청룡부대였다. 그 당시 기관이나 청와대, 육군본부 등 중요한 곳에는 모두 해병대가 관리하고 경비를 섰다. 그러나 세월이 지날수록 막강한 해병의 전투력은 약해졌다.

나는 해병대 출신은 아니지만 정말 안타깝게 생각한다. 우리 때에는 지역에 따라 휴가비가 나오는데 서울을 기준으로 거리에 따라 휴가비가 다 달랐다. 부산 사는 장병, 광주 사는 장병들 모두 휴가비가 다르게 나왔다.

휴가비라 해야 몇 푼 안 됐다. 상병쯤 됐을 때 월급이 3,200원이었다. 지금 대통령은 장병 월급을 200만 원 준다고 공약했는데, 세월 따라 물가상승률이 적용되겠지만 3,200원 받아도 기지 개가 500원 걸어가서 장병은 돈이 있을 리 없었다. 그러면 모두 군용열차를 탔다. 군용열차가 따로 있는 게 아니고 군인들만 타는 TM 칸이 따로 있었다. 그 칸에는 여군도 있고 해병대도 있는 등 각자 부대의 특성이 잘 나타났다. 우리 보병들은 제일 얌전하고 끽소리도 못했다.

TM 군용열차에서는 거의 해병대가 개판을 쳤다고 한다. 우리 때에는 해병의 위세는 모두 어디 가고 그 위상은 볼 수 없었다. 해병대를 대신한 것이 공수부대였다. 공수부대원은 열차에 올라오는 폼 자체가 어마어마했다. 바지 끝에 링을 달고 그 속에 구슬을 넣었다. 두세 명이 걸으면 바지 링 속에서 "철그덕철그덕" 하고 구슬이 부딪치는 소리가 들렸는데, 정말 기를 죽게 했고 그들의 똥폼은 말할 수 없을 정도였다.

해병대의 전투력 약화는 전두환 신군부 탄생으로 이어졌다고 생각한다. 육군본부나 청와대 요직의 모든 경비병을 수경사나 공수부대로 교체한 것이다. 만약 그 옛날 김신조 사태 이전처럼 해병대가 국가의 중요기관에 경비를 쓰고 있었다면 전두환 신군부 시대는 탄생하지 못했을 수도 있다. 훗날 그 사건은 광주 민주항쟁으로 이어지는 결과를 낳았다. 나는 일반 소총부대 소속이었지만 공수부대는 엘리트 병사만 사전에 뽑아 강도 높은 훈련을 시켰다. 그 옛날 해병의 깡다구와는 비교가 되지 않았고 공수부대 지휘관 역시 육사 출신의 최고의 엘리트 장교였다. 당시 엘리트 집단이 군대 내에 모임을 만들었는데, 그 이름이 하나회였고 전두환 역시 하나회 소속이었다.

친구 중에 해병대 헌병이 한 명 있었다. 가끔 휴가가 겹치면 같이 만나는데 사고뭉치 해병대를 만나면 줄행랑을 친다고 한다. 해병대 헌병의 훈련 중에는 물 호스로 눈알이 빠지도록 쏘는 훈련이 있다고 했다. 절대 눈을 감으면 안 되고 물 호스를 뜬 눈에 쏘는 훈련이다. 살기가 품어져 나올 때까지는 쏜다고 한다. 그 박 의사 막내아들은 그야말로 천하무적이었는데 오고 가면서 똥 냄새도 나고 했지만, 한 번도 우리 꼬맹이에게 야단을 친 적이 없고 모른 체했다.

5.16 군사 쿠데타로 정권을 잡은 박정희는 서울, 부산에 고속도로를 건설해야 했고 국가는 돈이 없었다. 일단 국가의 대동맥을 뚫어야 발전에 밑거름이 될 수 있다고 생각했기에 고심 끝에 중앙정보부 김종필 부장을 특사 자격으로 일본에 보냈다. 당시 일본 오노 자민당 부총재는 박정희가 일본제국 군사 군관 학교 출신이란 걸 알고 이렇게 말했다.

"아들의 자랑스러운 무대를 보게 되어 기쁘다." 이 말은 한국을 일본 한 수 밑으로 두려는 뜻으로서 해석된다. 박정희는 개인 자격이 아닌 국가 원수 자격으로 일본을 방문했음에도 불구하고, 나구모 신이치로 일본 군관 학교 당시 교장에게 옛 은사라며 엎드려 큰절했다고 한다.

박정희는 기시 노부스케를 만난 자리에서 일본은 한국보다 앞섰으니 형님으로 모시겠다고 동생을 잘 좀 키워달라고 했단다.

당시 기시 노부스케가 구상했던 만주국 산업개발 5개년 계획은 박정희가 그대로 한국의 산업개발 5개년 개발 계획으로 만들었다. 당시 박정희는 약관 30세의 김종필 중정부장을 특사로 오히라 일본 외무상과 회담하게 했고 외무상 오히라는 3억 불 무상 3억 불 유상으로 김종필과 합의했다. 다음으로 일본 총리를 만나야 했다. 당시 이케다 일본 총리가 온천에서 목욕하고 있다는 정보를 알고 김종필은 직접 그 온천으로 찾아갔다. 이케다 역시 한국에서 손님이 온다는 것을 알았을 것이고 김종필은 이케다 수상을 면담하고 담판을 지었어야 했다. 협상 과정에서 이케다 수상은 일억 오천 무상을 제시했고 김종필은 오히라 외상과는 3억의 무상을 약속한 바 있다고 했지만, 이케다는 내가 오히라보다 상관이니 내 의견대로 해야 한다고 했다고 한다.

이케다 수상은 무상 일억 오천에 4억 5천 유상으로 서명했고, 우리나라는 경부고속도로 시공식을 할 수 있었다. 거의 10년 세월 동안 공사를 맡은 정주영은 자신의 모든 운명을 경부고속도로에 걸었다. 결국 경부고속도로 건설로 한국 경제발전의 대동맥을 뚫었고 그 후 현대는 승승장구했다.

이 협상을 두고 굴욕적인 협상이니 비굴한 외교니 말이 많지만, 당시 한국은 돈이 없었고 어디에도 포장된 도로가 없었던 현실에서 어쩔 수 없는 선택이 아니었을까? 당시로서는 옳은 결정이었고 아무 능력 없는 국가를 박정희는 그대로 두고 볼 수 없었다. 그것은 대한민국 발전을 50년 이상 앞당긴 중요한 결정이 틀림없었다고 생각한다.

당시에는 거리가 멀든 가깝든 전부 진창 도로였고 그나마 새마을 운동으로 자갈을 깔아 도로를 포장했다. 당시 시골 버스가 읍내까지 일주일에 딱 두 번 다녔다. 한 번은 읍내에서 열리는 5일장이 끝나고 가는 버스를 박 의사 막내아들이 도로 한복판에서 양팔을 옆구리에 붙이고 다리를 벌리고 막았다. 시골 버스는 꼼짝도 못 했다. 읍내 경찰관이 이 소식을 듣고 자전거를 타고 두세 명이 왔으나 오히려 죽도록 얻어맞았다. 정말 난감한 상황이 되었다. 버스 운전사가 내려 사정해 보았지만, 군홧발로 차버렸다.

어르신들이 살살 달래고 하면서 왜 그러냐고 하니까 통행세를 내고 가라고 했다. 그래 놓고 술이 깨면 없는 일이 되었다. 해병대가 휴가나 다른 일로 서울 시내를 다니면 일반 육군 헌병은 절대 검문하지 않는다. 검문했다간 헌병 헬멧은 다 뺏기고 얻어터지기 일쑤다. 그래 놓고 부대로 복귀해버리면 그만이다. 바로 해병의 전투력은 이런 깡다구에서 나오는 것이었다.

당시 박정희는 김신조 사건 후에 한국군 편재를 엉망으로 만들었다. 이것은 역사가 증명하겠지만, 나는 그 시절 혼란의 한복판에서 군 생활을 하였다. 한국의 모든 전력은 육사 위주로 편재하였고 합참 의장보다 육군 참모총장의 서열이 더 높은 말도 안 되는 세상이 된 것이다. 아프리카 콩고보다도 더 못한 군부 지배하에 우리 국민이 산 것이다. 그들은 미국에 빌붙어 자신들의 기득권을 반세기 동안 누렸다.

그러나 역사는 흐르고 해병대에 많은 수모를 안겨 주었지만, 그 옛날 해병대는 지금까지도 그들만의 전통을 이어가고 있다. 전국 어디에나 해병 동지회가 있다. 해병대 후배가 제대 후 취직을 못 하고 어려운 생활을 하면, 선배들이 본격적으로 나서준다. 아무 데나 가서 필승하고 선배 해병들에게 정중하게 경례하고 "저 해병대 몇 기입니다. 제대 후에 취직도 못 하고 생활이 어려워 선배님을 찾아왔습니다."라고 솔직하게 말하면 취직자리를 알선해 주는 식이다. 전직 해병 선배들은 사회 곳곳에 있고 후배 해병을 보살펴주기에 "한 번 해병은 영원한 해병이다"라는 말까지 생겼다. 정말 멋지고 부러운 말이다.

해병은 장군 장교 따지지 않고 기수로서 서열을 가리는 독특한 문화를 가지고 있다. 옛날에는 해병은 제대해서도 국가가 관리했다. 우리 둘째 매형이 경기도 포천 사람인데 사돈어른이 우리 집에 와서 말했다. 그 당시 나는 꼬맹이 시절인데, 둘째 매형이 휴가 나오면 경기도 포천 일대 마을 두 개 정도는 휩쓸고 갔다고 했다. 그만큼 깡다구는 포천 일대에서 알아주었다. 나는 둘째 누나에게 물어본 적이 있다.

"둘째 매형 어디가 좋습니까?"

"야, 꼬맹아 둘째 매형은 송창식하고 똑같이 안 닮았냐?"

라고 했다. 그 말을 듣고 보니 정말로 송창식을 닮은 것 같기도 했다.

박정희는 한국에 군사 편재를 육사 위주로 하기 시작했고 모든 기관시설에는 공수부대를 경비로 세웠다. 공수부대가 미워서 저급하게 평가하는 게 아니다. 그들은 신체가 월등하고 학벌도 높았지만, 특수부대의 구심점인 깡다구가 없었다.

나 역시 군 생활을 한 지 40년 세월이 넘었다. 해병은 김신조

사태 후에 일반 보병 소총부대처럼 약해졌고 공수부대는 갈수록 득세했다. 당시 군대 3부 요직은 육군 공군 해군 참모총장이 아니었다 문서상에 3부 요직이지만, 실제로 대통령은 3부 요직을 보안 사령관, 수경 사령관, 공수 사령관으로 삼았다. 모두 육사 출신 위주로 했다. 그 뒤 대통령이 바뀌어도 이러한 편제는 계속되었다. 당시 중앙정보부 7급 공무원이 별이 두 개, 세 개인 장군들을 불러놓고 이 새끼 저 새끼 하면서 정강이를 찼다는 말까지 있다.

군대 요직은 모두 육사 출신이었지만, 그중에 요직은 전두환의 하나회고 박정희가 그들의 후견인이었다. 지금 해병대는 해군에서 독립했다. 잘못된 편재를 바로 잡을 생각에 끝까지 활동한 단체가 있지 않았나 생각한다.

이제 이 정부에서 3군에서 4군 체제로 한다는 것이다. 그동안 해병 사령관은 3성 장군이었지만, 이제부터는 해병의 최고사령관은 참모총장으로 4성 장군이 지휘하게 되고 전투력은 이미 막강하게 회복 중인 걸로 알고 있다. 해병대의 전투력은 날로 발전하고 있다. 전투가 일어나면 공수부대는 낙하산으로 적진 깊숙이 침투하지만, 해병은 시궁창이든 똥밭이든 가리지 않는다. 무조건 정면 돌파로 상륙작전 시 최고 먼저 돌격한다. 포항에 살 때 해병대 훈련 모습을 수시로 보았다. 포스코 다리 밑에 형산강변 넓은 주차장이 있는데 해병대가 훈련할 때는 주차장을 통제했다. 하수구 통과훈련을 이곳에서 하는 것이다. 포항 시내 각종 폐수가 형산강으로 흘러나오는 구간이 있다. 이 하수구 구간을 두 명씩 조를 짜 통과훈련을 한다. 각종 하수구 찌꺼기를 덮어쓰고 통과하면 구호에 맞춰 PT 체조를 하는데 정말 늠름하고 포스와 깡다구가 장난이 아니다. 이제 해병대의 전투력이 어느 정도 회복되어 가는 과정을 보니 반갑다.

연평도 주민들이 옛날부터 물이 빠지는 썰물 때 각종 어패류나 조개 등을 재취하던 무인도가 있었다. 인천 지역으로 우리나라 땅인데 어느새 북한 군인의 초소가 들어서고 제일 높은 곳에 인공기가 걸려 있었다. 그 모습을 방송국에서 포착하였는데 국회에서 난리가 났다.

그래서 군 수뇌부를 불러 질문하였는데 청와대 안보 진용이나 육본이나 해군 총장도 뜻밖의 대답을 했다. 정부의 눈치를 보며 북한 땅이라고 대답하는 것이다. 의원들의 질문과 장군들의 답변을 생방송으로 중계했다. 국회의원이 이제껏 우리가 어패류를 채취하고 행정구역 역시 우리나라로 분명히 되어 있지 않으냐고 물었는데, 정말 기가 막힌 대답이 돌아왔다. 그것은 행정상의 오류로 잘못 표기된 분명한 북한 땅이라는 것이다.

다음날 이번에는 직접 강화도 연평도 서해 5도를 책임지는 해병대 사령관을 불러놓고 질문을 했다. 우리 국민은 해병대 사령관의 대답을 분명히 들었다. 그는 그 누구의 눈치도 보지 않고 대답했다.

“맞습니다. 그 섬은 우리나라 섬이 맞습니다.”

라고 했다. 그럼 해병대는 대안이 있느냐고 했는데 사령관은 주저 없이 대답했다. 그 섬은 우리 땅이고 처음부터 포착하고 지금까지 모니터링 중으로 언제 어느 때고 작전을 하면 탈환할 준비가 되어 있다고 시원한 대답을 했다. 해병대의 복원은 참으로 올바른 결정이고 환영할 일이다.

5·16과 12·12 군사 반란

부산에 살 때, 신발공장 505 타이어 표 보생고무 공장이 있었고, 국제고무 범내골 1공장, 사상 2공장이 있었다. 부산일보와 부산 문화방송 사장 김지태가 운영한 삼화고무 공장 등을 비롯한 국제적인 큰 규모의 공장들이 수두룩했다.

우리 어릴 때는 "부산일보 김지태 돈 많다고 자랑 마라"라는 노래가 있을 정도로 김지태는 부산 최고의 갑부였다. 그 외 부산에는 홍아타이어, 세신실업, 조선방직, 동명 목제 등 굴지의 기업이 많았다.

부산일보 김지태는 5·16쿠데타 때 박정희가 혁명자금을 달라고 했는데 단번에 거절했다고 한다. 당시 박정희는 남천동에 있는 남부지부 사령관으로 있었는데 김지태가 볼 때는 체격이 왜소한 박정희가 그냥 가소로운 존재로 보였을 뿐이었다. 김지태는 장신에 재벌 특유의 풍모를 갖고 있었다.

훗날 5·16 쿠데타가 성공했고 김지태는 부산일보, 부산문화방송, 조선방직을 박정희에게 빼앗겼다. 그것이 오늘날까지 박근

혜, 근영 자매가 돌아가면서 운영하는 육영재단 정수장학회의 모체가 되었다. 훗날 최순실 아버지 최태민 일가는 정수장학회를 이용해 사회 곳곳에 개입했다. 최순실 사태가 일어나고 한국의 여야 의원들이 하나같이 최태민이 숨겨둔 재산을 찾아야 한다고 했다. 어떤 정치인은 수십조가 된다고 했지만, 진실은 밝혀진 게 별로 없다.

1979년이 다 갈 무렵 육군에 입대했다. 입대한 지 얼마 지나지 않을 무렵 12·12 전두환 군사 반란이 일어났다. 당시에는 졸병 신분으로 그냥 어리둥절할 뿐이었다. 공수부대원이 탱크까지 몰고 사단 사령부에 들어왔다. 우리 사단이 위치한 곳은 군사 반란이 일어난 장소의 한복판이었다. 좌현, 우현 양쪽에 결정타를 날릴 수 있는 가장 중요한 자리였다. 내가 근무한 부대는 수도 외곽 경비사단으로 서울에 진입하려면 김포의 행주대교밖에 없다. 한쪽은 북한산에 방벽을 치고 한쪽은 구파발에 방벽을 거대하게 둘러쳤는데, 전방에서 북한군이나 반란군이나 100만 대군이 몰려와도 서울로 진입하려면 김포의 행주대교를 통과해야만 했다. 평상시 행주대교는 군사적 최고의 중요 위치로 발칸포가 항상 장전되어 있었다. 발칸포는 1분에 3,600발이 날아가는데 총알 길이만 20cm로 탱크도 관통하고 비행기는 시야에 잡히는 순간 종잇장처럼 만드는 무서운 무기였다. 당시 우리 졸병들은 총알 한 발이 통닭 한 마리 값이라 1분만 방아쇠를 거머쥐면 통닭 3,600마리가 날아간다는 농담을 하곤 했다.

1공수 박희도 준장(훗날 참모총장)과 노태우 28연대가 그 다리를 통과하여 서울로 진입하는 순간 전두환 군사 반란이 성공하였다. 그 당시 육군본부 측과 전두환 하나회 소속 군대는 경복궁 장세동 경비부대에 진을 치고 전화로 무전기로 우리 30사단장을 회유하였는데 사령부 내 파견 보안대장이 중령이었다. 그 보안대 중령이 사단장 이마에 권총을 들이대고 행주대교를 열라고 협박했다고 한다. 행주대교가 열리고 뒤늦게 공수 사령관 정봉주 소장은 휘하의 여단장들을 소집했지만 휘하의 여단장들 모두 전두환 하나회 소속이었다.

당시 수경사령관 장태완 소장 역시 휘하에 연대장들을 소집하였는데 장세동만이 소집에 응하지 않았다. 장태완 소장은 탱크를 몰고 경복궁을 깔아뭉개겠다고 난리를 쳤지만, 전두환에 의해 체포되었다. 오히려 군사 반란죄를 쓰고 육군 형무소 생활하였는데, 장태완 장군에게는 외아들이 한 명 있었으며, 그 외아들은 서울대 수석 합격자로 출중한 청년이었으나 할아버지 산소에서 음독자살했다.

전두환은 정봉주 공수 사령관을 체포하라고 체포조를 보냈다. 체포조 신 모 중령과 사령관 부관 김오랑 소령은 군인아파트 아래 윗집에 살았다. 평소 친형제보다 친한 사이로 체포조인 신 중령은 수없이 달래고 설득했지만, 김오랑 소령은 끝까지 항전하였고 마침내 집중사격을 받아 김오랑 소령은 즉사했다.

이 소식을 들은 김오랑 소령의 부인 백모 여사는 당시 이화여대 출신에 소문난 현모양처였는데 충격을 받아 두 눈이 실명하고 서울 근교 어느 절 불가에 귀의했다.

정봉주 공수 사령관 역시 훗날 군사재판을 받고 자연인으로 살다 가끔 행주대교에서 소주를 마시고 자기 자신을 저주했다고 한다. 어느 날 다리 중간쯤에서 목을 매 자살한 모습으로 발견되었다. 12·12 당시 참모총장 정승화 장군은 군사 반란죄로 이등병으로 강등당했다.

육군본부는 자동으로 반란군으로 넘어갔고 삼군 사령관 이건영 장군은 수하의 군단장들과 사단장들을 규합하여 서울로 밀고 들어가라고 명령했지만, 수도 서울 한복판에서 우리 군끼리 엄청난 전투가 날 거로 예상하여 휘하의 장군들은 명령에 따르지 않았다. 이건영 삼군 사령관 역시 부하들의 체포조에 체포됨으로 군사 반란은 마무리되었다.

승자는 축배를 들었고 패자는 모두 군사재판을 받고 군복을 벗어야 했다. 우리 국민과 두 김씨는 새로운 시대가 올 것으로 기대하며, 마음이 설렜지만, 군부는 권력을 누구에게도 주지 않았고 자신들이 차지했다.

상황이 모두 정리되고 전두환은 김오랑 소령의 무덤을 찾아 참군인의 모습에 경의를 표했다고 한다. 12·12 사태도 끝나고 차츰 국가가 안정되나 했는데 5·18이 터졌다.

당시 나는 육군 일등병으로 차츰차츰 군에 적응했고 첫 휴가도 다녀왔으며, 배고픈 시절도 옛이야기가 되어갈 즈음이었다. 그런데 5·18로 우리는 매일 같이 긴장 속에 있었다. 밤에는 군화를 벗고 잠을 자지 못했고, 항상 5분 대기조로 비상 상태에 있었다. 당시 서울은 학생 소요 상황으로 엉망이었다. 우리는 매일 총 대신 시위 진압용 몽둥이를 들고 폭동진압 훈련을 하였다. 부대에는 항상 M60 트럭 수십 대가 대기하고 있었다. 그렇게 전쟁 같은 5·18 광주항쟁도 비극으로 끝났다.

전두환과 국제 상사

전두환과 관련된 국제 상사의 일화가 있다. 미국의 지미 카터 대통령은 두 번째 재임을 위해 로널드 레이건 후보와 경합했는데 결과는 참패였다. 지미 카터 대통령은 선거 결과를 보고 받고 목욕탕에 물을 틀어 놓고 부인 로젤린 여사와 밤새도록 부둥켜안고 울었다고 회고록에서 밝혔다.

권력은 힘이 있는 만큼 위험하기도 하다. 전두환은 권력을 손에 넣고 부산을 시찰했다. 전두환의 부산 방문으로 지역 재벌들에게 비상이 걸렸다. 그런데 전두환이 왔는데도 부산지역에서 제일 규모가 큰 국제상사 양정모 회장이 늦게 참석했다.

청와대 대통령의 재벌 총수 회합 때에도 서열에 따라 앉았는데 국제상사 양정모 회장은 늘 전두환 맡은 편에 앉을 정도로 재벌 중에서도 서열이 높았다. 그날은 양정모 회장은 어떤 이유에서인지 제일 마지막에 참석한 것이다.

취기가 좀 있던 전두환은 불쾌감을 표시했는데 “재벌은 죽일 수도 있고 살릴 수도 있다”라는 끔찍한 말을 했다. 그 자리에 있던 지역 재벌 총수들은 얼어붙었다. 나중에 실제로 양정모의 국제상사는 수십 갈래로 찢어져 공중분해 되었다. 양정모 회장은 생전에 권력 방패용으로 사위들을 모두 현직 판사 검사로 채웠어도 군부 대통령의 권력에는 아무 도움이 되지 못했다.

훗날 양정모는 국가를 상대로 빼앗긴 기업을 되찾기 위해 수없이 소송을 제기했지만, 이미 자신의 기업은 다른 기업의 소유가 되어 번번이 패소하였다. 남아있는 돈마저도 소송 비용으로 써버려, 거지꼴이 된 것을 부산의 모 주간 잡지에 인터뷰 기사로 실린 것을 보았다.

고시원 같은 방에서 생활하며, 라면을 먹으며 버티는데 이젠 라면도 다 떨어져 간다는 기사였다. 지금은 모두 고인이 되었다. 가해자인 전두환도 피해자인 양정모도 저승에서 만나 화해했을까?

한 번씩 모든 걸 잊고 살고 싶을 때가 있을 것이고 나는 그 점에서 늘 행복하다.

3장

선원 생활을 시작하다

선원 생활을 시작하다

부산에서 늘 살아도 바다와는 상관없이 생활했는데, 원양어선에서 사람을 모집한다는 광고를 보고 지원하여 바다 생활을 시작했다. 그때 부산항을 떠나 꼬박 40년을 뒤돌아보지 않고 살았다. 가끔 영도 해양수산교육원으로 몇 년에 한 번 3박 4일씩 교육을 받으러 갔지만, 그때도 왔다 갔다 할 뿐이었지 내 기억 속에 남은 그곳은 한 번도 가지 않았다. 내 방식대로 자유롭게 살았고 이때까지 결혼도 하지 않았다. 어차피 죽고 나면 벌레 구멍이 될 몸, 처음처럼 되돌아갈 뿐이다.

내가 탄 배는 근해 오징어 채낚기 어선으로 멀리 블라디보스토크까지 가서 작업하기도 했다. 우리는 매일 죽음의 바다에서 조업했다. 당시 장비가 발달하지 못해 태풍이 와도 피할 곳이 없었다. 죽음의 대화퇴 어장*에서 버티며 살았다. 그리고 처음 배를

---

* 경상북도 울릉군 울릉읍 독도리 인근 해역으로, 수심이 얕아 수산자원이 풍부한 어장을 이루는 곳. 경상북도 울릉군 울릉읍 독도리 인근 해역으로, 독도에서 북동쪽으로 약 340㎞, 일본의 이시카와현에서 서쪽으로 약 300~400㎞ 떨어져 있다. [네이버 지식백과]

탈 때는 평생 직업이 될 거라고는 생각하지 못했다.

기관실에는 양측에 엔진이 두 대가 있고 중앙엔 항해용 엔진이 있으며, 2층에는 냉동기가 있었는데, 소형 공업사 정도의 규모였다. 응축기에서 냉동기를 통과할 때는 액체로 통과하지만, 냉동기를 나오면서 기체로 변해 파이프를 타고 급속 냉동실로 간다. 냉동실에는 수십 개의 크고 작은 밸브가 있고 소형 발전소와 똑같은 전기 배전반이 두 개나 있다. 처음 일을 배울 때 뭐가 뭔지 몰랐다.

오징어 배에는 수백 개의 캐치라이트가 있으며, 그것으로 불을 밝힌다. 참고로 야구장에서 야간 경기를 할 때 밝히는 불빛이 캐치라이트다. 이 캐치라이트 양쪽으로 전구가 수백 개 달려있는데, 전구에 불이 하나만 들어오지 않아도 기관장은 단번에 알아차린다. 양측 엔진에 달린 커다란 발전기는 수만 ㎾의 전력을 생산하는 발전소 역할을 한다. 전구 한 개는 1,500K 정도이다. 수백 개가 달려있으니 그만큼 전력을 많이 생산해야 한다.

선박 발전기에는 발전소에서 쓰는 장비 모두가 똑같이 갖추어져 있다고 보면 된다. 전기는 안정기로 들어갔다가 출력이 되어 전구로 간다. 안정기로 들어가는 것을 입력이라고 하는데 입력 선에 맞으면 비명도 지르지 못하고 즉사한다. 입력에서 나오는 것을 출력이라고 하는데, 출력 선은 안정기에서 수백 ㎾로 들어온 전류를 220V로 조정해 출력한다. 220V라도 제대로 맞으면 즉사하긴 마찬가지다. 그만큼 발전기는 항시 위험을 내포하고 있다.

오징어 배의 캐치라이트는 달에서도 보일 정도로 밝고 수심 몇 천 미터에 있는 고기를 수면으로 올라오게 하는 역할과 수 ㎞ 떨어진 곳에 있는 고기를 모으는 역할을 한다. 각종 어류는 불빛을 좋아하는데, 특히 오징어는 더 불빛을 좋아한다. 한여름엔 엔진과 안정기와 냉동기에서 열이 나오는데, 그 소음과 열기는 대단하다. 그 때문에 뱃사람의 목소리가 대부분 크다. 기관부 소속이 아니어도 그만큼 소음에 노출되어 있기에 그렇다.

항상 화재에 취약하다. 동료 중에는 불 기관장이라 불리는 사람이 있었다. 그가 가는 데마다 선박에 화재가 발생해 그렇게 별명이 붙은 것이다. 나는 목숨과 관련된 부분은 집중적으로 그리고 항상 한눈에 들어올 정도로 관리했다. 엔진이야 고장이 나도 인명사고로 연결되지 않는다. 냉동기도 고장이 나면 냉동을 못 할 뿐이지 선원의 목숨과 관련이 없다. 하지만 불이 나면 대책이 없다.

오징어 배를 탄 지 5년 만에 정식으로 기관장으로 승진했다. 6급 기관장으로 200t까지 몰 수 있는데, 대부분 배는 200t을 넘지 않는다.

오징어 배 첫 출항지는 무조건 대화퇴 어장이다. 그때에는 주변 국가들이 모두 우리에게 호의적이지 않았다. 구소련(현 러시아)과 수교하기 전이었고 소비에트 사회주의 공화국(소련) 하면 먼저 사람을 대량 학살한 스탈린부터 생각나는 무서운 나라로 인식되는 시기였다. 또한, 일본도 우리나라를 후진국으로 취급하던 시기였으며, 우리와 적대적 관계인 북한도 있었다.

오징어는 멀리 베링해협 캄차카반도를 따라 회유하여 대화퇴 어장으로 와서 9월 말경 독도 울릉도 근방으로 어군이 형성된다. 6월 말경 출항하는데 당시에는 우리나라 어선은 일단 울릉무선국에 신고하고 대화퇴 어장 출입 허락을 받아야 작업장에 들어갈 수 있었다.

나를 혹독하게 대하며 오징어 배 기술을 전수해준 기관장은 40대 초반에 죽었다. 밥보다 술을 좋아했는데 항상 알코올 중독으로 손을 덜덜 떨었다. 뱃사람 중에는 그런 사람이 많았다.

태풍과 백 선장

80년대 말부터 90년대에는 수십 척의 배가 해난 사고로 침몰했다. 당시에는 태풍이 와도 오는 줄도 몰랐고 피할 곳도 없었다. 가령 태풍이 오면 러시아나 일본으로 피양을 갈 수 있다. 당시 사용하던 30㎾짜리 무전기로는 거리가 좀 멀면 교신이 되지 않았고 중간에 교신 내용을 받아 전달해주어야 했다. 대화퇴 어장에 태풍이 오면 고깃배는 갈 데가 없다. 우리나라로 오려면 3박 4일이 걸린다. 피할 곳이 없기에 수심이 가장 깊은 곳으로 이동한다. 오징어 배는 바다 한복판에서도 배를 고정해놓고 작업을 할 수 있다.

동해는 울릉도 부근에서 조금만 벗어나도 수심이 수천 미터나 된다. 공수부대원이 타고 내려오는 낙하산과 똑같은 원리로 물속에 그물을 펼치면, 5층 빌딩도 들어갈 정도로 그물이 펼쳐진다. 대형 그물이 물을 안고 있으면 바다의 흐름과 같이 선박이 천천히 이동한다. 선박은 줄에 의존하며, 엄청난 사이클론이 오더라도 견딜 수 있는 줄을 갖고 있다. 파도의 강도가 셀수록 줄에 의존하며, 또 그 줄을 한 번에 자를 수 있는 날카로운 도끼도 있다. 물풍선과도 같은 그물을 당겨 실을 시간도 없이 급박한 순간이 오면 도끼로 줄을 잘라야 한다.

선장은 작업 중에도 갑판장에게 줄을 몇 발 더 풀라고도 하고 줄을 바짝 감아 당기라고도 한다. 바닷물은 눈으로 보면 몰라도 낚시를 내려보면 층층이 다르게 흘러간다. 50m 밑에는 앞쪽으로 흐르고 100m 밑에는 뒤로 흐르는 식이다. 말 없는 바다는 늘 층층으로 흐름이 바뀌고 갑판장은 줄을 바짝 칠 때도 있고 물풍선을 아예 바다 위로 띄울 때도 있다.

대화퇴 어장은 우리만 작업하는 게 아니고 일본도 같이 작업한다. 북한은 멀리 나오지 않고 러시아는 오징어 선박은 없어도 경비정이 항상 자국 영해를 순찰한다. 아침 작업이 끝이 나면 울릉무선국에 물량 보고를 하고 현재 위치와 바람의 풍속, 파도의 크기도 보고 한다. 지금이야 동해서 멀리 서해 선장과도 교신할 수 있지만, 당시에는 울릉무선국을 통해서 교신했다. 지금은 선박에 크든 작든 위성 항법 장치가 부착되어있기에 무선국을 통해 교신하거나 무선국에서 출항 신고나 물량 보고를 할 필요가 없다. 무선국 사무실에서 가만히 앉아서 직원들은 수많은 작업장과 선박의 이동 상황을 알 수 있다. 당시에는 무선국에 보고된 곳에 작업하지 않고 위험구역으로 가거나 위치 이탈하는 선박이 많았다. 북한 수역에 들어가기도 했는데 그것은 위치 이탈로 조업구역 위반을 의미했다.

위성 항법 장치를 이용하면 배 선장이 누구이며, 어느 항구 소속이고, 작업을 하는지, 항해 중인지, 어느 방향으로 가는지까지 다 알 수 있다. 어느덧 바다도 육지 변화 속도처럼 빠르게 변화한 것이다.

80년대 말부터 90년대까지 대화퇴 어장은 죽음의 어장으로 한 해에 수십 명씩 목숨을 잃었다. 예고 없는 태풍이 들이닥친 적이 있었고, 나도 그 현장에 있었는데 선박 8척이 침몰했다. 당시 한국 선박의 장비는 형편없었다.

선박 사고하니 생각나는 사람이 있다. 지금은 고인이 된 백 선장이라고 포항 선장인데 나이도 제일 많고 풍채도 컸다. 육지로 입항하면 하얀 배꼽 바지에 백구두를 신고 다녔는데, 항구마다 마중을 나오는 여인들이 있었다. 대화퇴는 우리나라보다 일본 쪽이 가까웠기 때문에 일본방송이 나왔다. 지금이나 그때나 태풍이 오거나 열대성 폭풍이 와도 일본은 중계방송을 했다. 다른 선원들은 몰랐던 일본말을 백 선장은 유창하게 할 줄 알았다. 말이 열대성 폭풍이지 바다 한복판에서 만나면 태풍하고 똑같다. 백 선장은 그때마다 한국 대화퇴에서 작업 중인 선박들에 중개했다. 전국 각 지역 선장들은 백 선장이 시간마다 중개하는 것을 귀담아들었다. 당시 백 선장의 선장실에는 50㎏짜리 고성능 무전기가 있었다.

때로는 일본방송 생중계를 보고 태풍의 방향이 바뀌었다고, 바뀌는 장소에 정박해있는 선박들에 빨리 물풍선을 빼서 어디로 이동하라는 지시도 했다. 바다 한복판에서 태풍을 만나는 상황인데 선박은 피할 곳도 없기에, 백 선장의 지시대로 자리를 잡고 태풍이 지나가길 기다리는 수밖에 없었다. 그나마 그분이 있었기에 큰 피해를 면할 수 있었고 그 공로는 이루 말할 수 없다. 나는 오래전 백 선장의 이름도 알았지만, 이제는 이름 석 자도 세월에 묻혀버렸다.

배의 설비와 수리

당시 고기가 한창 날 때는 선박에 기름을 600드럼씩 싣고 다녔다. 바다에서 3개월 조업할 양이다. 바다에 첫 출항 할 때 선주는 최대한 바다에 예의를 갖춘다. 당시만 해도 선주는 준비에 철저했다. 한 해 조업에 사고가 없기를 빌고 바다에 제를 올렸다. 오징어는 6월 중순이나 6월 말경에 출어하고 2월 초나 중순에 마친다. 작황에 따라 1월 중순쯤에 마치는 선박도 있었다. 12월이 지나면 오징어는 껍질만 남고 속살은 흐물흐물해진다. 독도 부근이나 울릉도 부근에 있는 오징어는 그때부터 새로 자란다. 다른 물고기와 다르게 오징어는 1년생이다. 조업을 마치고 돌아온 선박은 항구에 정박하여 배를 수리하며, 다음 해 출어준비를 한다. 그 몇 달 동안 기관장은 쉬지만, 안전기 수리할 때만은 기관장이 참여한다.

엔진은 4대나 있어도 사람 목숨하고는 관계없다. 하지만 안전기는 목숨하고 관계가 있기에 신경을 써야 한다. 안전기는 무게만 30㎏이 넘으며, 모두 들어내 속에 내장된 콘센트를 전부 교환해야 한다. 기관장에게 이 부분이 제일 힘든 작업이다. 그렇지만 출항 전에 한번은 해야 한다. 그래야 작업 중에 전등에 고장이 없으며, 뒷손을 볼 필요도 없다. 작업 중에 전등이 몇 개씩 불이 들어오지 않으면 골치 아픈 상황이 생긴다.

예전에는 FRP 선박은 있지도 않았고 목선이 많았다. 철선은 일본 사람이 20년, 30년 쓴 중고를 우리가 사 와서 그대로 사용했다. 조선소 도크에 올려놓은 배 밑바닥을 보면 기가 찼다.

코흘리개 무렵 바지의 궁둥이 같은 데가 찢어지면, 엄마가 못 쓰는 옷감을 잘라 오려 기운 것과 배 밑바닥이 흡사했다. 썩은 부분을 도려내고 그 부분에 철판을 대고 용접했기에 배 밑에는 그런 자국이 여러 개가 있었다. 그것은 자연재해가 발생할 때 엄청 위험하다.

짐을 잔뜩 실은 배를 파도가 들었다 놨다 하는데, 그때 용접한 부분은 통째로 떨어진다. 오래된 철선의 사고가 대체로 겨울에 발생하는 이유도 겨울에 파도의 강도가 세기 때문이다. 파도가 들었다 놓기를 수백 번 반복하면 용접한 부위가 통째로 떨어져 나갔다.

한 번은 오징어 선박 조업을 끝내고 돌아올 때, 영덕 강구에 있는 130t짜리 대게잡이 철선 기관장을 딱 3개월만 해달라고 누군가 부탁했다. 자기가 하기로 했는데 다른 일이 있어 기관장을 대신 구해주고 나와야 한다고 했다. 나는 마냥 놀기도 그렇고 대게 발이는 한번 잘 뜨면 제법 괜찮은 수입이라 그렇게 하기로 했다.

강구항으로 갔는데 “아이고” 하면서 말할 필요도 없이 손을 내

저었다. 갑판은 녹이 슬어 손으로 밀면 손가락에 뚫릴 정도로 낡았다. 그 정도면 배 밑에야 보지 않아도 훤했으며, 대형 사고의 위험이 컸다. 또한, 소문에 의하면 일본 해상보안청에서 이 선박을 잡으려고 항공 촬영까지 해 불법 조업 증거 수집을 해놓은 상태라고 했다. 한 번씩 일본 선박이 그물을 바다에 깔아두고 기상악화로 배가 뜨지 못할 때, 부표로 표시해 놓고 철수하는 경우가 있다. 그런데 이 선박이 부표에 있는 그물을 건져내었다는 의심을 받고 있었던 것이다.

인간은 자연재해 앞에는 늘 약한 존재며 고깃배도 떠날 때는 떠날 줄 알아야 한다. 초창기에는 모두 목선이었으며, 일반 사람은 모르지만 각 포구에 대어있는 배를 보면 대개 커야 29t이다. 100t급이면 어느 정도 규모가 있는 배였고 선주는 자신의 전 재산을 배에 쏟아부은 것을 의미한다. 그 재산은 순전히 기관장에 의해 좌지우지된다고 봐야 한다.

그때도 그렇고 지금도 그렇지만 바다에서 인명사고가 나면 선주는 도망갈 데도 없다. 사람 목숨하고 관계되는 시설은 몇 가지가 있다. 우선 물을 퍼 올리는 펌프는 바깥에 있으며 안쪽으로 물을 퍼 올린다. 안과 밖에 단단한 밸브가 있고 엔진이 네 대면 물구멍도 4개다. 선박의 엔진은 수랭식이고 차량은 공랭식이다. 바닷물이 기계 온도를 식혀 주려면 펌프가 물을 퍼 올려야 한다. 선원이 사용하는 작업용 펌프도 있다. 이러한 설비에 한 군데에만 문제가 생겨도 선장이 무선으로 SOS를 치기도 전에 침몰한다. 선박 자체의 무게와 배 밑바닥에서 올라온 수압에 삽시간에 침몰하는 것이다. 이러한 설비는 선박에서 제일 위험한 것으로 항상 신경을 써야 하는 부분이다.

우리 몸속에 큰 병도 갑자기 오는 것이 아니고 전조 증상이 생기듯이 선박의 해상사고도 갑자기 오는 게 아니고 전조 증상이 있다. 나는 항상 이러한 곳에 별도로 전구를 설치해놓고 한눈에 들어오게 하여 자나 깨나 살폈다. 선박 사고는 침몰하는 속도가 빨라 배에 탄 선원이 모두 죽을 수도 있다.

FRP 선박이 생겨나고 이러한 문제는 많이 사라졌지만, 화재에는 여전히 취약하다. 오늘날 한국 조선 기술은 세계를 제패했다. 조선 시대부터 이미 세계를 제패했지만, 단지 우리가 몰랐을 뿐이다. 목선 제조 기술은 이순신 장군 때나 지금이나 못을 사용하지 않고 물 한 방울 들어오지 않게 제작하는 특이한 공법이다.

젊었을 때 울진 후포에서도 생활한 적이 있다. 당시 울진 선박 조선소에는 동해안 최고의 목수들이 수두룩했다. 당시 선박은 대개 울진 조선소로 와서 수리했다.

내가 아는 조선소 공장장은 어릴 때 공장 사장이 데리고 와서 수십 년 동안 조선소에서 일했고 조선소 사장이 중매해 결혼까지 했다. 조선소 직원과는 가족같이 지냈고 사장에게는 자식처럼 살가웠다. 우리하고도 친했는데 고스톱 치며 놀기도 했다.

한 번은 선박을 조선소 레일 정중앙에 놓고 올리는데 철삿줄을 감아올리는 동안 배가 한쪽으로 기우뚱했다. 공장장은 단숨에 가슴까지 오는 장화를 신고 해머를 들고 기울어진 쪽에 쐐기를 치고 있었는데 배가 넘어져 깔려 죽고 말았다. 지금으로부터

30년 전이다. 그 후 그의 아내를 몇 번 보았는데 화장부터 달라졌다. 조선소 사장은 지금은 작고했지만, 나는 그곳을 떠났기 때문에 아마 그의 아들이 맡아 조선소를 운영했을 것이다.

기관실 이야기

오징어 배는 밤에 작업하고 낮에는 잔다. 고기가 없을 때는 아주 약하게 자동으로 밸브를 조정해놓고 잘 수 있다. 기관실에는 벨이 달려있는데 선장과 기관장은 이 벨로 소통했다. 길게 찌르릉 한번 누르면 항해 준비를 하라는 소리다. 그러면 기관장은 시동을 건다. 항해하다가 방향을 바꿀 때 선장은 키를 돌려 방향을 바꾼다. 당시에는 유압식이 아니고 체인 로프로 키를 돌렸다. 이것이 늘어나 헛바퀴가 심했다. 시동은 공기 압축 밸브를 열어 피스톤이 압축 공기를 쏘아 시동을 거는 방식이다. 압축 공기 탱크는 단 3번 시동을 걸 수 있는 공기가 있다. 시동을 걸 때에는 압축 공기 탱크를 순간적으로 열었다가 빨리 잠가야 한다. 그렇지 않으면 압축 공기가 너무 많이 나와 피스톤 헤드가 파괴된다. 너무 작게 열어도 푸덕푸덕하다가 시동이 걸리지 않는다. 이런 식으로 세 번 실패하면 끝이다.

주변에 콤프레샤 장치가 되어 있는 선박에 구조요청을 해야 하는데 선장은 항상 주변에 누가 있는지 알고 있다. 매일 무전기로 선장은 심심할 틈이 없다 오히려 육지가 심심하고 바다에서는 전국에 선장들과 이야기한다. 초면에도 서로 소식을 전하고 한번 항구에 들어오라고 이야기하기도 하는데 주로 여자 이야기를 많이 한다.

오줌도 선장실에서 밖을 보고 사는데 선원들은 왔다 갔다 하다가 머리에 오줌을 맞을 때도 있었다. 그 당시 선장은 모두 당뇨 고혈압 같은 지병이 있었다. 담배는 하루 평균 세 갑 이상을 피웠는데, 매일 작업 물량에 그만큼 스트레스가 많이 쌓이는 것이다.

압축 공기가 다 빠져서 시동을 걸 수 없을 때, 비상 연락을 하면 압축기 장치가 있는 선박이 와서 공기를 보충해주었다. 엔진을 돌리면 자동으로 공기가 압축 탱크로 들어가고 보충된다. 기관장은 벨이 찌르러 하고 10초 이상 들리면 선장의 항해 명령으로 인식하고 항해 준비를 하고 시동을 건다. 벨을 한 번 누르면 전진, 두 번 누르면 후진 신호다.

항구 안에서는 선장과 기관장의 호흡이 완벽해야 한다. 수십에서 수백 척의 타 선박이 정박해있을 때도 있다. 항구 내에서는 항해하는 방향을 잘 조절해야 한다. 조절 타이밍이 조금만 늦어도 다른 선박과 부딪힐 수 있다. 바다에서도 마찬가지다. 항해 중 앞에 물체가 있거나 암초를 만났을 때, 선장의 신호를 빨리 받지 못하면 선원의 생명은 장담하기 힘들다.

세월은 빠르게 진보하고 세상은 우리가 먹는 나이보다 더 빨리 변한다. 그 시절 목선과 구형 저속 기계는 어느새 다 사라졌고 선박은 좀 더 안전한 FRP 어선으로 바뀌었다. 우리나라 도시에 어마어마한 빌딩이 세워지는 것처럼 어느새 우리는 이 부분에서도 일본을 앞질렀다. 최신형 엔진으로 전 세계를 제패한 미국제 캐터필라나 커민스 엔진을 장착했다. 이제는 쩌렁쩌렁 선장과 교신하던 시절은 옛말이 되었다. 그 무겁고 큰 클러치 봉도 선장실에서 연필만 한 조그만 봉으로 바뀌었다. 속도 조절도 선장이 직접 하는 시대에서 자동항법 장치가 자동으로 조종하는 시대로 변화하였고 충돌 방향이면 선장에게 충돌 센서가 알려준다.

지금 구형 조타기는 전통 막걸릿집에서나 볼 수 있다. 그 시절에는 그렇게 위험한 항해 때에도 조타기로 인한 사고는 한 번도 난 적이 없었다. 그런데 요즈음엔 모두 자동화되었는데, 역설적으로 그것을 믿고 방심하여 사고가 생기기도 한다.

당시 기관실은 어떨 땐 엔진이 4~5대 한꺼번에 돌아갈 때가 있는데 그 소음은 장난이 아니다. 뱃사람들은 평소 이야기할 때도 기관실 소속이 아니더라도 목소리가 크다. 해상 생활을 오래 한 사람일수록 잔 귀가 먹어 작은 소리로 이야기하면 잘 들리지 않는다.

이 세계에서 어느 정도 자리를 잡았고 조업이 끝나면 어느 정도 금액을 받고 선주의 콜을 받았다. 다른 선박으로 이동하는데 주로 선장들은 얼마씩 받는지 모르지만, 기관장은 자리 이동할 때 선장보다 많이 받았다. 선주는 기관장을 잘 바꾸지 않는데 다른 선주의 사인이 오면 선주는 거기에 맞게 금액을 준다.

오징어 배와 러시아 그리고 일본

블라디보스토크 어장은 러시아 캄차카반도에서 북한 두만강 끝까지 길게 뻗어있고 돈을 주고 조업한다. 당시 한 척당 천만 원 정도 주고 러시아 감독관을 3척에 한 명씩 태우고 작업했다. 러시아 감독관은 자기들끼리 무선으로 정보를 주고받았는데 당시만 해도 러시아에 대한 정보가 없었다. 문제는 밥을 어떻게 주어야 하는지 고민이었다. 출항 전에는 선주들과 간부들은 고민이 많았다. 그때야 러시아 하면 유럽 쪽으로만 생각하고 유럽인들의 생활풍속을 맞출 준비도 되어 있지 않았다. 그런데 막상 생활해보니 러시아인은 한국 사람과 똑같은 사람이고 음식 또한 한국 음식을 가리지 않고 좋아했다.

일본 영해에 일부러 들어갈 때도 있지만, 선장이 조류를 파악하여 배를 띄워 놓고 한숨 잘 때 조류가 바뀌어 일본 쪽으로나 러시아 쪽으로 흘러갈 때도 있었다. 그것은 남의 나라 영해 침범을 의미했다. 러시아나 일본은 총을 쏘진 않지만, 엄청난 소방 호스로 물 폭탄을 쏘았다. 배가 휘청일 정도로 압력이 셌다. 어떨 때는 최루탄 같은 색깔이 빨간 사과탄을 쏘는데 사람한테 쏘는 게 아니지만, 선박에 맞으면 배 옆이 시뻘겋게 되었다. 무조건 쏘는 것은 아니었다. 일부러 조업 구역을 침범했는지 자다가 조류에 흘러왔는지 그들도 다 알았다. 일본 영해를 침범하면, 일본말 특유의 발음으로 해상보안청에서 "영해를 침범했습니다." 하고 마이크로 이야기했다.

최신형 제트필러로 엔진을 장착하고 있던 시절의 어느 날, 일본오징어 선박이 다가왔다. 우리 선박과 일본 선박은 서로 같이 붙여놓고 저녁 조업 때까지 해상보안청이 있든 말든 종일 왔다 갔다 하면서 각자 기관실 구경도 하며 놀았다. 몇 년 전까지만 해도 사람이 직접 오징어를 잡았지만, 당시 능력이 있는 사무장은 한 사람이 3~4척 출항을 책임졌다.

일본 선원들과 담배도 서로 나눠 피웠다. 말은 통하지 않았지만 충분한 소통을 했다. 우리 선박 기술의 진보는 일본을 앞질렀고 고기 잡는 방식도 발전했다. 하마데, 가모메 두 가지 종류의 최신형 조상기가 도입되어 사람 대신 고기를 잡아 올렸다. 일본 배와 나는 서로 왔다 갔다 하면서 자동 조상기도 비교했다. 당시 우리 선박은 하마데를 사용했는데 일본은 가모베를 사용하고 있었다.

일본 선원은 우리 기관실을 구경하고 고개를 절레절레 저었다. 당시 우리는 기관실 바닥 송판까지 반들반들 나뭇결이 선명하게 보였으며 기름 성분이 없이 깨끗했다. 그렇게 해야 미끄러지지 않는다. 각종 벨트며 유압장치에 잘못 미끄러졌다간 목숨을 잃을 수도 있는 것이다.

일본 기관실에 들어가 보았는데 나는 기가 찼다. 엔진이야 그들이 생산하는 구보다지만 입구에서부터 온통 벽에 포르노 여성 사진이 민망할 정도로 붙어있었다. 헤어질 때는 포르노 잡지를 한 아름 받아왔다.

오징어와 대왕 문어

오징어는 올라오면 소리가 들린다. 수면으로 올라오는 동시에 먹물을 쏘는데 낚시를 먹잇감으로 알고 긴 촉수를 뻗어 낚시를 거머쥔다. 조상기에 한 마리가 붙으면 주변에 있던 오징어들이 낚시에 달려든다. 낚시는 물속에서 야광 빛을 내기도 하고 알록달록 무지개 색깔도 있고 여러 가지로 오징어를 유혹한다. 오징어는 자기 동료도 잡아먹는다.

『해저 2만리』 소설 속의 바다 괴생명체는 문어나 오징어였다. 실제 심해 오징어는 몸집이 커다란 돌고래만 하다. 향유고래 입가엔 오징어의 빨판 자국이 선명하다.

동해안의 주문진 항구에서는 활어 오징어 선박을 볼 수 있는데 기관장이 하는 역할이 있다. 비실비실하는 오징어를 집게로 골라내는 일이다. 그렇지 않으면 자기만 죽는 게 아니고 긴 촉수로 다른 오징어를 감고 죽는 것이다. 잠깐 한눈을 팔았다간 죽은 한 놈을 거머쥐고 통속에서 수백 마리가 덩어리로 엉겨 죽는다.

물에 사는 고기 중에 가장 잔인한 어종이 오징어고 문어다. 제임스 본드가 주인공인 〈007 옥토퍼시〉란 영화에서 독을 뿜는 문어가 나오기도 했다.

동해안에서 대왕문어잡이배로 부자가 된 마을이 있다. 경북 경주 감포 주변에 있는 양포마을이다. 이 마을은 부자 마을로 소문이 났다. 동해안의 대왕문어 통발을 개발하여 특허를 내었기에 타지방 선박은 양포마을 통발 형식을 사용하지 못했다. 이 마을에서 개발한 대왕문어잡이 통발은 우리 가정에서 사용하는 냉장고만 하다. 그전에 김삿갓이 쓰는 삿갓 모양의 작은 통발을 사용했는데 대왕문어 통발이 개발되고 나서 일약 부자마을이 된 것이다. 그 통발로 인해 동해 대왕문어는 멸종되었다. 그것도 문제지만 더 큰 문제는 엄청난 크기의 통발 수만 개가 바다 밑에 깔려 있다는 것이다. 그 통발에 각종 생명체가 갇혀 빠져나오지 못하고 죽는다.

동해안에 양포 대왕문어 통발은 바다 밑에 거미줄처럼 깔려 있고 조업에도 영향을 준다. 조업하다 대왕문어 통발이 걸려 올라오면 그물을 망치고 만다. 양포 어민회는 어장을 지키기 위해 칼로 통발을 자른다. 양포 어민회에서 통발 줄을 자르는 것을 제보하면 현상금을 준다는 공고를 항구마다 붙여놓은 적도 있다. 통발이 아무리 커도 한 마리밖에 못 잡는다. 그 이유는 대왕문어 두 마리가 통발 하나에 들어가면 치열한 싸움을 벌여 한 마리를 잡아먹기 때문이다.

오징어 선박은 낚시를 25개 정도 달고 작업하는데 조상기가 16개니까 32개 낚시가 올라갔다 내려갔다 하면서 고기를 유인한다. 그런데 너무 많이 고기가 물면 조상기가 다 끌어올리지 못한다.

오징어 한 마리가 물을 1L 머금으면 25자루 낚시 한 줄에 25L 물통이 달리는 것과 같다. 거기에 고기 무게가 더해져 조상기는 '삐-' 하는 신호음과 함께 줄이 터져버리는 상황이 된다. 방심하다 얼굴에 정통으로 먹물을 맞으면 얼굴이 얼얼하다. 그런 날은 낚시 교환하느라 밤을 새워야 하기에 고기가 너무 많이 잡혀도 골치가 아프다.

조업 중 중간 회항

선박 불빛은 장관이다. 야구장이나 족구장의 야간 경기 때 밝은 캐치라이트와 비슷하다. 불빛은 모래 알갱이가 보일 정도로 밝다. 수백 척이 불을 밝히고 작업하면 장관이다. 그 불빛으로 바다의 고기를 모으고, 깊은 바닷속의 고기를 바다 위로 떠 오르게 한다.

어군이 형성되어도 무조건 닻을 내려 불을 밝히지 않는다. 전국 각 지역에서 몰려든 수백 척의 배가 어군이 형성된 좁은 해역에 몰려 있기에 각자 위치와 자리가 있다. 가령 우리 배가 위치를 정해 닻을 놓고 작업하면 다음 선박은 2마일 떨어진 위치에, 다음 선박도 또 2마일 떨어진 위치에서 작업한다. 서로 레이더 화면을 보고 최대한 2마일 이상 간격을 두고 조업하는 것이다. 법률로 정해진 것은 아니지만, 선장들은 일반적으로 그 룰에 따른다. 가끔 분쟁이 일어나는데 작업 중에 조류의 영향으로 배가 가까이 붙는 경우이다. 그러면 나중에 자리를 잡은 선박이 작업 중일지라도 배를 빼 주는 게 상식이다. 그런데 한참 고기가 올라오면 갈 곳이 없다.

그 해역 어디를 가도 2마일 간격으로 배들이 조업 중이기 때문에 선장은 결정을 내리기 어렵다. 그래서 조업이 끝난 다음 날 아침에 불을 끄고 물량 보고를 하고 나면 각자 무전기로 싸움이 일어난다. 항구는 달라도 같은 회원이면, 총무끼리 타협한다. 그런데 두 선박이 같은 회원이 아닐 경우는 싸움이 크게 일어난다. 선장들은 무전기를 최대한 크게 틀어 놓고 싸우는 것을 선원에게 들려준다. 장기 조업으로 무료한 선원에게는 뜻밖의 재미있는 광경이다. 대한민국에 저런 욕이 있나 싶을 정도로 기가 막힌 욕이 다 나온다. 두 사람만 싸우는 것이 아니다. 같은 회원 누군가는 그 싸움에 끼어들고 또 다른 쪽에서 말 잘하는 사람이 끼어들면 정말 말로 다 할 수 없는 막말이 나온다. 구경 중에 싸움 구경이 제일 재미있다는 말을 실감한다.

선박은 일단 출항하면 중간에 귀항하지 않는 게 원칙이지만, 드물게 중간에 귀항하는 경우는 가끔 있다. 기름을 다 사용했을 때나 밥할 때 쓰는 프로판 가스가 떨어졌거나 식수가 없을 때나 만선 했을 때다. 반대로 어획량이 적을 때는 장기 조업을 하기도 한다.

기름도 아껴야 하지만, 멀리 이동해야 할 상황이 와도 선장은 어획량이 큰 차이가 없으면 이동하지 않는다. 그럴 때면 선장은 과묵해지고 말이 없어진다. 만선을 해야 선주에게 체면이 서기 때문이다. 바다 생활이 지루해질 때쯤 매일 나에게 선원들은 묻곤 한다.

"기관장님 기름 몇 드럼 남았습니까?

남은 기름으로 회항할 시기를 가늠해보기 위해서다. 선원들은 3개월이 넘어서면 서서히 지친다.

귀항하니 생각나는 것이 있다. 한 선원이 왕따를 당해 가스통에 불을 붙여 내가 있는 기관실로 던졌다. 다행히 가스통은 폭발하지 않았지만, 기관실 일부가 불에 탔다. 오징어 배 춧돌이 2kg 정도 된다. 그것이 수천 개 배 앞쪽에 쌓여있다. 그것을 가져와 다른 선원들에게 던졌고, 배 안에서 전쟁이 일어났다.

그리고는 그 선원은 바다로 뛰어들었다. 아무리 올라오라고 해도 올라오지 않고 헤엄치고 있었다. 기관실 일부가 불이 타 어쩔 수 없이 귀항해야 했다. 불을 낸 선원은 올라오지 않아 두고 왔는데 뒤에 오는 선박이 구조했다. 그리고 바로 경찰서로 잡혀가 구속되었다.

한번은 식수 탱크에 하이타이를 통째로 풀어 넣어 귀항할 수밖에 없었고, 또 한번은 선원들이 밤에 작업하고 낮에 자는데 가스통을 전부 열어놔 귀항한 적도 있었다.

한번은 주방에서 밥을 할 수가 없었는데 모두 잠잘 때, 누군가 그릇이나 주방 도구를 전부 물속으로 던져 버린 것이다. 할 수 없이 귀항하지만 거리가 멀어 3박 4일이나 걸렸다. 나는 오징어를 냉동할 때 쓰는 팬을 깨끗이 닦고 또 닦아 라면을 끓여 나눠 주었다. 선주는 형사를 대동하고 선박에 들어와 범인을 체포했다.

평상시 나에게 매일 기름이 얼마 남았는지 묻는 선원이 있었다. 그들은 두 명이 배에 올랐는데 후에 안 사실이지만 대구에서 활동하는 폭력조직 향촌파 행동대원으로 피신을 목적으로 선박에 온 사람들이었다. 깡패 아니라 누가 와도 일단 선박에서는 선장이 왕이다. 그러니까 기름이 얼마나 남았냐고 묻다가 선장실에 갔다. 선장에게 육지가 보이니까 자기는 내려야겠다고 했다. 선장은 수십 년간 각종 사람을 다루어본 바다에서 잔뼈가 굵은 사람으로 그에게 굴복할 사람이 아니었다. 선장에게는 책임이 있고 사무장과 선주는 막대한 경비를 들여 조업을 보낸다. 선장은 어떠한 상황이 와도 될 수 있으면 어창을 채우고 귀항하지, 중간에 귀항하지 않는다. 포항에 피항을 가도 항구에 들어가지 않는다.

태풍이 불어 포항 외항에 닻을 내리고 바람이 지나가길 기다렸다. 우리뿐 아니라 전 바다 어선들은 항구에 계류하지 않고 외항에 기다리다 바람이 지나가면 바로 작업장으로 출발한다. 모두 같은 처지다. 선장들이야 매일 무전기로 대화하지만, 우리 선원들은 조금 거리가 있어도 다른 배 선원들의 얼굴도 볼 수 있어 반가웠다. 당시에는 휴대폰 같은 건 없었다.

외항에 물살이 없으면 한 척이 닻을 내리고 뒷배에 줄을 던져 뒤 말뚝에 줄을 묶어 서로 파도가 지나가길 기다린다. 뒤쪽 배 선원은 선수 앞으로 또 앞쪽 배 선원은 뒤쪽으로 모여 서로 안부를 묻곤 하는데, 오랜만에 보면 정말 반갑다.

나는 매점이라 할 정도로 없는 게 없었다. 당시 술 담배를 하지 않았기 때문에 각종 군것질거리가 나에게 많았기에 이때 나누어 주곤 했다.

그날 그 두 사람은 선장에게 대들다 뺨을 세게 몇 대씩 맞았다.

그 사람들과 나는 기관실 입구에서 이런저런 이야기를 하고 있었다. 바람과 파도가 옆에서 쳤는데 영일만으로 기역으로 방향을 확 틀 때 바람과 파도가 뒤쪽으로 방향을 바꾸었고, 동시에 커다란 파도를 한 방 맞았다. 우리 세 사람은 가슴 높이까지 물이 찼다. 나도 순간 놀랐지만 두 사람은 공포에 얼어붙었다. 선박은 그런 상황이 와도 금방 물이 빠진다. 물이 빠지는 물구멍이 있기 때문이다. 어떨 땐 앞쪽에서 파도를 맞으며 항해할 때가 있다. 그럴 때면 거의 잠수함 수준이다. 파도 속으로 파고 들어가면서 항해하는 것이다. 브릿지 위로 파도가 날아오고 선수는 한번 곤두박질할 때 파도 속에 잠긴다. 그래도 선장은 눈 하나 까딱하지 않는다.

배는 포항 외항에 정박한 상태였고 해양경찰 경비정이 순찰을 돌았다. 해경이 우리 쪽으로 올 때 두 사람은 구명용 부이를 끌어안고 바닷속으로 뛰어들었다. 그리고는 두 사람은 엉엉 소리 내어 울었다. 당연히 경비정이 우리 배로 왔고 두 사람을 건져 올렸다.

두 사람은 해상 폭력을 당했다고 신고했고 선장과 나는 해양경찰서에서 몇 시간 동안 조사를 받았다. 그런데 두 사람은 지명수배자였고 조직폭력배임이 드러나 선장과 나는 풀려났다.

마구로(참치) 어선

해외 멀리 나가 조업하는 원양 채낚기 어선이 있는데, 아르헨티나 포클랜드 제도까지 가서 작업한다. 가는 데 3개월 오는 데 3개월이 걸린다. 오징어 채낚기 어선도 있고 마구로(참치) 어선도 있다. 요즘에는 동원참치나 사조참치 등의 회사는 직접 선박을 운영한다. 참치를 가두리 형식으로 잡는데 헬기가 날아다니며 참치어군을 선박에 알려준다. 참치의 방향이 어느 쪽으로 향하는지 알려주면 선박은 원형으로 대형 그물을 쳐 자루형으로 그물을 깔아놓는다. 그러면 참치 떼는 자루 속으로 들어가 갇힌다. 고기를 올릴 때도 대형 파이프를 사용해 공기압으로 빨아올린다. 동원참치나 사조참치는 그렇게 과학을 이용해 고기를 잡는다.

대형 그물 속에는 참치만 있는 게 아니고 참치 떼를 쫓아 온 포식자들도 들어 있다. 주로 범고래 같은 대형 어종이다. 참치 그물 속에 갇힌 범고래는 포획대상이 아니기에 잡다가 그린피스 같은 환경단체에 걸리면 회사가 망할 수도 있다. 남태평양은 늘 그

린피스 운동가들이 활동하고 있다. 고래가 그물에 걸리면 그물코를 잘라 수십억이나 되는 고기를 포기하고 철수해야 한다.

조그만 회사가 운영하는 마구로 어선은 원양어업 선박 중 가장 위험하다. 좀 더 솔직히 말하면 죽음의 원양어업 선박이 바로 마구로 채낚기 어선이다. 이제는 그 많은 원양 송출회사가 거의 다 없어졌지만, 그냥 멋모르고 원양어선을 탔다가는 죽음의 생활에 내몰릴 정도로 혹사를 당한다. 지금은 포클랜드나 뉴질랜드로 가는 선박에 한국 사람은 없다. 모두 다 외국인으로 한국 사람이 하던 일을 동남아인이나 중국인이 대신한다.

계약기간은 모두 2년이고 일단 선박이 부산항에서 출항하면 2년 동안 바다에 떠 있다고 보면 된다. 보급선이 와 잡은 고기는 가져가고 식량과 기름을 주고 간다. 뉴질랜드나 포클랜드는 인권이 침해당하는 정도의 작업환경은 없고 좀 더 민주적이지만, 제일 위험한 선박은 영세한 마구로 참치잡이 선박이다. 정말 무시무시하다. 일단 부산 앞바다 오륙도를 빠져나오면 선원들을 집합시켜 항해사들이 구타하기 시작한다.

나이를 상관하지 않고 이제 갓 해양고등학교를 졸업한 어린 항해사가 아버지뻘 되는 선원들에게 몽둥이찜질을 한다. 옛날부터 해온 전통이고 2년 동안 작업하기 위해 먼저 군기를 꽉 잡아 놓는 것이다. 바다 한복판에서 무자비한 폭력을 행사할 뿐만 아니라 머리를 이발기로 빡빡 밀어버린다. 바다 위에서는 어디 하소연할 데도 없다. 선원들만 동남아나 중국인으로 바뀌었을 뿐 지금까지 그렇게 한다고 생각한다. 그만큼 우리나라는 인권만큼은 후진국이고 일반 시민들이 뱃사람이라면 치를 떠는 이유가 이런데 있다.

나는 그쪽 작업을 한 번도 한 적 없지만, 속속들이 사정을 다 알고 있다. 지금은 한국 사람은 선장이나 항해사, 통신사 등 관리자들로 직접 작업에 참여하지 않지만, 그들 모두 무자비하게 작업을 지시한다. 선원들은 바다 한복판에서 꼼짝없이 당할 수밖에 없다. 불과 얼마 전에 있었던 일이라고 하지만, 지금은 동남아나 중국인이 그 일을 대신한다.

동해의 후포, 강구, 속초에 가면 항구에 홍게잡이 어선이 있는데 그 작업 방식을 일부에서 그대로 사용하고 있다. 앞서 말한 2년의 바다 생활은 끔찍한 일로 말로 표현 못 할 정도로 사고가 잦다. 마구로(참치)선은 배 양옆에 칼과 도끼 등 엄청난 무기 수십 자루가 착착 꽂혀 있다. 위기의 순간에 손만 뻗으면 칼이나 도끼를 잡을 수 있게 양쪽으로 쫙 깔린 것이다.

채낚기 마구로 선에 그물을 올리면 참치만 올라오는 게 아니고 상어나 때론 청새치도 있고 대형 가오리도 올라온다. 상어는 거대하지만 일단 물속에서나 상어지 물 밖으로 나오면 꼼짝도 못 한다. 대형 청새치가 올라오고 대형 가오리도 올라온다.

대형 청새치는 길이가 1m가 넘는 창처럼 뾰족한 뿔이 달려있다. 청새치의 위력은 대단하다. 그 뿔로 배를 받으면 웬만한 작은 선박은 구멍이 날 정도로 날카롭고 강력하다. 버둥거리며 커다란 뿔을 양방향으로 흔들면 대단히 위협적이다. 유압 롤러는 계속 감겨 다음 고기가 올라오는 과정에서 청새치가 올라오면 단번에 제압해야 한다. 칼과 도끼는 그럴 때 사용하기 위해 손만 뻗으면 잡히는 곳에 놓아둔 것이다. 커다란 청새치가 올라오면 도끼로 한 방에 처리한다.

한번은 실제 일어난 사건이다. 대형 가오리가 올라왔다. 대형 가오리에는 길게 뻗은 꼬리가 있다. 그 꼬리 끝에는 날카로운 칼날 같은 것이 달려있는데 꼬리를 버둥댈 때 초보 선원 한 명이 그 가오리를 잡으려다가 꼬리에 맞아 배가 갈라져 사망한 적도 있다. 보통 가오리를 잡았을 때는 말려서 선원들이 가지고 간다. 남태평양은 일 년 열두 달 무더운 열기와 습도로 선원들은 모두 상의를 벗고 작업하는데, 그 초보 선원은 가오리가 꼬리를 좌우로 흔들 때 맞은 것이다. 한참 작업 중에 순식간에 일어난 일이다. 해상 생활을 하다 보면 두 달만 좀 넘으면 사고가 날 확률이 높다. 선장과 기관장은 선원들의 행동을 유심히 보지만, 사고는 순식간에 일어난다.

블라디보스토크항의 추억

언제부터인지 우리는 블라디보스토크항을 들락거렸다. 러시아와는 국교를 맺고 우리 대통령이 북한에 가는 시대가 되었다. 이젠 태풍이 와도 바다에서 태풍을 비켜 가기를 기다리며 목숨을 내어놓지 않아도 되었다. 우리는 블라디보스토크항을 드나든 첫 우리나라의 선원들이다.

우리나라도 속초나 동해시에 가면 국제 부두가 있다. 동해항은 군항과 일반항과 국제항이 따로 있다. 국제부두에는 사할린에서 오는 킹크랩 종류와 우리가 알고 있는 횟집 수족관의 영덕대게와 똑같은 대게가 들어온다.

평상시에도 동해시 국제부두에는 러시아 선박이 7~8척이 항상 정박해있다. 러시아어선 킹크랩잡이 선박은 대부분 러시아 마피아가 운영권을 가지고 있다. 수출업자가 우리나라 중개인과 연결하고 동해항으로 입항해 국제부두에 정박해 고기도 넘기고 또 우리처럼 출항 준비를 하며 이것저것 부식도 산다. 기름도 실어야 한다. 누구나 그 과정은 똑같다. 나는 평상시 동해안 국제

부두에 자주 갔다. 그들도 바다에서 장기간 조업하면서 기관실에 불안한 부분이 있으면 한국 엔지니어를 불러 수리한다.

기관 기종은 달라도 한국의 엔진 기사들은 항구에 있는 배 엔진 소리만 들어도 안다. 실제 우리나라 볼보 엔진 기사 수십 명이 스웨덴 본사에 방문한 적이 있다. 엔진이 개발되거나 기종이 바뀌면 교육도 하고 홍보도 해야 엔진이 잘 팔리기 때문에 엔진 회사는 각국 기술자를 초청한다. 당시 볼보의 510마력 엔진이 제일 말썽이 많았다. 도입할 때는 미제 엔진과 같이 도입했는데 미제는 너무 가격이 비싸고 스웨덴 볼보는 반값이면 살 수 있었다. 그러나 바다에서 사용해보면 볼보는 장시간 견디지 못했다.

나 역시 울릉도에서 한 곳에 6년 동안 근무할 때 볼보 510마력을 사용했는데 번번이 골탕을 먹었다. 우리나라뿐만이 아니고 전 세계선박들이 볼보 510마력의 결함을 스웨덴 본사로 이의제기하였다. 연구진들은 그 부분을 보완하고 직접 각국의 엔지니어를 초청하여 교육도 했다. 신뢰성을 증명해 보이는 것인데, 엔진 기사들의 신뢰성이 있어야 선박의 엔진이 잘 팔리는 것은 당연하다.

엔진을 직접 분해하고 조립도 했는데 한국의 기술자들은 스웨덴 본사의 엔지니어보다 한 수 위란 걸 증명했다. 실린더에는 특수한 고무링이 5개 들어 있다. 이 고무링은 특수한 재질로 실린더 밖의 물이 실린더에 침투하지 못하게 막아주는 역할을 한다. 즉, 물구멍으로 물이 실린더 엔진 피스톤으로 들어 오지 못하도록 하는 것이다. 고무링은 실린더의 엄청난 열기와 압력을 견디는 재질로 만든다.

스웨덴 엔지니어가 작업하는 것을 보고 있으면 엉터리는 아니지만, 장갑을 몇 켤레 끼고 그 위에 또 고무장갑을 끼고 한다. 한국 사람의 측면에서 보면 한 마디로 답답하다. 낚시해보면 대충 어떤 고기가 걸렸는지 알듯이 낚시꾼들은 손맛을 느끼고 싶어 낚시한다. 한국 기사들은 엔진의 내부 미세한 부분에 일할 때는 절대 장갑을 끼지 않는다. 엔진 밖 작업할 때는 실장갑 정도는 낀다. 속에 실린더 피스톤 같은 내장재 작업할 때는 절대 장갑을 끼지 않고 오일을 손에 바르고 순전히 감각으로 링의 미세한 홈에 5개 고무링을 정확하게 끼운다. 실린더 위에서 힘을 한 번에 주면 딱 소리가 나면서 정확하게 양측 홈에 자리를 잡는다. 한국 기술자 솜씨는 전 세계가 알아준다. 포항에 있는 기사들은 몇 년씩 사할린에서 근무하다 오곤 한다. 그래서 러시아 사람은 한국의 기술자 실력을 잘 안다.

특이하게 러시아 선박은 배마다 중형 강아지를 태우고 다녔다. 러시아 하면 시베리아허스키가 떠오른다. 내가 본 강아지는 시베리아허스키 잡종 개인데 우리나라 사람처럼 극히 일부분이지만 강아지를 함부로 대하지 않았다. 이 사람들은 강아지를 가족같이 생각하는 것 같았다. 나 또한 자타가 공인하는 우리 동네에서 유명한 애견가이다. 내가 살았던 지역 사람들은 다 아는 사실로 동물을 학대하면 난 절대 용서하지 않는다.

러시아 수역에서 일할 때이다. 전날 어황이 부진하여 피양 목적으로 일부러 블라디보스토크 항구에 모처럼 육지 냄새도 맡을 겸 좀 쉬러 갔다. 러시아는 우리가 어릴 때 생각한 무서운 레닌이나 스탈린의 후예가 아닌 친절한 우리의 이웃 국가였다. 블라디보스토크 항구도 우리처럼 국제 부두가 있는데 한 20m 정도 경계선이 있다. 우리나라도 동해시나 속초에 가면 똑같이 되어 있다. 아마 국제적인 협약이 아닌가 생각된다. 경계선 안쪽에서는 마음대로 왔다 갔다 할 수 있고 또 다른 선박 선원과 족구도 하곤 했다. 특이하게 우리나라와 다른 게 있다면 경계병들이 왔다 갔다 했는데 블라디보스토크항은 군항이기에 경계병이 있는 걸로 생각된다.

세계 어디를 가도 우리나라의 동포애는 유명하다. 러시아에 들어가면 영사관에서 나오기 전에 우리 동포가 먼저 나온다. 지명수배자나 조폭 출신은 당시에는 동남아 쪽이 아닌 거의 다 블라디보스토크에 있었다. 그들은 그 동네 한곳에 자리를 잡고 한국 제품을 취급하는 상점을 했다. 우리나라 초코파이며 라면을 수입해 팔고 있는데 이 물건들은 러시아 내 최고의 한국 제품으로 알려져 있다. 러시아 수출 상품 1등 공신이 그것이라고 생각한다.

처음 블라디보스토크항에 입항할 때는 우리 동포들이 와서 모두 따라오라고 했다. 러시아에 왔으니 러시아 여자들과 놀고 가야 하지 않느냐는 것이다. 그들은 오랜만에 만난 동포를 최고로 환대하고 싶었던 것이다. 오랜 타향살이에 고향에 대한 그리움에 동포를 맞이하니 자기식대로 최고의 환대를 하는 것이다. 선원이야말로 표현 못 할 최고의 선물임은 틀림없다. 그날 모두 따라가 놀고 왔지만, 선장과 나는 가지 못했다.

나는 정해진 시간에 고기 저장실 온도를 맞춰야 하고 고기가 들어있는 한 오래 자리를 비울 수 없다. 그날 선원들은 뜻하지 않게 최고의 선물을 받았고 인생 처음으로 러시아에 와서 러시아 여자들과 즐겼다.

그때 그 시절 경비병들과도 친분이 생겨 식사 때마다 불러 같이 먹곤 했다. 한국어선은 3개월 조업 준비를 항상 하기에 먹을 게 많다. 특히 러시아인이 좋아하는 초코파이나 컵라면은 아주 많았다. 생닭은 수십 마리 냉동상태로 가져가고 채소는 모두 삶는다. 하루에 한 끼 분량으로 비닐 팩에 넣고 두부 또한 냉동해 몇 달이고 먹을 수 있다.

밥 당번이 필요한 부식을 갑판장에게 꺼내달라고 하면 선원은 기관장에게 물어보고 열어야 한다. 냉동기가 돌아가는 상태에서는 문을 열면 위험하고 몇 시에 문을 열어야 한다고 얘기하면 그때 부식을 꺼낸다. 오징어를 넣고 꺼낼 때 역시 급속 냉동실이나 저장실은 반드시 기관장의 관리하에 했다. 통풍기가 돌아가는 중간에 사람이 들어가면 사람도 얼어버린다. 온도가 내려갔을 때 들어가 파이프며 각종 물체에 손을 대면 딱 붙어버린다. 빨리 볼일을 보고 나와야 한다. 서로 사고 없이 안전 조업을 위해서, 특히 인명사고 예방을 위해서는 사전에 담당자에게 허락을 받는 것이 좋다. 친해지자 러시아 경비병은 몇 시에 밥을 먹느냐고 물었다. 우리는 한 가족처럼 밥이 다 되었으니 밥 먹으러 오라고 부르곤 했다.

이제는 살아생전 다시 경험할 수 없는 그 시절의 추억이 그립다. 초코파이, 컵라면, 한국 담배 등 선장은 선장실에 기관장은 기관실에 많았다. 특히 나에게는 작은 가게 정도는 차릴 정도로 군것질거리가 많았다. 그런 것을 경비병에게 나눠주곤 했다.

바다에 나갈 때는 기름을 보충해야 한다. 한국에서 출발해 얼마 작업하지 않아 기름이 아직 남아있지만, 바다에 나가면 어떤 상황이 일어날지 모르기에 언제나 기름을 꽉 채운다. 기름 부두로 가 보충하는데 기름값도 싸고 대충 계산하고 보충한다. 한 번은 담당자가 여성이었다. 한국 담배와 초코파이 한 통을 선물하니, 다 실으면 연락하라고 하고 가버렸다. 그러면 50드럼 전표를 끊어도 100드럼 이상 기름 탱크가 찰 때까지 보충한다.

기름을 몇백 드럼 실어야 했기에 커다란 탱크가 수없이 많다. 50드럼짜리 탱크가 있고 80드럼짜리 탱크도 있는데, 거기에는 파이프로 된 플라스틱 투명 기름 눈금이 있다. 조업하면 기름 눈금이 내려가고 다 쓰고 나면 다른 기름 탱크를 열고 하는데 절대 한쪽만 열면 안 된다. 항상 좌우 똑같이 열고 파도가 옆을 칠 때 다음 파도가 또 배 옆을 치기 전에 선박은 원래대로 복원해야 한다. 연달아 배가 복원하기 전에 두 방 세 방 맞으면 침몰 될 수밖에 없다. 이것은 자연의 원리로 몇십만 톤이든 몇만 톤이든 작은 어선이든 바다에서는 가랑잎 하나 떠 있을 뿐 큰 차이가 없다. 큰 파도는 선박이 클수록 위험하고 작은 어선들은 파도 위로 다니지만 수십만 톤의 선박은 길이가 워낙 길어 파도가 배 중간에 들어버리면 두 동강 날 수밖에 없다.

그 옛날 타이타닉호도 배가 두 동강 났고 영화로도 나왔지만, 실제 80년대 초에 알래스카에서 베링해협을 지나 대화퇴로 진입하던 선박이 엄청난 파도에 두 동강 난 적이 있다. 그 선박은 십오만 톤의 컨테이너 운반선으로 선박이 워낙 커서 파도가 중간에 들어 올리면 배의 앞쪽과 뒤쪽은 들리게 되는데 수십에서 수백 번 반복하니 그 큰 배도 두 동강 난 것이다. 당시 방송과 신문은 연일 보도 했고 선장은 최고의 베테랑이라고 했지만 사고 앞에서 베테랑은 아무 소용이 없었다. 모두 15명이 죽었는데 겨울이기에 주변에 조업하는 선박이 없어 구조할 배도 없었다.

KAL기 추락사고 역시 대화퇴 어장 공중에서 일어났다. 수백 척이 그 바다에서 작업했으나 사고를 목격한 선박은 없었다.

그 무서운 바다에 가지 않는 것만으로도 확실히 좋은 세상이 되었다는 것을 알 수 있다. 기관장이나 선장은 고기가 어창에 들어갈 때 항상 주의를 기울인다. 선박이 균형을 잃었을 때 고기가 한 군데 밀리지 않아야 하며, 틈이 있어도 안 된다. 빈 곳이 없이 양측 모두 꽉 채워야 하는데, 노련한 갑판장은 이 작업을 직접 한다.

우리나라에서 출항 전에 기름을 몇백 드럼을 실을 때 눈금을 보지 않아도 미세하게 꼬르륵하는 소리만 들어도 기름이 다 채워졌는지 안다. 기름이 탱크에 꽉 차면 꼬르륵하는 소리가 들리기 때문이다. 그것은 낚시꾼이 고기가 물렸을 때 손으로 느끼는 손맛과 비슷하다. 기름을 넣을 때 고속모터가 돌아가는데 꼬르륵 할 때 수협 직원에게 알리면 수협 직원은 스위치를 내려준다. 그러면 모터를 중지하고 저속으로 기름을 채운다. 서로 간에 신호가 맞지 않아 기름이 넘치면 선주는 몇백만 원 벌금을 내야 한다.

배들마다 수백 드럼씩 기름을 실으려고 순번을 기다린다. 어떤 상황에서도 기름은 항상 가득 채워 출항한다. 러시아는 산유국이고 그 여직원은 더 들어가는 줄 다 알고도 눈감아 주곤 했다. 한국이라면 있을 수 없는 일이다. 산유국이 부럽고 내가 아는 그 시절 그 친구들은 잘살고 있을까?

나야 현재 이승에서 허우적거리며 살고 있지만, 그 시절 그분들은 안녕하신지요. 탈 없이 잘 살고 계시는가요?

러시아 문학과 박완서

미하일 숄로 호프

블라디보스토크항에 드나들며 자연스럽게 관심이 생겨 러시아에 관한 책을 읽었다. 솔직히 읽기조차 힘들었지만, 그 감성을 이해하려고 노력했다.

『고요한 돈강』은 공산혁명을 소재로 했기에 스탈린이 입에 침이 마르도록 칭송한 인류의 문화유산이다. 러시아어를 전문으로 공부한 학생이야 이해할는지 모르지만, 난 박완서 선생님이나 한국의 광복과 민족 분단, 한국전쟁으로 이어지는 민족사의 격동기를 소설로 표현한 조정래 선생님이 훨씬 문학적 감각이나 대작가로서의 깊이가 있다고 생각한다.

스탈린은 무엇 때문에 이 소설을 평생 좋아했을까? 소비에트 시절에는 위대한 소설가들이 수없이 많아 손으로 다 꼽을 수 없을 정도다. 스탈린은 그 많은 소설 중에서 미하일 숄로 호프를 평생 존경했다고 한다. 숄로 호프는 아돌프 히틀러가 만든 나치식

동맹처럼 소련 공산주의 청년동맹인 콤소몰 출신이라는 증언이 나왔다. 스탈린 역시 콤소몰 공산 청년동맹 출신이었다. 자유 진영에서는 소설 자체의 가치는 의심하지 않았다. 하지만 노벨상까지 받은 숄로 호프는 단 한 편의 후속작도 없었다. 그는 KGB였고 자신이 체포한 수많은 죄수를 다루다 원고를 한 묶음 발견하고 자신의 이름으로 출판했다는 설이 있으며, 한 러시아인은 그 소설이 자신의 친구 소설이었다고 주장했다. 자신의 친구는 KGB의 숄로 호프에게 체포되어 시베리아 수용소에서 살아 돌아오지 못했다고 한다.

도스토옙스키의 『죄와 벌』

주인공 라스콜니코프는 소냐가 이 세상에 가장 순결하고 깨끗한 여성이라 생각했지만, 그녀는 동네에서 가장 더럽고 추잡한 여성 취급을 당했다. 어떤 사람은 소냐의 맞은편에서 식사하기도 꺼렸다.

소냐는 창녀였다. 가족을 부양해야 했고 그 방법은 몸을 파는 방법밖에 없었다. 라스콜니코프는 죄를 뉘우치지 않았지만, 성스러운 소냐를 만나면서 점점 불안해하고 방황했다. 라스콜니코프는 소냐는 비록 몸을 팔았지만, 정신만은 순결하며 그녀는 잘못이 없다고 생각했다. 많은 식구를 먹여 살리기 위해 몸을 팔았을 뿐이다.

라스콜니코프는 가냘픈 소냐의 귓가에 대고 그 노파는 사실

사신이 죽였노라고 이야기한다. 성품이 착한 소냐는 자수를 권했고, 라스콜니코프는 시베리아 수용소 생활을 하게 된다. 소냐는 라스콜니코프를 뒷바라지했고 가족에게 그의 현재 상황도 전해준다. 라스콜니코프는 진심으로 소냐를 사랑하고 있다는 것을 깨닫게 되지만, 소냐는 이미 그 세계에서도 막달라 마리아와 같은 성녀로서 그가 접근할 수 없는 위치에 있었다.

이 소설은 6부까지 있는데 나는 다 이해하지 못했고 대충 줄거리는 이러했지만, 도스토옙스키는 실제로 시베리아에서 4년의 형기를 살았다. 그 당시 그가 말하고 싶은 것을 소설로 표현해내고 싶었다는 생각이 들었다. 내게는 너무도 어렵고 누가 죄인지 벌인지는 이해하지 못했지만, 니체는 『죄와 벌』을 극찬했다고 한다.

박완서의 『그 많던 싱아는 누가 다 먹었을까』

나는 그 시절 박완서 선생님의 책에 빠져있었는데 특히 『그 많은 싱아**는 누가 다 먹었을까』라는 소설을 가장 감명 깊게 읽었다. 박완서는 항상 할머니의 껌딱지였다. 할머니가 개성 장에 다녀올 때쯤 꼬맹이 박완서는 일찌감치 동구 밖에 자리를 잡고 어디까지 왔지, 생각하며 할머니를 기다렸다. 개성장터에서 올 때 할머니는 커다란 바위에 쉬었다 오시곤 했는데, 개성 장에서 돌

** 다년생 초본으로 근경이나 종자로 번식한다. 전국적으로 분포하며 산이나 들에서 자란다. 원줄기는 높이 100~200㎝ 정도로 곧추서고 가지가 많이 갈라진다. 예전엔 신맛이 있어 생식하며 밀원용으로 이용하기도 한다. 연한 잎과 줄기를 삶아 나물로 먹거나 다른 산나물과 같이 데쳐서 무쳐 먹는다. 쌈에 넣기도 하고 생으로 무치기도 한다.

아오려면 반나절은 걸렸다. 박완서는 그 시절 명주 치마를 휘날리며 고무신을 신고 집에 오는 할머니를 기다렸다. 그런 모습을 생생한 필력으로 표현했다.

나는 개성을 가보지 않았고 이승을 다할 때까지 개성을 가볼 기회가 없을 것이다. 그런데도 북한에 있는 개성을 반쯤 꿰고 있다. 위대한 문필가의 대단한 필력이 마치 개성에 살아본 것처럼 느끼게 했다. 솔직히 나는 싱아가 뭔지도 모른다. 어린 시절을 보냈던 경상도에는 싱아라는 말이 없었다.

어릴 땐 장미 꽃송이가 피기 전에 그 줄기를 잘라 껍질을 벗기고 속살만 씹어 먹었는데 맛이 새콤달콤했다. 같은 것이라도 지방마다 부르는 소리가 다를 수 있고 박완서의 소설에 나오는 싱아는 그런 종류가 아닐까 하고 상상했지만, 어디 물어볼 사람도 없었다. 박완서 소설가도 싱아는 껍질을 벗겨 먹으면 새콤달콤하다고 했다.

어느새 내 머릿속에는 개성 시내에서 돌아오는 길목까지 나서는 아이의 모습이 그려진다. 할머니는 항상 개성 장에서 돌아오면 제일 먼저 보따리를 풀고 다섯 살 꼬맹이 입에 달달한 사탕 한 알을 넣어주었다. 눈에 넣어도 아프지 않은 막내 손녀의 입에 빨리 넣어주고 싶어 할머니의 걸음은 언제나 빠른 걸음이었다. 동구 밖 어린 소녀는 어디까지 왔나 어디까지 왔지, 하면서 기다리는 것을 할머니는 알고 있었다. 박완서는 평생 할머니를 그리워했다. 그의 주옥같은 작품은 나이 마흔이 되어서 『나목』으로 세상에 나왔다. 『엄마의 말뚝』 등 수많은 작품 활동을 하고 80살까지 살다 2011년에 돌아가셨다. 어느새 10년이 훌쩍 넘었다.

4장

북한 수역 조업과 씨가 마른 오징어

북한 수역 조업 스토리

출항할 때 3척씩 짝을 지어 출항 신고를 한다. 울릉도를 지나면 무선으로 어느 어장에 출입한다고 신고하고 8시간 후쯤에는 삼각지라 불리는 곳에 있다. 우리나라 해역을 벗어나는 공해상 입구에서 대화퇴 출입 신고를 하고는 실제로는 엉뚱한 곳에서 조업하기도 한다.

처음엔 북한 수역까지는 안가지만 선박끼리 물량 보고를 하는데, 북한 수역 가까운 선박이 월등히 조업 현황이 좋으면 그곳 가까이 가서 조업하는 선박이 생긴다. 그러다 보니 점점 북한 수역으로 들어가 조업하게 되었다. 처음엔 그렇게 시작했지만, 자꾸 경계선 안쪽으로 들어가 작업하게 되고 그런 선박마다 고기를 많이 잡았다. 그러다 보니 조업하다가 북한에 나포되는 선박도 발생했다. 어느 기관에서 조사했는데 우리나라 선박이 북한에 잡혀 돌아오지 못한 어부가 3,600명이나 된다고 한다. 북한 경계선 쪽에서 작업하다 보면 선박이 조류에 밀려 북한 수역으로 들어가기도 한다. 닻을 내려놓아도 조류에 따라 조금씩 물풍선과 선박이 한 몸이 되어 북한 수역으로 흘러 들어가는 것이다. 물풍선은 5층 빌딩이 그 안에 들어갈 정도로 크다.

실제 그런 일이 발생한 적이 있었다. 아침에 작업이 끝나면 멀리 공해상으로 나와야 하는데 선박 한 척이 시동이 안 걸렸다. 큰일이 난 것이다. 최소한 두 척은 그 수역에 들어가야 한다. 3척 선단 중에 남은 두 척이 들어가 한 척은 그 배를 끌고 한 척은 바다에 빠뜨린 물풍선을 건져 와야 했다. 그날은 바람과 파도가 엄청났다. 북한 수역 깊숙이 들어가 있었기 때문에 우리 무선국에 알려서도 안 되었다. 선단은 어떻게든 그러한 문제를 해결해야 했다. 그날 두 척은 하루 작업을 포기하고 북한 수역 깊숙이 들어가 동료 선박을 구조해 공해상으로 무사히 빠져나왔다.

언제부터인지 독도를 지나 동쪽으로 좀 나와 정북으로 아예 북한 수역에 들어가 작업을 했다. 초창기 북한 수역으로 가 북한 선박을 처음 접한 강원도 쪽 선박의 얘기로는 남한에 쌀이 많다고 들었는데 쌀 좀 달라고 하더란다. 그래서 20kg 쌀을 한 포대 주었다는 얘기도 들었다. 실제로 북한 경계선에 접근할수록 고기가 많았다.

일본도 마찬가지다. 우리나라에서 일본 EEZ에 가까울수록 고기가 월등히 많다. 우리나라 대통령이 평양 순안 비행장에 내려 김정일과 악수했다. 그 당시 우리 어부들은 잠깐이었지만, 북한을 무서워하지 않았다. 언제부터는 독수리(해양경찰, 어업지도선)만 지나가면 아예 북한 수역 깊숙이 두만강 아래까지 올라가 작업했다.

러시아는 수역이 넓게 퍼져 있지만, 9월 말경에는 무조건 나와야 하고 한두 달 연장하면 돈을 두 배로 더 주어야 한다. 러시아와 계약할 때 3개월 단위로 계약한다.

나는 선장과 교대하곤 했다. 교대하여 브릿지(운항지휘실)로 나오면 배는 아예 정 북쪽으로 항해하고 있을 때도 있었다. 그러다 북한 선박을 만났다. 선장은 간식 같은 것을 준비하라고 했다. 커다란 쇼핑백에다 담배 한 보루, 라면, 사탕, 비스킷 종류와 20㎏ 쌀 한 포대를 준비했다.

북한 선박은 밥을 먹었는지 배 뒤에서 드럼통 반을 자른 화독에 불을 지피고 백 철 솥에 숭늉 같은 걸 끓이고 있었다. 여성은 키가 자그마하고 머리를 뒤로 묶고 솥을 바가지로 휘휘 젓고 있었다. 아궁이 옆에는 나무 장작이 엄청나게 쌓여있고 아궁이 앞쪽에는 조그만 엔진이 하나 있고 전등은 정확히 8개가 달려있었다. 선박은 앞이 뾰족하고 길었으며 녹물로 온 사방에 누렇게 되어 있었다.

오징어만 잡는 선박이 아니고 철마다 각종 어류를 잡는 선박으로 보였다. 선박 명칭은 '단천'이라고 쓰여 있고 1-3-2 이런 식으로 아라비아 숫자로 표시되었는데 북한 선박은 크든 작든 모두 아라비아 숫자가 적혀 있었다. 전시에 동원되는 숫자 표기 같았다.

기관실은 조악한 이름도 알 수 없는 조그만 엔진이 있고 비상용 엔진 헤드가 하나 있었다. 우리 선박은 전체가 자동차용 두꺼운 안전유리로 되어 있다. 북한 선박은 그냥 얇은 일반 유리로 반쪽이 떨어져 나갔는데 비스듬히 오려 맞춰 끼워져 있었다. 선장은 북한 선박의 뒤쪽에 우리 배 선수를 살짝 붙였고 북한 청년 7~8명이 몰려왔다.

나는 그날 북한 청년들과 대화를 한참 했는데, 북한 청년들은 좀 거칠게 나왔다. 내가 선물을 내려주려고 했는데 그들은 거부했다. "필요 없어 방금 우리 밥 먹었어." 하면서 제법 험악하게 나왔다. 선장은 내가 북한 청년들과 부드러운 대화를 나누는 줄 알고 가만있었는데, 그때 마침 우리와 같은 선단 배 두 척이 따라오면서 배 둘레를 한 바퀴를 돌았다. 북한 쪽 푸른색 인민복에 선글라스를 낀 선장이 브릿지에서 뒤쪽 통로를 왔다 갔다 하면서 "아! 저 새끼들 또 왜 왔어" 하면서 선장실로 들어가면서 문을 꽝 닫았다.

순간 나는 약간 공포를 느꼈고 빨리 배를 빼라고 손을 뒤로 내저었다. 그러자 북한 선박이 불을 켜는 것 같았다. 생전 처음 들어보는 엔진 소리로 푸릇푸릇하고 몇 번 들리면서 불이 들어왔다. 우리는 북한 선박 주위를 빙 돌아보았는데 모두 검은색 우의를 입고 있었고 가슴이 봉긋한 일부 선원은 여성이었다.

우리 쪽의 캐치라이트의 색깔은 모두 하얀색이다. 가끔 푸른빛이 나거나 붉은빛이 나면 전구를 모두 교체한다. 바다 한복판에서 푸른빛이 나는 불빛은 누굴까 하고 궁금했는데 나중에 알고 보니 북한 선박이었다. 그날 우리와 북한 선박이 있던 위치가 북한의 단천 지방 앞바다였다. 그래서 선박의 명칭도 '단천호'라고 적혀 있었다.

어떨 땐 아침에 밤새 올라온 오징어를 급냉실에 넣고 보면 북한의 육지 산 능선이 보일 때도 있었다. 그만큼 북한 깊숙이 들어가 작업했다. 선장은 밤새 레이더에 눈을 떼지 않는다. 이상한 선박이 접근하는 것을 보아야 하기 때문이다. 우리와 대화를 나눈 선박의 물풍선 부이를 보았는데 우리 남한 선박이 사용하는 부이와 똑같았다.

북한 수역 깊숙이 들어가 조업 중에 레이더상에 수상한 선박이 접근하면 물풍선을 끌어 올릴 시간이 없다. 그냥 칼로 줄을 끊어 버리고 공해상으로 도망간다. 그 시절 누구나 한두 번은 물풍선 버리고 온 경험이 있었다.

앞에서도 말했지만, 우리나라 동해상에서 휴전 이후 돌아오지 않는 어부가 3,600명이나 된다고 발표한 적이 있다. 만약 상황이 반대였다면 우리나라 해경과 군이 가만있었을까. 모조리 나포해 잡았을 것이다. 내가 직접 경험하고 직접 그 수역에서 수년을 작업한 경험으로 판단할 때, 돌아오지 않은 어부는 북한 군인이 남쪽으로 와서 나포해 간 게 아니고, 어선 스스로 북한 한계선 깊숙이 침투해 작업하다 잡힌 것이다.

우리와 어종은 다르지만, 옛날 동해에는 명태가 수없이 난 적이 있다. 지금은 명태가 씨가 말랐다. 당시 명태는 북방한계선에서 조금만 더 들어가도 끌어 올릴 수 없을 정도로 많이 났다고 한다. 그 시절 부산 대형 트롤은 홍남 부두 청등 홍등이 반짝이는 것이 보일 정도로 북한 깊숙이 들어가 그물망을 넣고 공해상으로 빠져나와 고기가 든 방을 끌어 올렸다고 한다. 일반인들은 상상하지 못할 정도로 위험한 월선 조업을 많이 했다.

다행히 북한 경비정은 기름도 없고 단속할 상황이 되지 못했기에 언제부터인가 우리 선박은 아예 대놓고 북한 수역으로 들어가서 작업했다. 당시 물풍선 하나를 제작하려면 사백만 원 이상이 들었다. 북한어선 단천호는 우리나라 배가 끊어버리고 온 물풍선을 그대로 사용한 것이다. 나는 전방에서 군 생활했는데 선원들은 선장을 포함해 군 생활을 한 사람이 드물었다. 내 나름대로 공산주의를 경계하고 공산주의를 가까이해서 득이 될 일이 없다는 것을 알고 있었지만, 선장은 용감한 건지 무식해서 그런 건지 자꾸 북쪽으로 들어갔다. 물론 우리만 가는 것이 아니라 그 시절 수백 척이 북한 수역에 노골적으로 들어가 작업했는데 나는 항상 불안했고 조만간 뭔가 큰일이 일어날 것 같아 초조했다.

한 번은 밤에 작업하고 엔진을 모두 끄고 자고 있는데 사람 소리가 요란하게 들렸다. 일어나 밖에 나가보니 북한 선박들 속에 우리가 있었다. 그중에 우리나라 원양어선에서나 볼 수 있는 대형 트롤 어선에 수십 명이 요란한 목소리로 이야기하고 있었다. 배에는 온통 붉은 글씨로 "조선 노동당 최고 존엄 김정일 만세" 등 북한에서 사용하는 선전 선동 구호가 커다랗게 쓰여있었다. 오징어 배는 조그만 조각배를 뒤에 달고 있었다.

수십 명이 타고 있었는데 우리처럼 오징어를 냉동 보관하는 게 아니고 바로 배에서 건조하는 것 같았다. 왁자지껄하는 소리에 순간 공포 같은 것을 느꼈는데, 브릿지에 가니 선장은 태연히 자고 있었다. 몰라서 그런 건지 무식해서 그런 건지 그 후에도 여전히 북쪽에서 작업을 하고 어창을 채워 남쪽으로 오곤 했다. 남으로 올 때는 동쪽 공해상으로 빠져서 삼각지로 들어왔다. 정부를

속이는 것이다. 그리고 북쪽 어장으로 갈 때는 동해로 빠져 정북으로 방향을 잡고 올라가서 작업하고 독수리가 멀리 나와 있다고 하면 동해로 더 멀리 빠져 해경을 피해 올라가 작업했다.

수십 년 전에 있었던 일이지만 나는 아직도 의문이 든다. 정말 정부가 몰랐을까? 일부러 모른 척한 건지 어부에게는 관심이 없어 몰랐는지 궁금하다. 당시 우리나라 오징어 선박은 전부 그러한 작업을 했는데, 해경의 레이더는 수백 킬로 밖에서도 북쪽으로 올라가고 내려오는 선박을 다 보고 있었기에 모를 리가 없다. 아니면 우리나라 해군과 해경은 성능이 후진 열악한 장비밖에 없었던 것인지 정말 의문투성이다.

이제는 동해에 떠 있는 황금 덩어리가 모두 사라져 그곳에 가지도 않고 갈 수도 없지만, 요즘은 절대 있을 수 없는 일이다. 선박마다 위성으로 좌표가 있어 절대 위치 이탈을 할 수가 없다.

울릉도에서 생활할 때는 해경이 한 번씩 파도에 떠내려오는 북한 선박을 끌고 와 저동항 촛대바위 옆에 계류했다. 조그만 북한 선박을 1년에 몇 번씩 볼 때도 있었다. 모두 아라비아 숫자가 앞에서 말한 형식으로 되어 있고 조그만 배지만 선실엔 짚이 깔려 있었다.

북한 수역에서의 큰일 날 뻔한 이야기

나의 예상대로 북한에서 작업하다 피해를 당한 선박이 나오기 시작했다. 어떤 선박은 브릿지 안에 있는 텔레비전이나 각종 장비를 빼앗겼고 어떤 배는 조상기를 두 대씩 빼앗겼다. 그래도 여전히 북쪽으로 작업을 갔다. 어느 선박은 북한 경비정에 잡혀 북한 군인이 총을 들고 브릿지로 올라왔는데, 선장이 재빨리 금가락지를 빼 주니까 손목을 쳤다고 한다. 그리고 뒤로 돌아 뒤쪽에서 손바닥을 벌리더란다. 자기 동료들 보는 데서 주지 말고 몰래 달라는 것이다.

그날도 우리는 독수리를 피해 정북으로 올라갔다. 무전기로 피해사례가 있어도 수많은 선박이 오고 갔기 때문에 재수 없는 배가 잡힐 뿐이었다. 선장은 신경 쓰지 않고 항해했는데 내가 보니 북한 땅이 보일 정도로 깊숙이 들어가는 것이다.

선장은 정보를 갖고 항해한다. 간밤엔 어느 쪽에 작황이 좋은지 무전기로 다 알고 아예 북한 깊숙이 들어가는 것이다. 오후쯤에 어선이 네 척이 있었고 물풍선을 띄우지 않고 조상기가 돌아가고 있었다. 다른 배는 평소에 잘 아는 선박들로 선장과는 같은 회원이고 한 척은 죽변 쪽 배라 안면만 있지, 회원은 아니었다. 물풍선을 띄우기 전에 수면 가까이 오징어가 어느 정도 형성되었는지 테스트할 겸 조상기를 돌렸다. 그날 어둑해질 무렵 각자 거리를 벌려 조업하기 시작했다. 선원은 브릿지에 가보지 않은 이상 작업하는 곳이 어딘지 모른다. 다만 낮에 보았을 때 북한의 산 능선이 뚜렷이 보일 뿐 일단 작업이 시작되면 고기잡이에 몰두하기 때문에 정신이 없다.

그날따라 바람 한 점이 없었다. 평상시 하는 대로 매듭을 해놓았으면 그날 우리는 모두 다 죽거나 잡혀갔다. 원양 조업 중에는 무거운 줄로 수십 가닥 이중삼중을 꼬아 만든 신지 줄을 사용하는데 이 줄은 안쪽에서 꼬고, 바깥에도 수십 가닥으로 꼬아 입힌다. 절대 터지지 않는 줄로 선박은 원양 조업 때 태풍과 같은 자연재해가 오면 그 줄로 교환해 사용하는 비상용 줄이다.

선원을 바람과 파도에서 지켜주는 줄이고 그 줄이 얼마나 버텨주냐에 목숨이 달려있다. 만약에 엄청난 힘에 그 신지 줄이 터져 맞으면 즉사한다. 그 비상용 줄은 힘을 받으면 고무줄처럼 약간씩 늘어날 뿐 바람에 의해서는 절대 터지지 않는다. 얼마 전 아프리카 소말리아에서 돌아와 배를 정박하는 과정에서 줄에 맞아 한 병사가 부모가 지켜보는 가운데 즉사했다. 그 병사가 맞은 줄이 이러한 어선의 비상용 줄로 함대에서 사용하는 것을 나는 여러 번 보았다. 어선은 큰 파도가 칠 때는 그 줄을 사용하고 잠잠해지면, 일반 줄로 교환한다. 그런데 그날은 갑판장이 귀찮았는지 줄을 교환하지 않고 일반 줄을 그대로 사용했다. 그날 바람 한 점 없었으니 그냥 선수 말뚝에 걸쳐 빙 둘러 한 번만 감아 놓고 줄은 묶어 놓지 않고 작업한 것이다.

바람 한 점 없는 여름밤에 캐치라이트 불빛과 기관실에서 내뿜는 불은 너무 뜨거워 잠시도 옆에 있을 수가 없었다. 예상대로 고기는 엄청나게 많았다. 저녁 10시 정도 냉동실에 넣어야 할 상황이었다. 갑판장과 조기장은 어창에 들어갔고 나와 남은 선원들은 밑으로 고기를 넣고 있었다. 위험한 조업 시 선장은 레이더상에서 눈을 떼지 않아야 한다. 그런데 바람 한 점 없이 더운 날씨라 선장은 레이더에서 눈을 떼고 우리가 일하는 옆에서 파자마 차림으로 손에 부채를 들고 있었다.

내가 밑에 있는 갑판장에게 고기가 다 들어갔다고 올라오라고 말했다. 먼저 갑판장이 올라오고 조기장이 머리를 내미는 순간 선수 앞쪽에서 하얀 배 한 척이 우리 배 선수 쪽으로 다가왔고 한 명이 건너오려고 했다. 처음엔 모두 일본 선박인 줄 알았다. 일본 선박은 모두 하얀색이기에 한국어선이 고기 잡는 걸 구경하는 줄 알았다. 선장은 부채질하며 손을 흔들었다. 비록, 바람 한 점 없었지만, 조류에 두 선박의 거리가 멀어졌다. 그래서 넘어오려던 사람이 넘어오지 못했다. 선박은 조상기가 울렁대는 바람에 가만히 있는 것 같아도 양옆으로 배가 조금씩 움직인다. 거리가 벌어지고 후진해서 다시 방향을 잡을 때 한 사람이 넘어오려고 한 다른 배의 브릿지를 보니 커다란 북한 인공기가 보였다. 우리 배에 넘어오려고 한 젊은 청년은 총을 밑에 숨기고 있었다. 7~8 명 젊은 청년들은 푸른색 운동복을 입고 있었는데 모두 다 기관총을 한 자루씩 들고 있었다.

순간 나는 뒷걸음을 치며 본능적으로 기관실로 들어갔고 선장은 브릿지에서 뒤쪽 알루미늄 새시로 된 문으로 들어갔다. 비상시를 대비해 한쪽에 문을 따로 만들어 바로 계단을 밟고 올라가도록 해놓은 것이다. 순간 전속력으로 후진하고 불을 한 번에 끄면서 최고의 속도로 후진했다. 첫 조업이라 기관실에는 기름이 수백 드럼 실려있었다. 나는 순간적으로 대포가 날아올 수도 있겠다 싶어 공포에 질렸다.

물풍선은 제대로 말뚝에 묶어 놓지 않았고 한 바퀴만 살짝 감아놔 전속 후진한 탓에 줄이 빠져나갔다. 그리고 우리는 북한 선박의 집중사격을 받았다. 총소리가 "따꿍따꿍" 했는데 북한군의 AK47 소총 소리는 우리 국군의 총소리와 다르다. 국군은 "탕, 탕" 소리가 나지만 북한군이나 중공군은 "따꿍따꿍" 하는 소리가 난다. 어쩐 일이지 북한 선박은 바로 따라오지 않고 우물쭈물했는데 우리가 후진하면서 덩어리로 날아간 선박의 줄이 둥둥 떠있어 깜깜한 밤에 우물쭈물 한 것이다. 그사이 우리는 방향을 남쪽으로 잡고 달렸다. 선박의 모든 불을 소등하고 달렸는데 그들이 따라오는 것 같았다. 그 배는 우리보다 속력이 느린 것 같았다. 우리 예상대로 더는 따라오지 못했다. 물 밑에 조상기 낚시가 수십 개 있었고 수심 150m 내려가 있는 상태로 항해를 계속할 수는 없었다.

선장은 도망오면서 정신없이 작업하는 선박 옆으로 항해했는데 따라오는 북쪽 선박이 작업 중인 선박 쪽으로 방향을 트는 것을 보았다. 북쪽 선박은 한 바퀴 돌면서 총을 난사했는데 깜깜한 밤에 총구에서 나오는 불빛이 수없이 보였다.

그날 우리 배 4척이 그 해역에서 작업했는데 그중에서 우리가 북한 해역 제일 안에 있었다. 당시 선장들은 고기만 있으면 북한 땅 어디든지 들어가 작업을 했다. 나 역시 북한 땅인 나진 선봉 지역부터 홍남 부두 가까운 곳까지 어군을 따라다니며 작업했다. 어군만 형성되면 원산항에도 들어갈 기세였다. 선장실로 가 보니 선장은 혼이 빠져 두 손을 덜덜 떨고 있었다.

"괜찮습니까?" 하니 "괜찮고 괜찮은데" 하면서 헛소리를 했다. "다친 데 없어요?"라고 하니 다리까지 덜덜 떨고 있었다. 총알이 정면 약간 옆으로 세 발이 날아왔고 안전유리에 두 방의 총알구멍이 있었는데 교묘히 선장을 피해 지나갔다. 한방은 유리를 통과하고 무전기 귀퉁이를 맞아 총알이 떨어져 있고 한방은 안전유리를 통과하고 뒷문 알루미늄 새시 문을 통과하고 기관실 통풍구를 통과해 그 밑에 총알이 떨어져 있었다. 또 한 발은 선장실 브릿지 옆으로 뚫고 들어와 벽에 붙은 나무에 박혀 있었다. 브릿지에서 2발의 총알을 수거했는데 선장은 바닥에 유리가 있는지조차 모르고 유리가 어디서 깨졌냐고 내게 물었다. 혼이 빠졌고 유리창 구멍을 내가 가르쳐 주니 그제야 상황 파악을 했다.

나는 레이더상 배 두 척이 딱 붙어있는 걸 보고 한 척이 납북된다고 생각했다. 작업등을 켜고 낚시를 정리하고 주위를 살펴보니 총알 자국이 많았다. 그런데 해군 중사 출신의 갑판장은 공포탄을 보고 뭘 그리 놀라느냐고 태연히 앉아 담배를 물고 있었다.

나는 기가 차서 해군 중사 맞냐며 총알을 보여주며 총알 자국의 일부 구간을 가르쳐 주었다. 선박을 둘러싼 목재는 아비통이라고 하는 목재로 한국에서는 생산되지 않는 저 멀리 아마존 정글에서 수입한 목제다. 못도 들어가지 않는 강력한 재질로 20cm 아비통 옆으로 비스듬히 관통되어 있었다.

또 불빛을 막아주는 천장은 FRP로 만들어졌는데, 두꺼운 천장에 구멍이 숭숭 나 있었다. 배 둘레에 설치된 아비통 나무는 어지간한 철선과 부딪혀도 견디고 튼튼하다. 모두 맞는 자리에 구멍이 나 있었다. 갑판장은 "따꿍따꿍" 하는 소리를 공포탄으로 알았다.

내가 총알을 보여주자 그제야 정신이 들어 새파랗게 질렸다. 해군도 우리나라 국군인데 편애하는 소리는 아니지만, 사실 우리 때에는 군인 취급도 하지 않았다. 해군 함대와 작전은 같이 하지만 보병은 제대할 때까지 사격을 수도 없이 하지만, 해군은 개인적으로 사격을 하는지조차 의문이 들었다.

선박이 강력하게 후진하는 동안, 선원 한 명이 줄 위에 앉아 있다가 줄에 발이 감겨 딸려 나가다가 장화가 벗겨져 살았다. 상황이 정리되는가 싶었는데 레이더상에 두 선박이 붙어있다가 한 척이 따라왔다. 그때가 총 맞을 때보다 더 무서웠다. 선장은 혼이 나갔다. 나와 브릿지에 같이 있었는데 선장은 선원들이 담배도 피우지 못하게 하며 난리를 쳤다. 브릿지에 가니 진짜 한 척이 따라오는데, 우리보다 속력이 조금 빠른 것 같았다. 조금씩 거리가 좁혀지고 있었다.

그 선박과 우리는 정남향을 달렸는데 진짜 우리를 잡으러 오는 북한 경비정인지 우리처럼 도망 오는 남쪽 오징어 선박인지 알 수가 없었다. 공포에 질려 있고 이미 한번 겁을 먹은 터라 밤에 바다에서 항해하는 선박 모두 북한 경비정 같다는 생각이 들었다. 나는 선장에게 방향을 바꾸어 공해상으로 가자고 제안했다. 진짜 우리를 따라오는 선박인지 남쪽으로 도망가는 선박인지 궁금했던 것이다. 동쪽으로 두 시간쯤 달렸는데 우리를 따라오지 않고 남쪽으로 내려갔다. 도망가는 오징어 배였다.

당시엔 휴대폰이 없을 때지만, 선박에서는 차량용 카폰이 처음 도입될 때여서 두 척은 우리와 같은 항구 소속이었고 두 척은 외지 선박이었음을 알 수 있었다.

선장은 같은 항구의 선박의 선주에게 전화를 했다. 선주는 한밤중에 선단의 선박에서 전화가 오니 불길한 생각이 들었다고 했다. 그렇지 않아도 불법 월선 조업을 하는 걸 당시 선주는 모두 알고 불안 불안하던 차였다. 선장이 현재 상황을 설명했고 아무 피해가 없고 괜찮다고 했다.

우리는 공해상을 빙 둘러 울진 죽변항으로 돌아왔다. 우리가 공해상을 빙 둘러 늦게 오는 사이 집중사격을 받은 선박은 먼저 와 있었다. 따로 떨어져 선박은 계류하고 그쪽으로 가니 제일 나이가 많은 사람이 선박을 지키고 있었다. 그 배 선원들은 경찰에 체포돼 경찰서로 갔다. 선주 아주머니가 사정이 좋지 못하니 선박에 올라오지 않는 것이 좋지 않겠느냐고 했다. 노인은 총알을 한 움큼 주워 손을 덜덜 떨며 보여주었다.

온통 집중사격을 받아 총알 자국이 수백 개가 있었는데 어떻게 도망 왔는지 의문이었다. 레이더에 두 시간 정도 두 선박이 붙어 있었는데. 브릿지로 들어가는 뒤쪽의 알루미늄 새시의 유리창이 일그러져 있었다. 총알 자국이 아닌 기관총 개머리판으로 맞아 네모 형태로 45도 정도로 강화유리가 깨져 있었다. 그 형태로 보아 북한군이 직접 그 배에 올라왔지 않았나 하는 생각이 들었다. 선장이 브릿지에 있었다면 어떻게 살았는지도 궁금했다. 엎드려 있었을까? 그런 상황에서 어떻게 도망 왔는지도 궁금했지만, 서로 안 좋은 상황에 더 알 필요가 없었다.

우리는 소속된 항구로 귀항했다. 유리 집에 전화해서 유리를 갈고 실리콘으로 각종 구멍 난 곳을 때우고 나니 감쪽같았다. 얼마 후 순경이 와 선박을 빙 둘러보고 갔다. 그날 우리에게 총을 쏜 북한 선박은 경비정도 아니고 우리로 치면 어업지도선이었다.

북한 어업지도선은 개인당 소총을 들고 있고 민간인을 향해 집중사격을 했다. 색상 자체가 하얀색으로 어선 지도선은 국제 규격에 맞는 색상을 하고 있지만, 선원들 모두 기관총을 소지했다. 나는 총알을 일곱 개나 주운 적도 있다. 공중으로 날아간 것도 있고 나무에 박혀 있는 총알도 있었지만, 주운 총알을 차에 싣고 다녔다. 총알은 하얀색으로 처음엔 납인 줄 알았다. 깨물어 보니 단단하고 좀 시간이 지나니 새까맣게 녹이 슬었다. 국군이나 미군 총알은 구리 합금으로 되어 있다. 오랜 세월이 지나도 녹이 피지 않는다. 북한 인민군의 총알에 자석을 대어보니 달라붙는 걸 보아 일반 강철이었다. 실제 사람 머리에 맞으면 즉사한다. 강철이라 위력이 대단하고 사람 몸에 박히면 파상풍이 생긴다.

우리나라와 미군이나 자유 진영에서 쓰는 총알은 단단한 곳에 맞으면 총알이 일그러져 형체를 알 수 없는데 그날 북한의 총알은 모두 단단한 곳에 맞았는데도 형체가 그대로 유지되었다.

당시 얼마나 열악했는지 북방한계선을 넘어 조업하다 많은 선원이 붙들려 갔다. 그날 우리는 끌려가거나 처참하게 죽을 뻔했다. 줄을 제대로 묶어 놓지 않고 살짝 한 바퀴만 감아 놓은 것이 위기에서 벗어날 수 있게 했다. 줄을 제대로 묶었다면 절대 후진이 안 된다. 집중사격 속에서 줄을 풀 시간도 없다. 그래서 선박은 커다란 칼과 도끼를 항상 선수에 비치하는 것이다. 그런데 그날은 줄을 내리칠 시간조차 없었다.

이후 소문은 입에서 입으로 전해져 모두 알게 되었다. 북한 해역에서 작업하는 것은 항상 그런 위험이 뒤따랐다. 하지만 미군이 울릉도 쪽으로 넘어올 때까지는 계속 북으로 작업을 나갔다. 우리는 북한 당국에 제대로 걸렸지만 도망쳤고, 다른 선박은 북한 작업선에 피해를 봤다. 그중에는 북한 작업선에 총을 든 사람을 보았다고 했다. 어떤 선박은 기름 60드럼을 주고 풀려나기도 했다고 한다. 선박에 호스를 연결해 펌프를 돌리면 기름을 넘겨줄 수 있다. 북한 선박의 기름 탱크에 60드럼밖에 들어가지 않았기 때문에 60드럼만 빼앗겼을 뿐이다.

전등도 한두 개 불이 오지 않으면 바로바로 고쳐야 하는데 어쩌다 몇 번 미루면 열 몇 개가 불이 들어오지 않을 때도 있다. 몰아서 하면 제법 큰일이 된다. 오징어 배는 수백 척이 모여서 작업하기에 그야말로 불싸움이다. 전등에 불이 오지 않는 것은 전등 문제일 수 있고 안전기 속 콘텐츠가 문제일 수 있다. 열기에 콘텐츠 배가 불룩 나와 있을 때도 있다. 해마다 콘텐츠는 전부 교환한다. 크기는 수류탄만 하고 폭발의 위험은 별로 없지만, 화재의 위험이 제일 심각하고 불이 들어오지 않으면 정말 골치 아픈 상황이 발생한다. 안전기 무게만 30kg 정도로 무겁고 전구에 스파크를 시켜 불이 들어오게 해 작업을 하지만, 안전기를 들어내어 수리하기도 했다.

한 번은 뒤쪽 선실 위에 불이 오지 않는 전구를 하나씩 체크하는 중에 선박이 한 척 옆으로 지나가는 것을 보았는데 커다란 북한 인공기가 그려져 있었다. 나는 그 자리에서 털썩 주저앉았다. 북한 수역이니 지나는 북한 화물선인데도 그 트라우마가 심했다. 그렇다고 선장에게 북방한계선을 넘지 말자고 할 수도 없었다. 어차피 한배를 탔으니 생사를 같이하는 것이다. 그런 작업은 우리 발등을 찍을 수도 있었다. 위험을 무릅쓰고 북한 해역으로 가 고기를 많이 잡고 육지로 돌아오면, 선장은 생전 처음 보는 고급 양복바지를 입고 여자와 팔짱을 끼고 다녔다. 선장들의 신수가 훤해지는 것이다.

트롤(저인망) 어선

국내 트롤 어선은 날씨가 좋을 때는 대마도 근해까지 가서 작업했다. 날씨가 나빠 일본해상보안청이 움직이지 못할 때는 일본 영해 깊숙이 들어가서 방을 넣어 우리나라 영해로 끌고 오기도 했다. 방의 입구는 커다란 대문만 한 철판이 양쪽 그물 입구에 붙어있고 그 방을 벌리면 10층 빌딩도 들어간다.

어군이 있으면 선장이나 항해사는 그것을 알고 있다. 고등어가 수심 몇 미터에 몇 톤, 갈치가 몇 톤인지 정확히 한다. 그들이 쓰는 소냐(어군탐지기)는 십억이 넘는 장비로 물속을 훤히 들여다볼 수 있다. 방을 넣고 물속에서 끌고 오면 커다란 철판이 물살을 받아 최대한 어장을 넓게 벌려준다. 자동으로 고기는 자루형 방에 들어가는 것이다. 일본 쪽에서 방을 넣어 한국으로 끌고 와 방을 올린다. 그래서 일본 순시선은 항상 긴장하고 헬리콥터까지 떠서 항공 촬영을 해 한국 선박의 불법 월선 조업의 증거를 남기는 것이다.

우리가 중국어선을 경계하듯이 일본은 우리를 경계했다. 그러나 그건 어디까지나 오늘날 상황이고 옛날에 우리나라는 일본 선박 때문에 몸살을 앓았다. 일본 선박은 울릉도는 물론 남해 거제도 심지어 목포 앞까지 몰려왔다. 각종 어획물을 수탈했고 심지어 독도에 강치(물개)도 잡아갔다. 독도는 물개 서식지인데 지금도 독도의 작은 동굴에는 물개 뼈가 수없이 남아있다. 일본 어선들은 물개를 아예 몰살시켰다. 그리고 일본은 독도가 자기 땅이라고 부르는 것이다.

당시 우리나라는 작업 방식이 발달하지 못했지만, 지금은 우리와 일본은 반대가 되어 일본은 우리나라 어선의 불법 조업에 몸살을 앓고 있다.

트롤 어선은 원양 트롤이 있고 우리나라에서 조업하는 트롤이 있다. 오징어 배가 저 멀리 대화퇴 어장이나 러시아 수역에 가는 것처럼 연근해 트롤 어선도 있는 것이다. 트롤 어선은 두 척이 끌고 다니는 쌍끌이 어선이 있고 외끌이 어선이 있다. 얼마 전 서해에서 북한 인공위성 잔해가 우리 영해로 떨어졌을 때, 해군은 쌍끌이 어선에 부탁하기도 했다. 쌍끌이 어선은 여러 척이 그 해역 바닥에 있는 모든 것은 다 끌어 올린다. 천안함 폭침 사건도 북한 소행으로 밝혀졌는데 쌍끌이 어선이 북한 어뢰 잔해를 건져 올렸다.

그물망을 선박 뒤에서 끄는 방식의 트롤 어선이 있다. 외끌이 트롤 어선인데 이런 선박은 부산 트롤 어선과 동해 트롤 어선 두 종류가 있다. 이러한 작업 방식의 어선은 외국의 선진국에서는 모두 없어졌다. 유엔에서 불법으로 규정해 폐지를 건의했는데 우리나라와 중국 등 일부 국가는 아직도 이러한 작업 방식을 사용하고 있다. 바다 바닥에 고기가 알을 낳고 알이 부화할 때까지 부모 고기가 지키고 있는 장면을 텔레비전으로 본 적이 있다. 트롤 어선은 바다의 바닥까지 훑어 생태계를 파괴한다. 한 번 파괴된 생태계는 복원이 되기 어렵다.

그물망 입구는 강철로 꼬아 만든 굵은 와이어 줄로 되어 있는데 바위까지 건져 올린다. 부산 대형 트롤 어선은 한때 저 멀리 동지나 해역까지 가서 조업했다. 인도네시아 동지나 해협은 한때 세계 최고의 황금어장이었다. 지금은 동지나 해역에 물고기가 사라진 지 오래다.

소나(어군탐지기)로 보면 어떤 고기가 수심 몇 미터에 몇 톤이 있는지 정확히 알 수 있다. 유엔에서 볼 때 후진국 형태의 조업 방식이고 불법 조업이다. 갈 곳이 없어진 트롤 어선은 대마도 바닥을 긁고 다녔다. 그러나 돌멩이만 건져 올릴 뿐이었다. 그러다 소나로 오징어 불빛 밑에 엄청난 어장이 있는 것을 보고 처음에는 도둑질을 했다. 멀리서 오징어 배 밑으로 그물망을 넣어 싹 쓸어 끌고 가버리는 것이다.

부산 트롤 방은 10층짜리 빌딩도 들어간다. 물속 오징어 배 물풍선 밑에까지 고기를 싹 쓸어갔다. 가만있을 오징어 배가 아니었다. 오징어 배는 뒤쪽에 대형 닻을 물속에 넣고 작업한다. 닻 무게만 해도 1t이 넘고 날카롭다. 트롤 어선은 그물망을 넣고 배 밑에 고기를 싹 쓸어가려고 했지만, 대형 닻에 걸려 그들의 수십억짜리 그물이 완전히 걸레 조각이 되었다. 그렇게 되면 트롤은 부산항에 들어가 그물망을 손질해야 하고 한 달간은 작업도 하지 못한다. 그 이전에 트롤 어선은 1년 내내 돈 안 되는 고등어를 잡았는데, 선원들 월급도 주지 못할 정도로 영세했다. 그런데 부세 한방만 뜨면 부산에 빌딩도 하나 살 정도가 되었다.

그만큼 부세는 고급 어종이었다. 영세한 선주는 빚을 내어 겨우 선박을 장만했는데, 부세 한방에 빚도 갚고 빌딩도 살 수 있었다. 그만큼 선박은 언제나 한 방을 노렸다.

옛날 서해 연평도는 전 세계가 알아주는 조기 어장이었다. 당시 참조기는 지금으로 치면 참굴비와 비교되지만, 엄연히 따지면 참굴비가 2등품이면 연평도 참조기가 진짜 1등품 참조기였다. 우리 어렸을 때 제사상에 팔뚝만 한 고기가 올라왔는데, 색깔이 누런색이었다. 지금의 제사상에 올라오는 팔뚝만 한 고기는 부세라고 불리는 조기의 일종으로 진짜 조기와는 차이가 크다.

부세가 참조기가 멸종된 자리를 대신하기 때문에 값이 비쌌다. 실제 있었던 일로 간밤 선장이 좋은 꿈을 꾸고 그물 방을 넣었는데, 방에 들어온 커다란 어군이 모두 부세였다. 그것을 잡아들인 선주는 빚을 다 갚고 부산의 좋은 자리에 빌딩도 하나 샀다는 이야기는 전설로 남았다.

이제는 제사상에 참조기 대신 올라오던 부세마저 사라졌다. 한때는 부산 공동 어시장에 일하는 아주머니들은 일이 끝나면 어떻게든 몸빼 바지 속에 부세 한 마리씩 넣어 가져갔는데 일당의 몇 배가 되었다고 한다. 트롤 어선은 부세 한 방 뜨면 선주는 수협 판매과장을 커피숍에 모셔놓고, 중매인과 판매과장이 가격을 결정하고 판다. 선주는 평소에 신세 진 중매 상인에게 신세를 갚는 것이다. 한때는 중개인들과 선주들은 종일 커피숍에 앉아 누가 부세를 떴는지 말하곤 했다. 그 시절은 아예 전설이 되었다.

이제는 트롤 어선은 불가사리와 돌멩이만 건져 올릴 뿐이다. 모두 그들이 자초한 일이다. 유엔에서는 저인망식 조업을 수십 년 전에 금지했는데 오히려 우리나라는 장비가 더 발달했다. 그러다 트롤 어선은 오징어 배에 주목하기 시작했다. 오징어 배의 캐치라이트 불빛은 수많은 희귀 어종이 모여들게 한다. 트롤은 오징어 배 주위를 돌다 물속에 어군이 집결해 있으면 트롤 방을 넣어 도둑질했다. 오징어 배는 방어를 하고 그러면 채널 몇 번에 좀 넘어와 달라고 사정한다. 어떨 땐 발을 동동 굴리면서 환장을 했다. 자는 선장을 좀 깨워달라고 사정하기도 했다.

브릿지에 올라가 보면 선장은 자는 체하고 있다. 다 알고 머리를 굴리는 것인데 오징어 선박에도 어군탐지기가 있어 물속 고기가 흩어졌다가 점점 덩어리로 되어가는 과정이 다 보였다. 밤 두 시 이후에 절정에 달할 때 빨갛게 띠를 형성하며 모두 덩어리로 뭉쳐 있다. 선장은 자는 체하며 단가를 올리는 것이다.

이런 불법 공조 조업은 법으로 금지되었지만, 초창기 트롤은 오징어 배에다 돈다발을 봉지에 넣어 직접 던져줬다. 그러다가 서로가 재미를 보고 나서 트롤은 트롤 대로 오징어 배 선장은 오징어 배 대로 서로 협상하기 시작했다. 언젠가부터 아예 공조 조업을 본격적으로 했다. 다른 선원들과 의논하지 않고 선장이 독단적으로 하는 것이다.

트롤 선장은 회사에서 아예 수억씩 판공비를 받아 오징어 선박을 확보하려 나섰고 오징어 배 선장은 여러 척의 트롤 선장에게서 많은 돈을 받아 썼다. 선장들은 작업 전 봄철에 뭉텅이로 돈을 받았다. 얼마를 받았는지 알 수는 없었다.

물론 선주도 알고 있지만, 서로 간에 무전기로 오고 가는 내용에 지금 정치하는 도둑놈처럼 받아놓고 안 받았다고 시치미를 뗐다. 자기 부인 통장으로 입금하기도 했다. 선주들은 알면서도 어쩔 수 없었다. 우리도 우리지만, 선주의 속은 새까맣게 타들어 갔을 것이다. 선장이 트롤과 공조 조업을 하면 어획량이 많을 리 없었다. 초저녁에 잠깐 작업을 하고 본격적으로 고기가 올라 올 때는 트롤이 싹 쓸어가곤 했다.

트롤 입장에서는 거래하는 오징어 배가 한두 척이 되어서는 안 된다. 10척 이상 공조하는 오징어 배가 있어야 하고 오징어 배 입장에서도 10척 이상 트롤 어선과 공조 조업을 해야 한다.

제대로 집어가 될 때는 트롤 한 척이 잡고 지나가면 다음 한 척의 트롤이 방을 넣고 쓸어갔다. 하룻저녁에 10척의 트롤이 방을 넣고 갈 때도 있었다. 그럴 때 브릿지에 가보았는데 어군탐지기의 화면이 보이지 않을 정도로 모두 빨간색(고기 떼)이었다. 한 척의 트롤이 지나가면 그냥 물바가지 하나 떠 간 것처럼 어군탐지기에 표시되었다. 밤새 트롤의 방 질이 있을 때도 있었다.

씨가 마른 오징어

어처구니없을 때 선원들은 나를 달달 볶았다. 나에게 브릿지에 가 선장을 감시하라고 했지만, 무전기로 주고받는 선장을 감시하기는 힘들었다. 한 번씩 브릿지에 가서 어군탐지기 화면을 보면, 트롤 방이 악어 입처럼 보이고 고기가 빨간 띠를 이루어 그 속으로 들어가는 것이 보였다. 트롤이 지나간 자리에는 빨간 띠가 사라지고 방 자루 끝이 빨간 앵두 알처럼 보였다. 수심마다 고기 떼가 다 다른데 트롤은 정확하게 고기를 방에 집어넣었다.

오징어 배 어군탐지기에는 고기가 덩어리로 뭉쳐 왔다 갔다 하며, 보였다가 사라졌다 했다. 오징어 배 장비로는 탐지하지 못하지만, 트롤의 소나는 절대 포기하지 않고 몇 번이나 시도했다. 결국 성공하고 몽땅 포획하여 방에 넣어 갔다. 선장은 아침에 통장에 돈이 얼마 들어오지 않았다고 말하지만, 우리는 그 말을 곧이곧대로 듣지 않았다.

날씨가 나빠 피양을 하면 선장은 돈을 찾아 나누어 주는데 그 순간만은 달달한 사탕 같지만, 도둑질에 일조한 것 같아 마음은 늘 찝찝했다. 오징어 배는 그렇게 한세월 보냈으나 오래 가지 않았다.

카폰이 처음 도입되자 트롤 어선의 선장과 오징어 배 선장은 그것으로 대화를 주고받았는데 그 내용은 둘만 알고 다른 사람은 몰랐다. 피양을 가서 선장은 돈을 찾아 선원들에게 나누어 주었지만, 주지 않으면 달라고 할 수도 없었다. 가끔 선주가 내게 전화하여 물었는데, 정말 난감했다. 나는 돈은 얼마나 주고받는지 모르지만 트롤 공조 조업은 매일 한다고 말해주곤 했다.

오징어 어군은 베링해협에서 캄차카반도를 지나 대화퇴 어장으로, 러시아 수역으로 들어와 흩어지다가 북한 해역에서 덩어리로 뭉쳐 우리나라 해역으로 넘어왔다. 당시 최고 어장은 울릉도였는데 동해에 황금이 떠다니던 시절이었다.

지금은 동해에 오징어가 씨가 말랐다. 그 시작은 이런 조업방식의 결과다. 오징어가 씨가 마를 줄은 누구도 몰랐다. 트롤 선박은 부산 트롤과 동해 트롤이 있었다. 그들은 나름 룰을 정해 놓고 부산 트롤 어선은 울산 방어진까지만 올라오고 동해 트롤 어선은 울산 방어진 밑으로는 가지 않는 룰을 정해서 조업했다.

나는 당사자가 아니라 한 척당 계약금이 정확히 얼만지 알 수가 없었다. 당시 트롤선과 손잡은 오징어 배 선장들은 한 척당 일천만 원이 넘는 돈을 받은 것으로 추정할 뿐이다.

가령 트롤 어선이 1마일 밖에서 사이렌을 울리며 방을 벌릴 땐 그물이 들어가는 신호로 알고 채낚기를 감아올리고 가만히 있다. 트롤 선박이 지나갈 때는 엄청난 회오리가 일어나는데 나 역시도 선원들도 트롤 어선의 방에 고기가 어느 정도 들어갔는지 대충 짐작한다.

벌써 그 전에 오징어 배에 올라온 오징어가 만만치 않고 그것만 봐도 물 밑에 상황을 대충 짐작할 수도 있고 선원들은 물살을 보고도 어느 정도 안다. 그러나 선장은 거짓말을 한다. 방을 올려보니 고기는 없고 해파리만 잔뜩 들어 있더라고 한다. 거짓말을 하고 그것도 통째로 혼자 먹는 것이다.

그중에서도 동해 트롤 어선이 제일 돈이 되었다. 동해 트롤 어선은 선장 포함 총 9명인데 선박의 덩치는 부산 트롤 반밖에 되지 않지만, 실질적인 소득은 동해 트롤 선박이 훨씬 높았다. 그 당시 동해 트롤 어선의 선박 전진기지는 감포 항구에 있었다. 봄철에는 트롤 선원들이 모두 모여 방을 손질하고 그물코가 터진 부분은 보수했다. 그물 입구 둘레에는 강철을 꼬아 만든 와이어 줄을 사용했는데, 헝겊으로 이중삼중으로 덧씌워 와이어를 보호하는 작업을 했다.

갑판장의 지시에 따라 감는 방식이 있다. 봄철에 한 해 작업을 하기 위해선 트롤 역시도 할 일이 많다. 그런데 선박 작업 한쪽에는 당시 최신형 에쿠스 승용차 수십 대가 수두룩하게 주차되어 있었다.

보통 감포항 전진기지에 정박한 트롤 선박이 15척 정도 되었다. 동해안 트롤 어선 사무실도 감포항에 있고 선박은 보통 2~3척이 일을 한다. 방을 펼치면 크기가 어마어마하여서 돌아가면서 일한다. 한 척당 선장 포함 9명이라면 두 척이 어판장에서 일하면 고급 최신형 에쿠스가 18대가 주차되어 있다. 트롤 선원들은 오후 일이 끝나면 각자 우의를 벗고 고급 에쿠스를 타고 퇴근했다.

동해 트롤 어선의 조업 기간은 1년에 총 3개월밖에 안 된다. 9월 말이나 10월 초에 어군이 남쪽으로 내려오는데 울릉도 근방에는 얼씬도 못 한다. 울릉도 근처에는 아무리 고기가 많아도 북방한계선이 가까워 항상 독수리들이 있고 불법 트롤 조업이 발견되면 선박 허가 자체가 취소된다.

오징어 어군이 포항 영일만 일대에 커다랗게 형성되고 전국의 크고 작은 채낚기 어선들이 총집합하여 울진에서 영일만까지 선박들이 빽빽했다. 이 지역은 원자력 발전소가 있어 평상시도 고기가 물려 있는 곳이다. 냉각수가 기계를 돌아 나올 때는 뜨거운 상태로 된다. 오징어가 좋아하는 온도로 오징어가 무더기로 몰린다.

선박이 한군데 수백 척이 물려 있으면 선박 사이로 트롤 어선이 항상 다니면서 자신들 소나로 바닷속 어군을 찍는다. 트롤 역시 한해 최고의 농사로 오징어 선박과 공조 조업을 한다. 우리 선원들이 볼 때는 모두 도둑놈이다. 오징어 선장이 제일 도둑놈으로 알고 있다. 트롤이 지나가면 고기가 어느 정도 방질이 된 것인지 선원들은 훤하다. 가끔 나는 선장실에 일부러 들어간다.

선원들이 기관장님 제발 운항지휘실(브리지)에 좀 가 있으라고 사정한다. 첫째는 트롤 선장이 도둑놈이고 둘째는 오징어 배 선장이 도둑놈이지만, 우리는 선장 보기를 당시 벌레 보듯이 했다.

나는 될 수 있으면 브리지(운항지휘실)에 자주 갔다. 선장이 못 오게 할 수는 없다. 나는 화가 나면 선박의 불을 꺼 버리려고 한 적도 있다.

울진 죽변항 근처에서부터 조업하는데 10월 11, 12월 딱 3개월밖에 조업할 수가 없다. 12월이 넘으면 어군이 부산 앞바다로 넘어간다. 3개월 조업하고 수입이 얼마 길래, 고급 에쿠스를 타고 출, 퇴근하는지. 작업 중에 도저히 작업이 불가능한 날씨가 오면 트롤 역시 피양을 한다. 근처 항구에 트롤 어선이 들어오면 그 항구 내의 모든 다방은 문을 닫는다. 동해 트롤 어선이 7~8척이 들어오면 선원들은 아가씨를 한 명씩 태우고 전부 외박한다.

이 모든 상황은 오징어 배 선장들이 저지른 일로 동해 트롤이나 부산 트롤 선원들은 봉급도 제대로 받지 못하다가, 오징어 배와 공조 조업을 하고부터 수억이 넘는 돈을 가져갔다. 오징어 배 선장들은 돈에 정신이 팔려 동해 황금시대의 막을 내리게 했다. 다가올 재앙을 그땐 몰랐다.

그 시절 다방에 앉아 쉬고 있을 때, 트롤 항해사나 선장이 오면, 그 안에 있는 모든 사람의 찻값을 계산하고 갔다. 한 번은 옷집에서 윗옷을 하나 살까 하고 기웃거리는데, 우리 선장과 공조하는 트롤 선장이 보고 "기관장님 양복 한 벌 해 입으세요." 하면서 백만 원을 주고 갔다. 트롤선은 기름도 우리 배에 30드럼씩 넘겨주곤 했다. 우리는 몇 달씩 바다에 떠 있지만 트롤 어선은 매일 항구에 들락거렸다. 트롤 공조 조업방식으로 바뀌고 나서 어창에 고기는 좀처럼 늘어나지 않았다. 선주도 다 알고 있어도 그렇다고 자신의 선박을 고발할 수도 없고 재미를 보는 것은 선장

뿐이었다.

동해에서 제일 잘나갔던 트롤 선박 선원들, 고급 승용차를 타고 선박으로 출퇴근하는 그 시절도 다 전설이 되었다. 당시 오징어 배 선장들은 노름에 빠지거나 자신의 마누라는 온종일 어판장에서 고기 상자를 이고 지고 했지만, 그들은 유흥업소 한복 마담들과 팔짱을 끼고 돌아다녔다. 그 시절 시내에 갔다가 나를 보고 황급히 골목으로 도망가는 오징어 선박의 선장들을 여러 번 본 적이 있다.

육지에서 생활하는 사람들은 뱃사람을 좀 쉽게 보는 경향이 있다. 매일 더러운 옷을 입고 매우 위험해 보이는 일을 하고, 또 뱃사람은 무식하다고 생각하는 것 같다. 육지에서 생활하는 샐러리맨이나 각종 직업에 종사하는 사람도 자기 일에 전부 만족하는 사람이 없을 것이다. 나 역시 당시 빨리 부산항을 떠나고 싶었지만, 지금까지 직업이 될 줄 생각도 못 했다. 때론 스스로 뱃사람의 공통된 말씨나 행동에 이질감을 느꼈지만, 다른 일을 할 수 없을 정도로 이 분야에 너무 오래 생활했다. 어떨 땐 스스로 만족할 때도 있었다. 남들 일 년 열두 달 일할 때, 반년 일하고 반년 노는 것에 익숙해졌다.

고기의 씨를 말리는 중국 어선

유월 중순쯤이면 우리나라 남해안을 둘러 새까맣게 북방한계선을 넘어가는 중국 선박들이 있었다. 대형 원양선단을 이루어 중국에서 우리 남해안을 둘러 두만강 하류까지 먼 거리를 이동한다. 한 번 올라가면 그들은 10월 말경까지 작업하고 내려온다. 오징어 떼는 9월 말경에는 우리나라 해역으로 내려오지만, 그들은 북한 수역에 바짝 붙어 쌍끌이로 각종 잡어를 잡고 10월 말 날씨가 바뀌면 내려와 중국으로 돌아간다. 중국의 동해 진출은 어느 한순간에 이루어졌다.

우리나라와 러시아는 3개월 동안 조업하기로 하고 정식으로 러시아에 돈을 주고 허락을 받고 작업한다. 김대중 대통령이 북한 평양에 갔기에 좋은 세상이 올 거라고, 북한도 러시아처럼 개방이 될 거로 생각했다. 기상이 나쁘면 러시아처럼 북한 외항으로 피신하는 것을 민간 차원에서 북한과 협상하기도 했다.

몰래 북쪽에서 작업해 봐야 딱 두 달이다. 러시아 수역을 벗어나 두 달이 지나면 오징어 어군이 남쪽 울릉도 근해로 넘어오기 때문이다. 민간차원에서 돈을 지불하고 북한 수역에서 조업하는 협상이 마무리 단계까지 갔다가 무산되었다. 속초나 여러 지역의 소형선 선박협회에서 이 사실을 알고 난리가 났다. 북쪽에서 대형선이 싹쓸이하면 소형선은 생존권이 위태로워지기 때문이었다.

그런데 일은 다른 쪽에서 터졌다. 부산의 대형 냉동 공장 사장이 중국으로 사람을 보내 북한과 협상해 작업하여 잡기만 하면 전부 자신이 수입한다고 중국에 정보를 주었다고 한다. 이것이 중국어선이 동해에 나타난 원인으로 작용했다.

중국어선에는 정말 귀가 번쩍 뜨이는 일이었다. 중국어선은 조업 구역이 따로 없이 아프리카 쪽이나 세계 곳곳 바다에서 유엔에서 금지한 그물을 가지고 고기의 씨를 말렸다. 주변 필리핀이나 인도네시아 수역을 침범하고 우리나라 서해안에도 밀려왔다. 필리핀이나 인도네시아는 중국 선박이 불법 조업하면 아예 대포를 쏴 격침해버렸다. 얼마나 시달렸으면 자구책으로 그런 극단적인 방법을 취했을까?

동해에 이러한 현상이 있을 줄 그 누가 알았을까. 우리 스스로 중국어선을 불러 들여왔고, 중국어선은 수천 척이 몰려다니는데 우리와는 상대가 되지 않는 엄청난 규모였다.

우리는 북방한계선을 넘어가 위험한 작업을 했고 중국어선은 우리 남쪽 선박이 불법 조업하는 것을 몰랐다. 처음 우리는 중국어선이 그렇게 많은 줄 몰랐다. 같이 작업하다가 그들이 끌고 다니는 쌍끌이 그물이 우리 쪽 물품을 건드리면 미안하다고 하고 중국 담배도 던져주곤 했다. 우리는 중국 쌍끌이 어선의 작업 방식을 한참 구경도 했다. 중국어선은 줄을 다 감고 그물을 올릴 때 붐 높이만큼 감아올렸다. 수십 번 반복하는데 붐의 높이만큼 올라가면 호루라기로 서로 신호하며 작업했다. 우리나라와는 수십 년 차이가 나는 후진국형 작업 방식이었다. 우리나라 트롤 어선은 줄과 그물 모두 양망기로 감아올리고 고기가 몰려들어 있는 자루만 쏟아붓는다. 고기를 배에 내려놓고 다시 투망하는 시간은 한 시간도 안 걸린다.

우리는 점차 몰려다니는 중국어선들 속에서 작업하기도 했다. 중국 쌍끌이 어선이 한국 선박을 통째로 넣어버리는 위험한 행동을 하기 시작했다. 우리처럼 채낚기 어선이면 괜찮지만, 쌍끌이는 고기의 치어부터 종자 자체를 말려버린다. 중국의 쌍끌이 트롤선은 우리나라 선박과는 차원이 달랐다. 산란기 치어 등 뭐든 싹 쓸어가는 방식이다. 쌍끌이든 외끌이든 우리나라에도 벌써 없어져야 할 작업 방식이고 세계 유수의 국가가 금지하고 있다. 바다 생태계를 파괴하는 주범이다. 중국어선이 조업하기 시작하면 그 해역은 온갖 쓰레기로 몸살을 앓는다.

그 결과 우리나라 동해의 그 많은 오징어 선박의 불빛은 사라졌다. 그 모든 것은 오징어 배 선장과 트롤 어선 그리고 다른 요인으로 중국어선 때문이었다. 가끔 주문진이나 속초에는 아직도 소형선들이 작업하고 있다. 북한에서 중국어선의 쌍끌이에 겨우 살아남아 넘어온 오징어를 잡아 활어로 살려 높은 가격으로 즉석에서 관광객에게 썰어 팔고 있다.

이제는 북쪽에서도 씨가 말랐는지 오뉴월 새까맣게 올라가던 중국 배도 사라졌다. 중국의 쌍끌이 어선은 오징어 씨앗 자체를 멸종시켰다. 이를 부추긴 부산의 냉동 공장 사장은 떼돈을 벌었는지 알 수 없지만, 십수 년간 계속되었던 중국의 쌍끌이 어선이 버리고 간 엄청난 해양쓰레기가 바다 밑 생태계를 파괴했다.

나도 수십 년 해 오던 내 직장, 바다 생활을 청산했다.

일본이 우리나라 어선을 경계하는 이유가 있다. 우리가 먹는 대게도 일본은 한 마리씩 잡는 방식이고 우리나라는 바다 밑에 그물을 가라앉혀 암게고 치어고 그물에 걸리면 몽땅 잡는 방식이다. 바다 밑에 그물을 가라앉혀 작업하는 방식은 우리나라 주변 해안가 여러 지역에서 볼 수 있는데 이 역시 유엔에서 금지하는 조업방식이다.

만약 이러한 현상이 일본에서 일어났다면 어떻게든 해결책이 있었을 것이다. 일본 의회 의원 3분의 2는 바다하고 관련이 있다고 한다. 우리나라하곤 차원이 다르다. 우리나라 의원들은 바다에 대해 전혀 지식이 없다. 하물며 해양수산부 장관 역시도 바다하고 관련이 없는 사람이 맡는 경우도 많았다. 바다 쪽 사정은 알 필요가 없고 신경 쓰는 정치인도 없다.

겨우 해양 풍력 발전소 같은 산업에는 관심이 일부 있지만, 정부가 바뀌고부터는 이 또한 백지화되었다. 해양 풍력 발전소와 관련해 지역마다 사무실을 별도로 열어 이참에 보상받을 대책을 어민들은 세우기도 했다. 울산지역에는 현실화하였고 작은 항구부터 수십억씩 보상을 하기도 했는데, 실제 사업은 백지화되었다. 돈을 받은 한 마을공동체 대표는 그 돈을 정부에도 돌려주지 않고 어민에게도 돌려주지 않고 혼자 꿀꺽했다. 그 대표는 그 돈으로 집도 다시 짓고 차도 벤츠로 바꾸었다. 구청에 알아보니 혼자 70억을 협상해 배상금을 받아 갔다고 한다. 사업이 취소되었으면 자금을 반납하든지 어민에게 분배하든지 해야 하는데, 그 사람은 막대한 정부 자금을 혼자 꿀꺽하고 꿈쩍도 하지 않았다.

주체사상과 황장엽

북한 해역을 드나들면서 북한에 대해 관심이 생겼다. 그러면서 자연스레 1997년 탈북하여 남한으로 넘어온 황장엽에 관해 관심이 생겼고, 또한 군대 생활하던 시절 월북한 군인도 많았기에 탈북민에 대해서도 자연스럽게 관심이 생긴 것이다.

김일성 종합대학 출신의 군사부분 출입기자인 김길선이 월남한 적이 있다. 우리로 치면 국방부 출입기자로 당시 그의 직함은 자연과학부 기자지만, 군사 핵 부분에 대한 출입기자이고 북한에서 여러 번 핵 관련 원고를 써 김정일에게 보고하기도 했다고 한다. 후에 황장엽은 김일성 대학 총장이 되었고 김 기자를 김일성 대학 학생으로서 알아보았다. 아마 남쪽으로 온 북한 출신 인사 중에서 북한의 핵 부분은 김길선 기자가 가장 많은 정보를 갖고 있지 않았을까.

김길선 기자는 북한에서 그렇게 즐겨보던 러시아 문학을 우리나라 국립도서관에서 찾아 몇 장 읽어보고 책을 덮고 나왔다고 했다. 북한에서와 남한에서의 번역 차이가 이렇게 클 줄 몰랐다고 증언한 적이 있다. 번역 부분에서는 도저히 남쪽에서는 따라올 수 없는 또 다른 감성이 있고 남쪽에서는 도저히 흉내 낼 수조차도 없다고 자신의 유튜브에서 밝혔다.

황장엽은 김덕홍과 같이 남쪽으로 망명 왔다. 김덕홍은 스스로 자유주의자라고 외쳤다. 황장엽은 남쪽으로 와서 국가 원수급의 경호와 안식처를 제공받았다. 그리고 국제 인권단체 연구소장이라는 직함으로 활동하였는데 정부는 그에게 2010년 국민훈장 무궁화장을 수여했다.

북한에서 그의 이력은 서열상으로 아무리 못 잡아도 10위 안에 든 인물이다. 우리가 왜 그를 선생이라고 부르고 훈장을 수여하고 민족의 원수 격인 그를 대전 현충원에 안장했는지 궁금하다. 우리 주변에서 자칭 위대하다고 말하는 수많은 정치인이 많은데. 필리핀의 마르코스 대통령 시절의 최고 정적이었던 아키노 의원은 죽기 전에 이런 말을 했다.

"필리핀에는 위대한 정치가가 많기에 앞날이 밝을 것이다."

그가 말한 필리핀은 국민을 보살펴 줄 위대한 정치가가 많으니 갈수록 앞날이 밝을 것이라고 했는데 그는 야당의 지도자로 세상 물정 모르는 소리를 하고 암살됐다. 당시 필리핀은 선진국의 문턱에 있었고 갈수록 부패하고 부정부패의 수준은 대통령부터 여당, 야당 할 것 없이 만연하였다. 그리고 결국은 추락했다. 지금은 전 세계 33위로 국민 생활 수준은 우리나라의 10분의 1밖에 안 된다.

우리 정치인들은 왜 그렇게까지 황장엽이 위대하다고 평가하고 그에 따르는 경호를 했는지 살펴볼 필요가 있다. 황장엽은 각

기관에 가서 김길선 기자가 정리해 준 원고로 연설했다. 김 기자는 언제부터인가 연설 때마다 주체사상에 관한 질문에 대해 황장엽의 말이 바뀌는 것을 보았다. 주체사상에 관한 질문에 황장엽은 교묘하게 말을 바꾸거나 질문의 요점과는 관계없는 말을 하는 걸 목도한 것이다.

소련 후르시초프는 집권하자마자 제일 먼저 시작한 일이 스탈린 동상을 철거하고 소련 내의 스탈린 흔적을 지운 것이다. 김일성은 누구보다도 이 내용을 잘 알고 있었고 자기가 죽으면 다음 집권자는 자신의 모든 흔적을 없앨 것으로 생각했다. 그것은 끔찍한 것으로 생각했고 대안을 마련해야 했다. 그의 고민은 갈수록 깊어졌고 모스크바 대학 출신 학자들에게 대를 이어 집권하는 것을 정당화하는 이론을 준비하라고 비밀리에 지시했다. 그래서 완성한 것이 주체사상이고 주체사상의 책임자는 황장엽이었다.

언젠가 TV 시사 프로그램에서 진보와 보수 논객들이 토론하는 것을 본 적이 있다. 그들은 우리나라 최고의 논객들로 대화 중에 충격적인 장면을 보았다. 이야기의 주제는 김일성 주체사상에 관한 토론이었다. 한 토론자가 주체사상은 김일성이 14살에 생각했다고 말했다. 그 말은 정말 충격적이었다. 김정은이 2살 때 비행기를 조종하고 탱크를 몰았다고 북한군이 말하는 것과 같이 황당했다.

주체사상은 처음 문장이 10조 항이라면 조항마다 또 10개의 작은 조항으로 나누고 또 그 밑에 10개 조항으로 나누는, 한 권의 책에 다 담을 수 없는 분량이다. 어마어마한 양으로 북한 주민들이 평생 공부해도 다 못할 분량이다. 이 많은 분량을 한 사람이 다 했다는 건 말이 되지 않는다. 수십 명의 공산 사회학자가 수십 년간 연구했고 집필했다. 주체사상은 공산주의도 아니고 사회주의도 아닌 전무후무한 것이다. 조선왕조 오백 년처럼 김일성이 죽으면 그 아들이 대권을 넘겨받고 그다음에 또 그 아들이 자리를 물려받는 수백 년간 이어지는 왕조를 구상한 것이다. 그것을 김일성 혼자 14살에 생각했다는 것은 어불성설이다. 주체사상은 남한 학생에게도 침투했다. 한 마디로 남, 북한 모두 김일성 자손을 왕으로 섬기도록 한 사상이다. 그것을 총지휘하고 감독하여 주체사상을 완성한 최고의 수훈자가 황장엽이다.

자신의 체제에 반대하는 도전자를 싹 쓸어 버리고 대중이 보는 앞에서 공개 처형하는 등의 공포정치를 가능하게 한 이론적 근거를 만든 것이다. 노동당 혁명, 빨치산 원로의 자제로 구성된 북한 상위 1%로 구성된 지배계층을 위한 것이 주체사상이다. 김일성 종합 대학 학생들은 늘 주체사상을 암기한다. 다른 공부보다 일단 주체사상 학점이 높아야 한다. 또한, 주체사상은 농민과 각급 집단이 주입식으로 암기한다. 주체사상 점수가 높으면 좋은 보직을 받고 지위와 계급이 달라진다.

황장엽은 이 주체사상의 이론을 합리화하는 1등 공신으로 김일성, 김정일, 김정은 3세대 세습을 할 수 있게 합리화했다. 전무후무하고 지구상에서 본 일도 없고 있었던 일도 없는 사상이다. 다른 사람은 몰라도 황장엽 본인은 절대 북한을 이탈하면 안 되는 것이다. 우리 정치 지도자들은 또 왜 그를 그렇게까지 환영하고 훈장을 수여했는지 이해할 수 없다.

1923년생인 늙은 그는 남한에 와서 결혼까지 했다. 물론 황장엽과 결혼한 여자는 자기 뜻이겠지만, 그 나이 든 늙은 황장엽에게 너무나도 과분한, 말도 안 되는 것이다. 황장엽은 죽었고 그녀와의 사이에 1998년생 아들이 있다. 그는 북한에서도 1남 2녀를 두었는데 당시 김정일의 분노는 그의 아내와 자녀를 용서하지 않았다. 당시 이춘희 아나운서의 분노에 찬 목소리가 우리 방송에 소개되었다. 이춘희 아나운서는 "잘 가라. 배신자여, 민족의 배신자여"라고 북한 조선 텔레비전에서 말했다.

황장엽을 환영하고 북한 인권위원회 회장으로 만들고 죽은 다음엔 대전 현충원에 안장시켜 주었다. 북한은 언제부터인가 조선민주주의인민공화국이라고 한다. 이것 모두 황장엽의 작품이다. 이것이 진정한 조선 민주주의라는 것인데 권력 다툼도 없고 자동 계승하고 신들조차 하지 못한 주체사상 창시자를 현충원에 안장하고 요란을 떨었던 이유는 무엇 때문일까? 남한 내에 주체 사상가들이 지도층에 그만큼 많아서일까? 의문이 들 수밖에 없다.

5장

삶과 죽음의 경계 해상사고

빈번한 해상사고

부둣가로 출근을 하고 출항 날짜가 잡히면 정신이 없다. 이것저것 기관장의 할 일이 제일 많다. 각자 조상기 시험 운전도 해야 하고 안전기 캐치라이트를 몇 번이고 켜보기도 한다. 안전기 순서가 바뀌었는지도 확인한다. 오징어 배 기관장의 바지 포켓은 늘 손바닥만 한 전선이 끝에 피복이 벗겨진 상태로 들어 있다. 전구는 커다란 럭비공만 한데 위에서 일할 때 전구 유리에 담뱃불도 붙일 수 있을 정도로 뜨겁다. 전구에 불이 들어오지 않으면 1차로 위에 올라가 전구 소켓에 연결된 두 가닥 전선에 아주 조금 흠집을 내고 호주머니에 든 전선으로 두 가닥을 대고 스파크를 시키면 원인을 알 수 있다.

스파크를 시킬 때 전선을 거의 순간적으로 스치듯이 해야 한다. 잘못되면 목숨을 잃을 수도 있다. 전구의 전력은 안전기를 돌아 나오기 때문에 220V지만 직접 테스트기에 대어 보면 300V가 넘을 때도 있다. 어떨 땐 위에 올라가기 싫으면 안전기에 출력이 있고 입력 볼트가 있는데 기관실 안전기에 직접 스파크 할 때도 있다.

실제 울릉도에 있을 때 한 해에 한두 번씩 작은 어선이 사고가 났다. 조기장 출신들이 작은 선박을 구해 선박 옆으로 두 대씩, 4대의 조상기를 싣고 부부간에 작업할 때도 있고 혼자 나가 작업할 때도 있다. 그런 모습은 일본도 같다. 일본도 일본 열도 주변에는 우리나라 울릉도처럼 부부간에 작업하는 작은 배가 있고 혼자 작업하는 작은 선박이 있다. 그런데 그물로 잡는 어선이든지 오징어 선박이든지 혼자서 하는 작업은 상당히 위험하다. 절대 선박은 혼자 타면 안 된다.

울릉도나 일본의 작은 섬들이나 동해는 오징어가 살 수 있는 천혜의 자연 환경조건을 가졌다. 동해에 외로이 떠 있는 독도 부근은 성수기 땐 오징어 어장이 형성된다. 예전에는 울릉도에 지나가는 개도 만 원짜리를 물고 갈 정도로 돈이 흔했다. 그만큼 울릉도 독도 근해는 우리나라 최대의 오징어 황금어장이었다.

혼자서 오징어잡이 작업 나간 선박이 항구에 돌아오지 않을 때가 가끔 있었다. 울릉도는 대화퇴로 가는 길목이기에 울릉 무선 기지국이 있다. 배가 돌아오지 않으면 무선 기지국에서는 작업한 위치를 해양경찰에 알려준다. 그곳에 가보면 낮인데도 선박에 불이 켜져 있고 선주는 기관실 안전기 앞에서 죽어있다. 그 당시 가끔 일어나는 일로 입력 선에 대고 스파크를 하다가 전기에 맞은 것이다. 흘림걸그물*** 역시 마찬가지로 제아무리 베테랑이

*** 조류를 따라 그물을 흘려보내 물고기가 그물코에 걸리거나 감싸게 하여 잡는 데 사용하는 어망.

라 하더라도 바다에 혼자 나가면 안 된다.

전라도 쪽에서 부부가 유자망 그물 작업을 하다 사고가 난 적이 있다. 유자망 그물은 유압식 양망기로 끌어올린다. 양망기는 처음부터 부표를 잡고 줄을 감아올리는데 줄이 다 올라오면 그물이 따라 올라온다. 한쪽은 팽팽하지만, 한쪽은 느슨하기에 그물에 걸린 고기가 손상되지 않는다. 보통 유자망 그물은 총 길이가 2㎞ 정도로 길다. 부부가 타는 배는 조그만 선박으로 잡힌 고기를 벗겨내고 다시 투망하고 다음 날도 똑같이 반복해서 작업한다.

유압식 양망기에는 손잡이 조종 클러치가 설치되어 있는데 절대 양망기 근처에 설치하면 안 된다. 가령 그물이 출렁출렁하고 올라오는데 고기만 있는 것이 아니라 각종 해상 쓰레기와 길이가 긴 각종 파이프 같은 것도 올라온다.

해상오염의 주범은 첫째로 어민이다. 자전거도 올라오고 오토바이, 심지어 폭탄이 올라오기도 한다. 6·25 때 미군이 투하한 것으로 어민들은 폭탄이 올라오면 다시 바다에 버린다. 제일 많이 올라오는 것은 밤에 해군이 훈련용으로 쏘아 올린 조명탄이다. 조명탄은 낙하산이 붙어있고 각종 철사 철심이 박혀 있어 그물을 훼손한다.

그날 남편은 그물을 올리다 커다란 해상 쓰레기가 걸린 것을 발견했다. 클러치를 스톱하고 쓰레기를 제거해야 하는데 그렇게 하지 않아 그물에 신체 일부가 감겼다. 유압식 양망기는 선박이 크든 작든 엄청난 힘을 발휘한다. 사람이 감긴 상태에서 양망기의 회전 속도는 그의 정지 수준으로 조금씩 감기지만 바닷물 밑에는 엄청난 길이의 어장이 달려있기에 몸이 두 동강 날 정도로 이미 정신을 잃었다. 그때 마침 부인은 뒤에서 설거지하고 있었다. 양망기에서 소리가 나가보니 남편은 그물에 감겨 몸이 두 동강 날 지경이었다. 일단 클러치를 스톱하고 칼로 줄을 잘라야 하지만, 당황한 부인은 그 상태에서 감겨있는 남편에게 달려갔고 자기도 감기고 말았다.

두 사람이 감겨있으니 양망기 유압은 반쯤 돌다가 힘을 받은 상태로 더 회전하지 못하고 꼼짝도 하지 않았다. 항구에 들어올 시간에 선박이 입항하지 않으니 사고를 감지하고 해경이 가보니 양망기에 부부가 감겨 죽어있었다. 이 사건은 포항 동빈동 부둣가의 엔진 기사들이 호남지역에 출장을 갔다 들은 일이다. 선박은 대게 천재지변으로 사고가 자주 나지만, 지금은 사고가 날 확률이 예전보다 많이 줄어들었다.

그만큼 과학은 고기잡이 지형까지 바꾸어 놓았다. 가장 흔한 사고는 줄에 맞아 죽는 인명사고다. 앞에서 줄을 끌고 다니는데 그 줄에는 커다란 그물이 양옆으로 벌려져 있고 양쪽으로 된 부표를 잡고 끌고 가면 그물에 붙는다. 그때 어장을 들어 올리는데 그 작업을 줄빵이라고 선원들은 이야기한다. 나도 그 종류의 작업은 해보지 않아 잘 모르지만 내가 잘 아는 포항 동빈동 선원 중에 줄빵 작업 중 줄에 맞아 두 명이 즉사했다.

2000년도 초에 울릉도민으로 오징어 배 선장을 오래 하다 포항으로 이사와 모든 재산을 들여 10t급 오징어 선박을 장만한 사람이 있었다. 부부는 늘 항구에 나와 선박을 쓸고 닦으며 새로운 희망으로 들떠 있었다. 남편은 덩치가 산만 했고 부인은 늘 웃는 얼굴이었다. 첫 조업을 나갈 때 선원 두 명을 구했다. 큰 선박 선장 출신으로 작업도 바다 사정도 훤했고 두 명의 선원 또한 굉장히 재빠른 젊은이로 베테랑 선원들이었다.

그 배는 고기를 엄청나게 잡아 포항으로 복귀하다가 부산 트롤 배 밑에 깔려 침몰했다. 부산 트롤 어선 선장은 밤새 고기를 처리하느라, 오징어 배와 교신하느라 잠 한숨 못 잔 상태에서 부산 방향으로 운항했고, 그 포항 선장은 포항 방향으로 졸음운전하다 서로 충돌해 큰 배 밑에 깔려버린 것이다. 영일만 입구에서 난 정말 비참한 사고였다. 선박을 인양하여 감포 조선소에 올려놨는데 선장은 배가 깔리면서 사라졌고 그 팔팔했던 젊은 선원 두 명은 문이 닫힌 선실 안에 죽어있었다. 몇 날 며칠 사고 해역을 수색했지만 결국 선장은 찾지 못했다. 그 후 그 부인도 보이지 않았다.

트롤 어선의 사고는 빈번했다. 동해 트롤은 한 방 제대로 하면 커다란 플라스틱 상자 500개를 가득 채울 수 있다. 부산 트롤 같은 경우는 한방에 2,000상자를 채울 수 있다. 한 방은 끌어올리고 또 한방은 배 뒤에 달고 항구에 들어오기도 한다. 항구에 출입할 때나 나갈 때는 항상 밀물과 썰물이 한꺼번에 몰려온다. 항구 입구에서 만선해 들어오던 동해 트롤이 뒤집힌 적도 있었다. 다행히 사망자는 없었다.

몇 년 전에 인천 외항에 정박 중인 5,000t급 선박이 폭발해 두 동강이 났다. 이 사고로 여러 명이 현장에서 즉사했다. 폭발이 얼마나 대단했는지 서너 명이 배 밖으로 튕겨 나와 행방불명이 되어 시체도 찾지 못했다. 가스 운반선을 석유 운반선으로 개조하는 과정에서 일어났다. 회사 관계자는 며칠 동안 환풍기를 돌려 충분히 가스를 다 뺐다고 생각하고 현장에 들어가 담배를 피웠다고 한다. LNG 가스는 공기보다 무거워 바닥에 깔려 있어 불과 접촉해 폭발한 것이다.

또 90년대 초반 내가 실제 목격한 사고가 있었다. 후포항에서 위쪽으로 1시간 정도 올라가면 왕돌초라는 평평하고 거대한 암초 지대가 있다. 그곳으로 10t 선박이 저녁에 나가 아침에 들어온다. 고기를 잡아 후포항으로 돌아오면 아침마다 난리가 난다. 그 배 선실 뒤쪽에 LPG 가스통이 있었다. 겨울이면 LPG 가스통을 선실에 놓고 난로도 피우고 간단한 음식도 해 먹었다. 사고가 난 날은 조업하러 나가야 하는데 시동이 걸리지 않았다. 선주는 기관실 입구에 다리를 걸쳐놓고 기관장에게 지시했다. 선장실에서 시동이 걸리지 않으면 기관실에서 직접 드라이버로 시동 모터에 마이너스 선과 플러스 선을 합선시켜 시동을 거는 방법이 있다. 선주는 한쪽 다리를 기관실에 걸쳐놓고 기관장에게 수동으로 시동을 걸라고 지시했다. 가스통 밸브에서 조금씩 나온 LPG 가스가 기관실로 흘러들어와 바닥에 깔린 것을 몰랐다. 기관장은 선장의 지시대로 수동으로 합선시켰다. 그 순간 스파크가 일어났고 꽝하고 폭발이 일어났다. 폭발로 울진 후포항 수협 유리창이 박살 나고 뒤쪽에 있던 선원 두 명이 날아갔다. 선주는 다리가 잘렸고 배는 그 자리에서 바다로 침몰했다.

사람들은 병원으로 몰려갔는데 선주는 정신을 차리지 못한 상황에서 배가 작업하러 나갔냐고 물었다고 한다. 그해 우리는 모두 마지막 항차에 어획이 저조하여 1월 중순에 한 해 조업을 끝냈다.

대형빌라나 빌딩 천장에서 불똥이 뚝뚝 떨어지는 것을 텔레비전으로 볼 때가 있다. 파이프마다 감겨있는 보온재가 석유제품으로 된 스티로폼이나 화재에 취약한 것들로 스파크 한 번이면 각종 파이프 보온재에 옮겨붙는다. 대형건물 천장에 각종 파이프가 지나가는데 화재에 취약한 것과 같다. 또 DC 전류가 있다. 이 전기는 한 번 붙으면 끝까지 타고 들어가는데 선박에서는 제일 무서운 전기로 화재에 취약한 전기다.

냉동선은 항구에 들어오면 저장실, 어창 뚜껑을 모두 다 열어놓는데 파이프에 붙은 얼음 두께가 엄청났다. 낮에 기관장은 엔진을 돌려 대형 선풍기로 파이프를 녹이는데 밤에도 일단 열어둔다. 한두 척이 아니고 수십 척이 차례로 정박한 상태로 어창 뚜껑을 열어두는데 아침에 가보면 몇 명씩 죽어있다. 밤새 선원들이 어울려 술을 마시다가 돈도 다 써버리고 선박으로 돌아와 잠을 자다가 어창에 떨어져 죽는 것이다. 높이는 3m 정도지만 밑에는 위험한 물건이 많이 있고 한 번 떨어지면 못 올라온다.

울릉도 같은 곳은 항구에 시체실이 있을 정도로 죽는 선원이 많았다. 항구에서 바다에 빠져 죽는 사람도 많았다. 선원에게 바다는 안전한 곳이고 차라리 항구가 더 위험한 곳이다. 밤새 술을 마시고 돌아다니다 선박에 자러 오다가 물에 빠져 죽는 것이다.

항구에는 수많은 선박이 줄로 계류 중인데 줄에 걸려 넘어져 물에 빠지면 자신의 힘으로 올라오지 못한다. 특히 술을 마신 상태에서는 절대 올라올 수가 없다. 아침에 머리가 보이곤 하는데, 그렇게 밤새 발버둥 치다가 죽은 사람이 한둘이 아니다.

한번은 울릉도에 있을 때 아침에 선박 앞쪽에 까만 비닐 같은 것이 보여 삿갓대로 살짝 건드려 보니 사람이었다. 생존 반응이 없어 항구 벽 쪽으로 삿갓대로 끌고 오는데 사람이 희미하게 움직였다. 항구 벽에 붙여 손을 내리니 꽉 내 손을 잡았다. 물에 빠진 사람은 지푸라기라도 잡는다는 말이 있듯이 죽은 줄 알았던 사람의 손 압력이 엄청나게 세게 느껴져 깜짝 놀랐다. 그 사람은 죽을힘을 다해 내 손을 잡은 것이다. 이제는 모두 추억이고 모두 다 잘살고 있길 바랄 뿐이다.

90년대 초, 대형 사고가 독도 해역에서 일어났다. 당시 선박은 삼우호라고 독도 부근에서 조업 중 불이 났다. 앞쪽에서 엄청난 화염이 뒤쪽으로 부니 뒤편에 있던 선원들이 바다로 뛰어들었다. 11월 중순으로 바람이 제법 쌀쌀했다. 선박에 불이 나면 처음에 불길을 잡지 못하면 그다음 단계는 없다. 40년 바다 생활할 동안 선박에 불이 났는데 불을 껐다는 소리는 듣지 못했다. 떠다니는 화약고로 우선 암모니아 탱크가 일반 시내에 있는 가스 충전소에 있는 탱크 크기만큼 크다. 그리고 식사 때 쓰는 요리용 프로판 가스 또한 5통이나 있다. 배에 불이 나면 펑펑하는 폭발음이 바로 가스통이 폭발하는 것이다.

기관실에 실려있는 기름에 불이 붙어버리면 일순간 화염이 발생하는데 당시는 전부 목선이라 뒤쪽에 있는 선원들은 엄청난 화기를 느낀다. 순간적으로 물속으로 뛰어 들어갔다. 그들은 선택의 여지가 없었을 것이다. 엄청난 화염을 뚫고 앞쪽으로 가기란 불가능하다. 뒤쪽의 화염은 실제 살가죽이 타는 듯한 고통을 느끼게 한다. 삼우호의 사고 소식으로 인근 해역 선박들은 당분간 조업하지 못하고 수색에 동참했다. 일주일 동안 횡대로 수색하였는데 한 사람도 찾을 수 없었다.

한 사람만 생존한 준양호 사고

배를 타기 시작한 초기, 적응할 시기에 대형 사고를 목격했다. 10월이었는데, 강구, 영덕, 울진, 울릉도 부근에 엄청난 어군이 형성되었다. 며칠 작업을 하다가 큰 파도가 몰아쳐 피양을 해야 할 상황이었지만, 잡은 고기가 아까워 망설였다. 육지가 빤히 보여도 예고 없이 부는 겨울바람은 정말 무섭다.

어둑해질 무렵 해양 경찰이 총출동하였다. 준양호가 침몰한 것이다. 해양 경찰은 외항에 정박해있는 오징어 선박에 도움을 요청했다. 오징어 선박은 캐치라이트가 있으니 실종자 수색에 동참해 달라는 것이다. 그날 영일만 입구에서 우리가 당한 파도와 상황이 똑같은 파도에 포항 준양호가 침몰했다. 우리 선박 역시 맨 마지막이라고 할 정도로 늦게 들어왔고 우리와 거의 같은 시간대에 사고가 났다. 준양호는 한 사람만 살고 모두 죽었는데 그 한 사람이 부표를 잡고 육지로 올라와 직접 신고한 것이다. 그는 준양호 조기장이었다.

준양호는 포항에서는 제법 신조에 속하는 건조된 지 얼마 되지 않은 배인데 바로 영일만 입구에서 사고가 난 것이다. 해양경찰은 가까이 접근하지 못하고 약간 거리를 두고 우리 작업선을 지휘했다.

땡, 땡, 땡. 선장과 기관장은 벨로 수시로 신호를 주고받으며 뒤집힌 준양호 주위를 맴돌면서 생존자를 수색했다. 워낙 파도와 바람이 거세 가까이 다가갈 수 없었고 사람들은 어디로 떠밀려 갔는지 배 밑에 있는지 몰랐다. 그 시절에는 수십 명의 사고가 나도 방송이나 신문에 나지 않았다. 사람들의 관심이 없으니 언론도 무관심했다. 차라리 동물원에 곰 한 마리가 죽으면 더 떠들썩했다. 사육사가 뭘 먹였는지, 책임 소재를 따졌다. 그러나 선박사고에는 언론뿐 아니라 정부 또한 관심이 없었다. 어부는 사회라는 둥근 원 밖에 있는 사람들이었다.

요즘은 조그만 선박에 사고가 나 선원 한 명만 실종되어도 난리가 난다. 헬리콥터가 며칠씩 수색에 동참하고 어떤 경우는 대통령이 직접 지시도 한다. 구조요원이 출동해 잠수사가 뒤집힌 선박도 조사한다. 선박이 뒤집혀도 공기주머니인 에어백에 공기가 남아있을 수도 있고 그런 경우 생존자가 있을 수도 있다. 그런데 당시에는 수십 명의 인명사고가 나도 수색은 그 정도 선에서 그쳤다. 바람이 잦아들자 우리 또한 마냥 있을 수가 없어 작업장으로 출발했다.

그 후 준양호는 건져 올려 폐기했다고 한다. 준양호는 한 사람만 살아남고 25명이 숨졌다. 그 후 그 조기장은 동해를 누볐다. 그와 나는 각별한 사이로 나보다 네 살이나 많았다. 아버지는 모 중학교 교장 선생님이었단다.

우리는 늘 떨어져 있어도 안부를 묻고 그는 내가 일하는 곳으로 와 여러 사람과 놀기도 했다. 현재 그는 울산에 살고 있다. 나는 울산 외곽 지역에 사는데, 가까이 살아도 일 년에 한 번 만나지 못할 때도 있다.

항구의 콘크리트 구조물 TTP와 선박보험

항만 근처에는 TTP라는 거대한 콘크리트 인공구조물이 항구 양옆으로 세워져 있는데 작은 건 50t이고 큰 건 200t이다. 바다 사정을 잘 모르는 낚시꾼들이나 젊은 연인들이 이 콘크리트에서 사진도 찍고 하는데 일순간 빠져 죽을 수도 있다.

이러한 사고는 항구마다 여전히 반복되고 있으며 한번 미끄러져 빠지면 나오지 못한다. 콘크리트는 수십 개 모양으로 싸여 그 속에서 회오리 파도가 일어나고 인명구조요원도 구조하지 못한다. 밑에는 미로와 같이 되어 있고 물가 가운데는 미끄러운 이끼 때문에 손으로 잡을 수도 없고, 한번 빠지면 최소한 중상 또는 사망이다.

우리는 바다낚시 하는 사람을 보면 항상 위험해 보이고 바다를 좀 아는 사람은 절대 TTP에 올라가지 않는다. 항만에 사용하는 콘크리트 TTP는 2차 세계대전에서 사막의 여우 롬멜이 창작한 것으로 알고 있다. 롬멜은 연합군의 상륙을 예상했지만, 정확한 위치를 몰라 상륙정이 올라 올 해변에 이 콘크리트 구조물을 수

없이 깔아놨다.

배를 탄 초창기 울릉도에서 생활할 때 일이다. 저동 방파제 촛대바위 안쪽에 대형 바지선이 있었다. 태풍이 왔는데 위력이 얼마나 굉장했는지 무게가 200t이나 나가는 콘크리트 TTP 구조물이 항구 밖 바다 쪽에서 항구 안으로 공처럼 날라 대형 바지선 위로 떨어졌다.

자연의 무서움은 상상도 못 할 정도였다. 대형 바지선이 파손된 상태로 항구를 돌아다니면서 태풍에 대비해 단단히 고정한 크고 작은 선박을 들이받아 울릉도 역사상 가장 많은 선박을 침몰시켰다. 그 후부터 울릉도 어민은 태풍이 오면 크든 작든 무조건 포항으로 피했다.

나처럼 술과 담배를 하지 않는 선장이 있었다. 조만간 출항이라 선주 아주머니가 각종 과일이며 돼지머리, 명태포와 막걸리 등을 준비해 주었다. 바다에 나가 간단히 제를 지내고 오라고 해 한두 시간 나가 제를 지내고 선장은 선박 주변에 막걸리를 곳곳에 뿌리며 막걸리를 한잔하는 것 같았다. 취기가 든 선장이 자신도 모르게 잠이 들었다. 나 역시 기관실 침대에 누워있었는데 꽈당하는 소리와 함께 클러치가 전진 후진하는 소리가 "까랑까랑" 했다. 선장은 취해 방향 감각을 잃었다. 재빨리 선장실로 올라가 클러치 손잡이를 빼앗고 보니 그제야 선장이 정신이 들었다. 생전 술을 입에 대지 않았는데 막걸리 한 사발에 취해 깜빡 잠이 들었던 것이다. 커다란 소리에 놀라 자신이 뭘 받았는지도 몰라 후진하려고 했지만, 배는 후진이 되지 않았다. 선박이 TTP항구 콘크리트로 올라간 것이다. 다행히 작업 중이 아닌 빈 배였고 콘크리트 구조물이 2번 어창과 3번 어창에 박혔다. 철선이나 목선이었다면 배를 버려야 될 상황이다. 다행히 이 배는 FRP 선박이라 수리할 수 있었다.

FRP 선박은 화학물질을 배합해 만든 것으로 기관실로 들어오는 배관만 막으면 침몰하지 않는다. 우리는 꼬박 이틀 동안 1,000t 항만용 크레인을 단 바지선을 기다렸다. 그런 선박은 울산 장생포나 부산 같은 산업시설 항만 공사에서나 볼 수 있는데 엄청난 금액으로 임대를 해야 한다. 비용은 얼마인지는 모르겠지만 그 돈은 선사가 지급했다.

잠수부가 들어가 물속에서 핀으로 박힌 선박을 들어 올릴 준비를 했다. 항구 사람들의 좋은 구경거리가 되었다. 크레인이 들어 올려 바지선에 싣지 않고 물에 띄워 조선소가 있는 타 항구로 옮겼다. 기관실로 들어오는 물구멍을 막았기에 가능했다.

조선소에 오니 사람들이 배가 구멍이 나도 가라앉지 않으니 모두 신기해했다. 그것은 플라스틱 물바가지가 구멍이 나도 가라앉지 않는 원리와 같다고 생각하면 된다. 아무튼 거의 한 달이 넘도록 나는 조선소에서 바쁘게 움직였지만, 선장은 사무실에서 고스톱을 치며 세월을 보냈다.

수리하니 선박보험이 생각난다. 수협 보험 중에 자동차 보험처럼 선박에도 보험이 있다. 자동차도 책임보험에서 조항을 추가한 종합보험이 있듯 선박보험도 그렇다. 그런데 처음에는 충돌보험 조항이 없었다. 옛날 수동으로 항해하던 시절에는 충돌사고 자체가 없었다. 직접 키를 돌리고, 3박 4일씩 멀리 갈 때는

2시간씩 본 선원들이 직접 키를 잡았기에 충돌이 전혀 없었다. 그런데 모든 게 자동화되고 나서부터 충돌사고는 해마다 늘어났다.

선박과 선박끼리 끊임없이 충돌이 발생하니 충돌조항을 넣어야 할 필요성이 대두되었다. 그 때문에 수협 보험 조합과 어민의 분쟁이 심하게 일어났다. 그 결과 선박보험에 금액을 조금 추가하면 충돌이 보상되는 보험 조항이 생겼다.

보험 조합 공제과에서는 손실 보상이 100% 이루어졌는지 조사한다. 선주는 충돌사고가 일어나도 별로 손해를 보지 않는 걸로 알고 있다. 선박보험은 일반 사람에게 알려진 삼성화재나 동부화재 같은 회사에서 운영하는 보험이 아니고 수산업 중앙회 공제조합에서 운영하는데, 하도 충돌이 많이 나니 손해가 크다. 공제조합에서도 충돌공제 금액 인상을 요구하기도 한다. 과학이 발달하고 산업이 고도화되고 더 편리해질수록 우리 인간은 더욱 게을러졌다. 우리가 일하는 분야뿐만이 아니고 모든 분야가 마찬가지인 것 같다.

기적의 월광호

선원의 가불금과 같은 어떤 사정이 있었던지 유독 월광호만이 굳이 마지막 남발이 항차를 하겠다고 출항했다. 남발이는 제주도 밑으로 어군을 따라가면서 때론 3월까지 작업한다. 1년 중에 파도가 가장 높고 위험한 시기이다. 또한, 매서운 겨울 파도 속에 작업해야 했다. 나도 겨울 폭풍을 만난 적이 있는데 기관실에 있을 때 파도가 배 외벽을 때리면 귀가 아플 정도로 철판이 찢어지는 소리가 "쩡쩌렁 쩡쩌렁" 하고 들린다. 그만큼 마지막 항차는 위험하고 신중해야 한다. 항차에 드는 경비와 기름값이 만만치 않다. 작황이 좋지 못하면 마지막 항차는 빨리 끝낸다. 모든 것은 선장이 결정한다. 가끔 선주나 사무장이 마지막 항차를 좀 다녀왔으면 하고 돌려 말하기도 한다. 그러면 선장은 기름 600드럼 값을 달라고 한다. 그 기름값으로 오징어를 사는 게 훨씬 이익이라는 것이다.

월광호가 출항하여, 만선으로 온다는 소리도 들리고 3분의 1도 채우지 못했다는 소문도 들렸다. 월광호 선주는 항구가 한눈에 보이는 곳에서 다방을 했는데, 지역 유지고 중매인이었다. 우리 뱃사람들의 놀이터로 집에서 나오면 은하다방으로 갔다. 그해 월광호에는 사연이 있는 선원이 많았는데, 신접살림을 차린 선원이 5명이나 되었다. 그 다방 마담도 월광호 선원과 각종 전자제품을 사서 신접살림을 차렸다.

2월 말경 월광호가 작업장에서 출발했다고 연락이 왔다. 한 달 보름 동안 3천 상자 분량의 고기를 잡았는데, 제법 기름값은 하고 오는 것이다. 월광호는 어군 따라 움직이면서 작업했는데 제주도 밑까지 내려가 작업했다. 우리는 매일 선주가 운영하는 그 다방에 모여 놀았고, 그곳에서 모든 정보가 나왔다. 어느덧 부산을 통과했다는 소식이 들려왔고 울산을 통과했다는 소식이 왔다. 선박마다 무전기가 있으니 월광호와 매일 소통했다. 우리는 한동안 월광호 이야기를 했다.

그런데 울산을 통과했다는 마지막 교신 후 연락이 끊어졌다. 하루, 이틀 그 어디에도 흔적이 없었다. 10일이 넘어서는 어판장에서 통곡 소리가 났고 선주는 부인과 도망갔다. 나는 40년 동안 동해에서 조업 중 수많은 사고를 목격했다. 구조도 했지만 수십 명이 죽어도 신문이나 방송에 나온 적이 별로 없었다.

1980년도 후반에는 대화퇴 어장에서 8척이 침몰한 적이 있었지만, 신문에 기사 한 줄 난 적이 없었다. 당시 배마다 굵은 밧줄로 물풍선을 최대한 가라앉혀 있었기에 폭풍 속에서 물풍선을 뺄 수 없었다. 우리 역시 폭풍이 지나가길 빌 뿐이었다. 폭풍에 사람이 떨어져도 어떻게 할 방법이 없었다.

비상 상황이면 노련한 선장은 망치와 커다란 대못으로 못질을 한다. 파도가 한 방치면 사람들은 날아갔다. 그 시절 수천 명이 심해 깊숙이 깊은 바다에 빠져 죽었다. 선장의 못질은 죽어도 같이 죽고 살아도 같이 살자는 뜻이다.

월광호는 15일이 지나도록 소식이 없었다. 겨울 바다에서 20일째 행방불명이면 말할 필요도 없었다. 당시 경북도지사가 울릉도에 와서 위령제를 지냈다. 제단을 만들어 향을 피웠다. 정확하게 20일째 되는 날 아침밥을 먹으며 텔레비전을 보는데 KBS 아침 방송에 긴급 속보가 떴다.

20일 전에 사라진 월광호 선원들이 생존해 해경이 출발했다는 내용이었다. 요즘 같으면 후속 기사도 나오고 계속 속보도 나오고 하겠지만 당시엔 그 뉴스밖에 없었다. 어떻게 구조되고 어떻게 발견되고 누가 구조했는데 궁금했지만, 구조된 선박이 올 때까지 몰랐다.

월광호는 울산 앞바다를 통과하면서 불이 났는데 순식간에 화염에 휩싸였다. 기관실에서 불길이 시작되었다고 한다. 당시 선장은 침착했고 25인승 구명정을 갖고 있었다.

참고로 구명정과 관련해서 언급하자면, 부산국립해양연구소(영도와 용당 두 군데)에서 몇 년에 한 번씩 교육을 받는데 때에 따라서 교육 기간도 줄었다 늘었다 했다. 무료 교육이 아니고 제법 비싸다. 보통 3박 4일 동안 인명 구조 훈련, 심폐소생술 등 안전교육을 받는데, 선박에 종사하는 사람은 수십 번은 받았을 것이다.

구명정은 선박 제일 위쪽에 설치하고 받침대를 펴서 바다에 빠뜨리면, 수심 5m 정도에서 압력을 받아 자동 산소통이 폭발해 일순간 펴져 물 위로 떠 오른다. 그런데 이런 것은 상선이나 여객선에 적용될 뿐 작업 중인 어선은 엄청난 구조물이 많아 해당하지 않는 경우가 많다. 가령 선실 옥상에 구명정을 설치하면 어느새 그 주변은 각종 구조물과 어구들로 둘러싸이고 아예 구명정 위에 물건을 쌓아놓기도 한다. 선박을 검사할 때뿐이고 아예 꽁꽁 묶어 파도에 맞아도 흔들리지 않게 고정해놓곤 한다. 다행히 월광호는 구명정을 바다에 띄울 수 있었다.

그날 선장은 선원들에게 잠바 포켓에 쌀을 가득 담아 배 앞쪽으로 오라고 했다. 전체 화염이 확 퍼지기 전에 재빠른 젊은 선원 몇 명은 구명정을 배 앞쪽으로 가져가 수동으로 터뜨렸다. 그리고 침착하게 조류에 떠내려가지 않게 구명정 줄도 굵은 줄로 바꾸고 한 명씩 모두 다 구명정에 태웠다. 구명정은 꼬박 20일 동안 겨울 파도를 견디며 조류 따라 흘러갔다. 주변에는 모두가 작업을 끝낸 터라 구조 요청할 선박도 없었다. 선장이 독단적으로 작업을 결정했기에 마지막 항차는 동료 선박도 없이 한 것이다.

겨울 파도는 이틀 잠잠하면 3일은 폭풍에 시달려야 한다. 그런 환경에서의 20일 동안 견딘다는 것은 기적에 가깝다. 구명정에는 구급약 상자도 있고 젤리 같은 것도 있었다. 또 입만 살짝 적셔도 생명을 유지할 수 있는 미네랄 성분의 음료수도 있었다. 미네랄 덩어리는 미숫가루 맛은 나도 원료는 다 미네랄이기에 그것만 먹어도 최소한의 생명 유지는 할 수 있다. 문제는 1년에 한 번이나 2년에 한 번쯤은 물품을 교환해주어야 하는데 그 비용이 만만치 않다. 모두 교환했다고 하지만 검사관은 확인도 하지 않는다. 우리나라는 여러 분야에서 아직 이런 현상이 많다.

20일이라는 공포의 시간이 지나는 동안 수십 척의 선박이 지나는 걸 보았단다. 그 선박이 한국 국적인지 외국 선박인지 몰라도 구명정은 바다에서 한눈에 봐도 확 보이는 붉은색으로 되어 있다. 선원들 모두 추위와 배고픔, 그리고 엄청난 파도 속에서 죽음의 공포를 느꼈다. 20일이 되는 날 호주머니에 넣어둔 쌀도 다 떨어져 포기상태였는데 큰 상선이 지나가는 걸 보고 죽을힘을 다해 소리를 쳤다. 보통은 소음으로 소리가 들리지 않는데 기적이 일어났다. 대형 상선에는 커다란 국기가 달려있는데 낫과 도끼가 그려져 있었고 뱃머리를 돌렸다. 바로 소련 상선이었다. 당시 러시아가 아닌 소비에트 연방공화국으로 우리와는 수교 되지 않은 나라였다.

그 소련 상선에서 밥해주는 선원이 바다에 오물을 버리려 나오다 붉은 구명정을 발견한 것이다. 소련 선원은 선장에게 보고했고 커다란 상선은 뱃머리를 돌렸다. 다가와 사다리를 내렸고 한 명씩 사다리를 타고 올랐다. 상선에 올랐는데 20일을 굶어 밥도 한 번에 주지 않고 조금씩 여러 번을 주고 그렇게 친절할 수가 없었다고 한다. 소련 배였기에 선장보다 높은 당원이 지휘했다. 그 공산당원은 여자였는데 상처를 소독해주고 속옷도 갈아입도록 나누어 주었다고 한다. 그 여자에게 우리나라 지도를 가리키면서 보내달라고 요청했다. 그 당원은 선장과 상의했다. 당시 우리나라와 소통할 수 있는 채널이 없었다. 그 상선은 일본 방송국에 이 사실을 알렸다. NHK 방송국은 우리나라 KBS에 이 사실을 통보했고 속보로 아침에 나온 것이다.

그때까지 당사자만 알았지, 전 국민은 아무도 몰랐다. 공영방송에서 속보를 내보냈기에 그제야 관심을 가졌고 포항에서 해경이 출발하여 공해상에서 선원을 인수했다. 하루만 더 늦었더라도 두세 명은 죽었을 것이다. 모두가 거의 죽음 직전까지 가 있었다.

하나호 유정충 선장

속초에 가면 하나호 유정충 선장의 기념비가 있다. 1990년 내가 초임 기관장 시절에 있었던 일로 일반 국민이야 알 리가 없고 당시 이 사건을 아는 선장과 기관장들 또한 모두 돌아가셨을 것이다. 당시 나는 아주 젊었고 이 사건을 생생하게 잘 안다. 속초 하나호는 제주도 밑에까지 어군을 따라가면서 작업했는데, 제주도 남쪽 겨울 바다는 일 년 중 가장 파도가 높게 치고 조용한 날이 없다. 1~3월은 가장 위험하고 파도의 위력 또한 제일 세다. 당시 하나호는 속초를 떠나 사흘째 되는 날 제주도 서남방 해역을 지나다 높은 풍랑을 만나 배가 한쪽으로 기울기 시작했다. 선장은 선원을 구명정에 모두 태웠지만, 자신은 배에 남았다. 망망대해에서 구명정의 좌표를 알려주어야지만 구조할 수 있기 때문이다.

주변에 조업 중인 선박과 교신을 시도했다. 맨 마지막 남발이 작업이 위험한 이유는 사고가 났을 때 다른 배의 도움을 받을 수 없다는 것이다. 대부분의 어선이 작업을 끝낸 기간이라 외로이 혼자서 무서운 파도와 싸우면서 작업해야 한다. 당시 유정충 선장이 제주도 무선국과 하는 교신이 방송을 탔다. "1602 하나호 침몰 중"하며 계속 교신하였고 자신은 빠져나오지 못하고 배와 같이 침몰했다. 선장의 조난신호를 받고 구조대와 주변의 어선들이 달려왔다. 구명정에 탄 선원들은 12시간 이상을 바다에 떠 있었고 스물한 명의 선원 모두 구조되었다. 당시 하나호는 철선으로 바다 깊숙이 가라앉았고 선장은 배와 운명을 함께 했다. 그 시절은 모두 대화퇴 어장에 출입했고 목숨을 담보해야 했다.

하나호 유정충 선장은 우리나라 최초의 어민장으로 치러졌다. 아들이 하나 있었는데 유정충 선장은 평소 아들이 육군사관학교에 가기를 원했다고 한다. 유선장의 아들은 특채로 육군사관학교에 입학해 지금은 늠름한 장교가 되었거나 장군이 되어 있지 않을까 생각한다.

속초 수협 옆에 유정충 선장의 동상이 세워졌는데, 지금은 다른 곳으로 옮겨졌다고 한다. 자신의 본분을 다한 본보기가 되는 선장이었다. 30년이 넘었지만, 당시 내 귓가엔 제주 무선국과 유정충 선장의 교신 내용이 생생하게 남 있고 당시 현장의 모습도 선명하게 그려진다. 유 선장과 같이 수백 수천의 영혼이 바다에 잠겼다. 북한 해역에서 기관총도 수십 발 맞는 등 나도 죽음의 고비를 수없이 넘겼다.

한 번은 예고 없는 강력한 사이클론이 닥쳐 수심 깊은 쪽으로 가 버티기도 했다. 또한, 항해 도중 어마어마한 파도에 돌아갈 수도 없어 꼬박 이틀 동안 죽음의 공포 속에 있다가 무사히 속초항에 입항하기도 했다. 2박 3일 동안 선장과 같이 있었는데, 파도가 공중으로 날아다녔다. 한 번 꼬꾸라지면 잠수함 같이 앞쪽은 물속에 쑥 들어갔다 나왔다.

맨 처음 그 자리에 있던 선박들은 우리보다 더한 공포에 떨어야 했다. 이처럼 바다는 일기예보와는 다르게 사이클론이 발생한다. 죽음의 공포 속에 속초에 도착해 정신을 차려보니 앞쪽과 뒤쪽에 있는 각종 물건은 다 날아가고 목재로 된 선체의 내부는 완전 반들반들 닳아있었다. 수십 년 해상사건 중에서도 내 기억의 최고의 공포였다. 이틀 뒤 바다에 남아있던 배들이 모두 속초로 입항했는데, 앞뒤 마스터와 캐치라이트는 모두 파괴되었다. 한동안 복구하느라 작업장에 가지 못했다.

위험한 선원 생활과 해상사고

이제는 갈 수도 없지만, 그 위험했던 바다는 그리움에 묻혀있다. 당시 그 많은 선원은 어떻게 지내는지 궁금하기도 하다. 자동 조상기 도입으로 많은 선원이 사라졌고 소문에는 죽은 사람이 많다. 당시 선원들은 술을 많이 먹어 오래 살지 못했다. 사고로 죽은 선원도 많았다.

채낚기 선박은 사람 한 명이 유자망 그물 한 틀인 셈이다. 고기를 잡는 능력과 솜씨에 따라 선장은 자리를 배치하는데 선박의 맨 앞쪽이나 맨 뒤에는 솜씨가 제일 좋은 선원들 자리고 다른 사람의 두 세배를 잡아 올렸다. 당시 선원의 관심은 오징어를 말리는 것에 있었다. 선원의 수입은 말린 오징어밖에 없을 정도였다.

선원들은 출항 전에 이미 가불한 돈으로 여자들과 어울려 다녔다. 정작 수입이라 해봤자 말린 오징어밖에 없었지만, 이것도 잘하는 사람은 수백만 원을 넘게 벌었다. 선실 안에 한 번씩 들어가 보면 오징어는 밖에서 물기만 빠지면 선실로 가지고 가는데 전구를 수십 개 설치해놓고 오징어를 말렸다.

한 번씩 오징어를 걸어 기관실 한쪽에 아예 건조장을 만들어 오징어가 물기만 빠지면 오징어를 건조하게끔 해놓았다. 선원들은 기가 차게 자기 오징어는 다 찾아간다. 어떤 사람은 오징어 뒷면에 A자를 표시해 놓는가 하면 어떤 선원은 짧은 다리 쪽을 약간 잘라 표시하는 사람도 있었다.

그런 식으로 그 많은 오징어는 주인을 찾아간다. 무조건 말리는 것은 안 되고 한 사람당 20마리 1축만 허용한다. 그 대신 선실에서는 못 말리게 했다. 불이 날 위험성이 있기 때문이다. 선박의 전기는 AC가 있고 DC가 있는데 AC는 220V로 전류가 세어 사람에게는 위험하다. 일단 두 가닥이 서로 붙으면 줄이 터진다. 그때 스파크가 크게 나는데 주변에 화재의 소지가 많은 물건이 있을 때는 스파크 불은 한 번에 옮겨붙는다.

젊었을 때는 겁이 없었다. 가끔 그 시절이 그립다. 그 무서운 대화퇴 어장에서 조업하는 중에 스크루에 커다란 무엇이 걸리면 꼼짝없이 누군가는 물속으로 들어가 스크루에 감긴 물체를 제거해야 했다. 그런 일이 자주 있었다. 여름이야 들어갈 수 있지만 차가우면 목숨을 보장할 수 없다. 여름이 지나면 죽음의 대화퇴 어장은 철수하기에 물속에 들어가는 일은 없다. 그 대신 항구로 돌아와 스쿠버 다이버가 들어가 점검한다.

고요한 바다는 우리가 보는 것과는 다르다. 가령 바다에 무엇을 던지면 순식간에 저 멀리 떠내려간다. 바다는 층층이 물살과 흐름의 방향이 다르다. 바다에 떠다니는 비닐 같은 것이 선박의 펌프 압력에 붙어 떨어지지 않는 경우가 있다. 특히 육지 근방에 있을 때는 시동을 걸면 바깥으로 물이 나오는지 꼭 확인해야 한다. 바다로 배출되는 양이 많은지 약한지 정상대로 나오는지 아주 안 나오는지 확인하는 것이다. 물이 정상대로 나오지 않으면 엔진이 순식간에 온도가 올라 불덩어리처럼 뜨겁다. 그때 배 밑으로 들어가 보면 비닐이 붙어있는 경우가 많다. 그럴 때는 펌프를 뜯어 교환해야 한다.

젊은 날에는 그 무서운 바닷속으로 수십 번도 더 들어갔다. 이것은 참으로 위험한 일이지만, 당시에는 몰랐다. 물살이 빠르게 흐를 때는 배 앞쪽에서 다이빙한다. 그리고 발목에 줄을 채워 들어간다. 만약 올라와야 할 시간에 올라오지 않으면 줄을 당겨 끌어올린다.

선장들은 전국 채낚기 어선 선장협회 같은 걸 운영하고 있었고 기관장들도 전국 채낚기 기관장 협회가 있었는데 1년에 한 번씩 회식도 하고 아예 호텔을 빌려 유흥을 즐겼다. 또 바다에서 사고로 희생된 동료들이 있으면 그 유족을 보살피고 위로금을 보내기도 했다.

당시 노련한 선장의 막냇동생이 선박을 하나 갖고 있었는데 막냇동생은 기관장으로 우리 회원이었다. 배의 스크루에 뭐가 걸렸는지 꼼짝도 못 할 상황이 생겼는데 그 노련한 선장은 당시 오십 대 후반으로 굳이 자기가 들어가겠다고 했다. 아마 더운 여름이고 차가운 바닷물에 몸을 담가보고 싶었으리라. 그는 어린 시절부터 바다에서 단련된 사람이고 노련했기에 문제가 없을 줄 알았다. 그런데 배 밑에 들어간 선장이 나오지 않았다. 다른 사람이 들어가 보았는데 선장은 배 밑에 딱 붙어 죽어있었다. 우리도 한 번씩 배 밑에 들어가 보면 배 밑에 몸이 자꾸 붙으려 하는 것을 알 수 있다.

죽은 선장에게는 말로 표현 못 할 사연이 있었다. 어렸을 때부터 늘 바다에서 생활하다 성인이 된 후엔 선장이 되었다. 1년에 몇 달 빼고 늘 바다에 있었던 셈이다. 그런데 마누라가 집을 나가 바람이 났다. 그것도 자식 정도 되는 아주 새파란 사촌 막냇동생과. 사촌 막냇동생은 젊고 끼가 많은 사람으로 여자 문제가 많기로 소문이 나 있었다. 당시 그 지방 3분의 1 정도는 그 집안사람이었고, 소문에 그 젊은 놈은 포항에서 택시 운전을 한다고 했다.

어느새 세월 속에 이런 문제들은 다 묻혔다. 선박은 크든 작든 자동차 운전대처럼 안전하고 편리한 시대가 되었지만, 요즘 젊은 선장들은 무슨 말인가 할 정도로 남의 나라 이야기가 되어버렸다. 우리 시대는 그렇게 살았고 육지에서나 바다에서나 가장 어려운 세대가 아니었나 생각한다.

또한, 우리나라 대통령이 북한의 평양 순안 비행장에 첫발을 디뎠고 그 후 죽음의 대화퇴 어장은 가지 않게 되었다. 그 사이 러시아와 수교하고 일본과도 문화 교류도 하고 그 전처럼 살벌하지 않게 되었다.

오징어 냉동 운반선의 사고

육지 사업가 한 사람이 울릉도 유지와 손을 잡고 오징어 내장을 모아 탱크로리 선박을 일본에서 도입해 육지로 실어 날랐다. 그것은 화장품 원료가 되었다. 실제 오징어 내장은 미끌미끌하고 기관실에서 기름 일을 하다 손을 씻을 때 오징어 내장을 손으로 비비면 기름 성분이 깨끗하게 지워진다.

오징어 내장을 운반하는 그 일본 도입선은 감포 항구 밖 일본 쪽 방향으로 나갔다. 이상한 점은 방향을 바꾸지 않고 똑바로 일본 쪽으로 가는 것이다. 해양 경찰이 그것을 포착했고 바로 헬리콥터가 떠서 수색했다. 헬리콥터에서 보니 시동만 걸린 채로 항해하고 빠른 속력으로 우리 영해를 벗어나서는 천천히 가는 것이었다. 대체로 조선소에서 수리하고 바다로 나가면 호스로 물청소를 하면서 나가는데 그 선박이 그랬다. 한 사람이 버릴 건 버리고 물 호스로 청소하고 물탱크로 들어가더니 한참이나 나오지 않았다. 다른 사람이 들어갔고, 세 번째 사람이 또 들어갔다. 들어간 사람마다 나오지 않으니 기관장이 들어갔는데, 역시 나오지 않았고 마지막으로 선장이 들어갔는데 역시 나오지 않았다. 5명 모두 질식사한 것이다. 가스는 냄새가 나지 않아도 배 밑바닥에 깔려 있다. 그 배는 후에 폐기되었다.

선박은 항상 주기적으로 해양수산부로부터 검사를 받는다. 상선은 상선대로 어선은 어선대로 감포 조선소에서 검사를 받았다. 수리할 부분은 수리하고 검사를 마치고 항구 밖으로 나갈 때, 해양경찰서로 출항 신고를 했다. 옛날에는 해양 경찰들이 직접 배에 와서 일일이 주민등록증과 얼굴을 대조하고 난 후 출항 허가를 내어주었다. 그런데 지금은 그런 제도가 없어졌다. 그냥 자기가 나가고 싶으면 나가서 작업하고 끝나면 돌아오면 된다. 출항 신고 같은 건 없어진 지 오래다. 해양경찰은 가만히 앉아서 몇 시에 어느 배가 나가고 들어오는지 심지어 조업 구역이 어딘지 또 바다를 지나는 선박이 어느 배 선박인지 상선인지 어선인지 다 안다.

페스카마호 선상 반란 사건

우리는 한 가지 정확하게 할 필요성이 있다. 현재 우리나라에는 중국 조선족이 많이 살고 있다. 그들은 수원 팔달구 등 수도권에는 자치 구역이 있고 일부 상권도 장악하고 있는데, 우리는 그들을 늘 동포라 하고 투표권도 준다. 그러나 정확한 것은 그들은 우리나라 사람이 아니고 동포도 아니다. 그들은 모두 중국 사람이고 자신들도 중국 사람이라고 생각한다. 우리만 동포라고 착각하는 것이다. 가령 중국과 한국이 축구하면 그들은 중국을 응원한다.

베이징 올림픽 때도 그들은 한복을 입고 등장하고 김치는 자신들이 먹으니까 중국 거라고 했다. 북한에서 탈북하면 중국인과 말이 통하지 않으니, 자연히 조선족에게 도움을 요청하게 되고 조선족은 도와주는 척하며 악마의 소굴로 탈북민을 팔아넘긴다. 중국의 산간오지에서 탈북 여성은 도망갈 데가 없다. 중국의 시골 오지는 말 그대로 끔찍하다. 여성들은 살기 위해서 중국 남자의 아이를 낳게 되고 한두 해 살다 보면 자신의 위치가 어디쯤인지 알고 탈출을 감행한다. 모두 조선족이 저지른 일로 그들은 한국에 살면서 겉으로는 동포라고 이익을 챙기면서 각종 혜택을 누린다. 하지만 정확하게 말하면 절대 한국 동포가 아니고 그들은 뼛속까지 중국인이다.

1996년 남태평양에서 발생한 페스카마호 선상 반란 사건이 있는데, 중화인민공화국 조선족 8명이 노동환경 개선을 요구하며 벌인 사건이다. 앞에서도 예기한 적이 있지만 남태평양 마구로 잡이 어선은 그야말로 죽음의 조업이다. 그들은 회사 자체도 영세한 조그마한 회사이고 한 번 배에 오르면 외국인이고 한국인이고 모두 2년을 바다에서 보낸다. 페스카마호에는 중국인(조선족)이 8명 있었는데, 그중에서 중국 연변에서 중학교 교사를 하다 온 선원이 있었다. 그 중국인 교사 출신의 선원은 동료를 선동해 노동환경 개선을 요구하며 선박에서 시위했고 작업에 참여하지 않았다.

남태평양의 마구로(참치) 선은 조업 날짜가 있어서 외국인에게만 잔인한 것이 아니고 오래전 일본인에게 배운 대로 노예선보다 더 무자비했다. 중국인의 작업중단으로 선장은 골치 아팠다. 그곳에는 중국인만 있는 게 아니고 인도네시아인도 있었다. 인도네시아인은 성품이 온순해 동요하지 않았지만, 중국인은 인도네시아 선원에게 칼과 도끼로 위협했다. 남태평양 바다 한복판에서 몇 차례 전투가 있었다. 한국인 진영, 인도네시아인 진영, 그리고 중국인은 선수 쪽에 진용을 갖추고 서로 위협했다. 한국 사람은 절대로 굴복하지 않았다.

서로 싸움은 갈수록 격했고 자신의 지역에 바리케이드를 치고 망을 보고 돌아가면서 잠을 잤다. 살벌한 상황에 선장은 어쩔 수 없이 본사에 상황을 보고했고 선원을 교환해주길 요청했다. 그리고 선장은 선상에서 세월을 보냈지만 긴장한 시간만 흐를 뿐 8명의 교환 선원들은 오지 않았다. 한국인 중에 고등학교 실습생이 한 명 있었다. 당시에나 지금이나 해양고등학교 졸업전에 한 번은 경험을 쌓는 실습을 해야 한다. 조업 중인 선박에서 실습하고 항해사 자격증을 따고 졸업하면 군대도 면제된다. 마침 그 학생이 맹장염을 앓아 학생을 내려주려고 사모아 섬으로 항해 도중 중국인은 자신들이 교체된다는 것을 알았다.

중국인은 당시 우리나라에 돈을 벌러 오려면 평생에 갚지 못할 빚을 내어 브로커에게 주고 오는데 이대로 중국으로 돌아갈 수 없었다. 그래서 선장과 다시 협상하였고 다시 잘해보겠노라고 했지만, 선장은 완고했다. 중국인은 자신들끼리 의논을 했고 이대로 중국으로 갈 수는 없고 그럴 바에는 차라리 선박을 탈취하자고 모의했다.

인도네시아인들을 고기 저장실에 가두고 밤중에 몰래 선장을 살해했다. 자는 한국인을 한 명씩 깨워 선장이 브릿지에 오라 한다고 말했다. 죽이는 조가 있었고, 깨우는 조가 있었다. 아주 지능적으로 한 명씩 도끼와 칼로 목을 쳤다. 이 모든 것은 연길에서 중학교 교사로 있었던 자가 꾸미고 지휘했다. 밤중에 차례차례 한국인 7명을 모두 살해했는데 그중에 맹장염을 앓고 있는 고등학생은 산채로 바다에 버렸다. 그리고 살인에 동조하지 않은 인도네시아인 3명과 이 모든 내용을 반대한 조선족 동포 1명을 포함해 총 11명을 선상에서 살해했다. 그리고 선박 항해에 도움을 줄 한국인 한 명을 살려주었는데, 평소에 자신들에게 비교적 온화한 태도를 보인 일등 항해사였다.

그들은 일본 쪽으로 항해하였다. 살아남은 인도네시아인들을 고기 저장실에 가두어 놓고 일본 근처에 가면 뗏목을 만들고 선박은 가라앉히고, 자신들은 뗏목으로 일본에 가기로 계획하고 갑판에 있는 나무 송판을 뜯기 시작했다. 모든 철선도 갑판 바닥이나 내장재는 나무 송판으로 되어 있다. 그들은 몇 날 며칠 남태평양에서 일본 쪽으로 항해했다. 그동안 인도네시아 인들은 썩은 생선을 먹고 버텼다. 고기가 들어있는 저장실은 수시로 온도가 올라가고 기관장은 수시로 냉동기를 돌려 저장실 온도를 낮추어야 하는데 그렇게 하지 않아 보름이 넘는 동안 고기는 녹기 시작했고 살아남기 위해서 그들은 썩은 고기도 먹어야 했다.

점점 일본에 다가가자 선박이 한쪽으로 기울기 시작했다. 일등 항해사는 기관실 구조를 잘 모를 것이다. 기관실 구조를 조금만 알아도 기름 밸브를 돌려 기울어진 탱크에서 저쪽 탱크로 기름을 옮기면 배가 수평이 될 수가 있다. 항해사는 의도적이었는지 몰라도 그렇게 하지 않았다. 쓰가루 해협을 통과할 때쯤 배는 거의 45도 정도 기울어져 있었다.

쓰가루 해협은 일본 혼슈 아오모리와 홋카이도 사이의 해협으로 평상시에도 강풍이 잦고 항상 파도가 센 지역이다. 중국인들은 점점 배가 기울고 파도가 옆으로 맞고 하니까 항해사에게 왜 그런지 물었고 항해사는 고기가 한쪽으로 몰려 배가 기운 것이라고 했다. 갇힌 인도네시아인들도 풀어주고 고기를 반대로 옮겼다. 중간에 복도가 있고 양옆으로 저장실이 있었는데 이쪽에서 저쪽으로 고기를 옮기는 사이 항해사와 인도네시아인들과 눈빛으로 소통했다. 중국인과 인도네시아인들이 고기를 옮기는 도중 중국인들이 한쪽으로 몰리는 순간 항해사는 눈빛으로 신호를 보냈고 인도네시아 선원들과 합심해 중국인들을 저장실에 가두어 버렸다.

저장실은 한번 밖에서 잠그면 안에서 절대 열 수 없다. 항해사는 브릿지에 올라가 일본 해상보안청을 불렀다. 해상보안청이 왔고 페스카마호는 일본 항구로 끌려갔다. 이 사건이 보도되고 우리 해양 경찰이 페스카마호 선박을 통제로 한국으로 예인해 왔는데, 이들을 변호할 국제 변호인조차 없었다. 당시 인권 변호사로 부산에 활동하던 모 변호사가 이 사건을 맡아 무죄를 주장했다. 하지만 '1심에는 전원 사형, 2심에는 주범 전채천은 사형 나머지는 무기징역'이 선고되었다. 3심 대법원 상고기각으로 원심 확정이 되었다. 그 후 몇 년의 세월이 흐르고 대통령 특별 사면이 되어 전원 중국으로 돌아갔다. 이 사건은 태평양 한가운데 있었던 전무후무한 사건으로 특히 맹장염의 엄청난 고통을 호소하던 고등학교 실습생은 산 채로 바다에 던져졌는데 유가족에게 당사자들은 사과도 하지 않았다.

6장

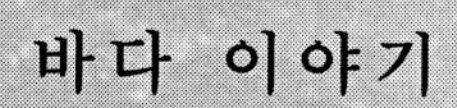

바다 이야기

독서와 뇌출혈과 술

언제부터인가 나는 책을 수십 권씩 사서 배로 돌아갔다. 3박 4일 이동할 때 10시간씩 이동할 때도 있었다. 술과 담배 대신 난 책을 읽었다. 학창 시절에 돈이 없어 사지 못했던 책을 사서 보면서 세월을 보냈다. 나는 자유인으로 저금 같은 것은 하지 않았고, 쓰고 싶으면 썼다. 절대 쩨쩨하게 살지 않았다. 젊은 날에 하지 못했던 공부는 수많은 책을 보면서 보상받았다. 인생 한 번 사는 것 내 방식대로 살고 싶었다.

술을 마시지 않으니, 돈이 남았고 제일 좋은 차는 아니더라도 뱃사람 중에 처음 자동차를 타고 다녔다. 젊은 날 하지 못한 욕심을 그냥 내 마음대로 하며 살았다. 우선 러시아 문학을 정독했다. 톨스토이, 솔제니친의 작품과 숄로 호프의 『고요한 돈강』 등을 읽었는데, 그중에 도스토옙스키의 『죄와 벌』은 우선 읽는 것부터 힘들었다. 도스토옙스키는 「고골에게 보내는 벨린스키의 편지」를 낭독했다는 죄명으로 28세에 사형선고를 받았다. 극적으로 사형 집행은 취소되었고 4년을 감옥에서 보내고 4년은 시베리아에서 보냈다.

솔제니친은 노벨문학상 수상자로 선정되었는데 러시아 라진시 중학교 수학 교사로 그의 문학 작품은 93편을 출간했다. 그러나 내가 아는 한 그는 직접 노벨상을 받을 수 없었다. 당시 KGB는 절대 솔제니친을 서방으로 가는 것을 허락하지 않았고 영국 정보국 M16, 미국의 CIA까지 소련연방의 KGB와 치열한 첩보 전쟁을 벌여 서방으로 솔제니친을 데려온 것으로 알고 있다. 2007년 러시아에도 봄이 왔고 러시아는 솔제니친에게 국가 문화 공로상을 수여했다.

다른 동료 선원은 나와 같이 책을 읽는 사람은 드물었고 주로 술을 마셨다. 나는 애초에 술을 마시지 못했다. 육십 평생 마신 술이 소주로 치면 3분의 1병 정도가 될까? 즉 술을 목구멍으로 넘겨본 적이 거의 없다. 유전인지 몰라도 어릴 때 아버지가 술을 마시는 것을 한 번도 본 적이 없다. 같이 얼마 살진 않았지만, 형님도 술을 마시는 것을 본 적이 없다.

담배는 군대 있을 때 육군 정량대로 피웠고 제대하고 형네 집에 잠깐 있을 때 담뱃값이 없어 누나 집에서 일본 담배를 몇 갑씩 얻어 피우다가 말다가 했다. 술도 먹지 않고 여자도 사귀지 않으니 담배라도 피워볼까 하는 생각에 한동안 피우기도 했지만, 지금은 끊은 지 오래다.

몇 년 전 우리나라 재벌 총수 3명이 죽었다. 모두 폐암으로 죽었는데, 한 명은 평생 담배를 피우지 않았고 한 명은 30년 전에, 또 한 명은 10년 전에 담배를 끊었다고 한다. 당시 신문에서 그런 기사를 읽었다. 한 번씩 담배가 폐암의 원인일까? 의문이 들기도 했다.

나는 51살에 뇌출혈로 쓰러졌다. 뇌경색으로 거의 같은 나이에 3명이 쓰러졌는데 한 사람은 성균관대학교를 졸업했다. 나와 비슷한 시기에 쓰러져 병원 생활을 한 그는 내가 사는 마을에서 조그만 횟집을 했는데 방안에는 늘 장애인 자녀가 누워있었다. 장애도 이만저만한 장애인이 아니었다. 나이는 20대 중반쯤 되는 것 같았는데 아들인지 딸인지는 몰라도 늘 안아서 밥을 씹어서 입에서 입으로 먹였다.

그 사람에게 다른 자식은 없는 것 같았다. 그도 그곳이 고향이 아니고 나 또한 그곳이 고향이 아니었다. 출퇴근을 아이 때문에 못 하는 것 같았고 혈색은 항상 좋아 보여도 소주병을 늘 옆구리에 끼고 살았다. 그는 남하고 말도 잘 하지 않았다. 가끔 그 사람에게서 어릴 때 우리 아버지 모습이 보였다. 그 사람과 나는 이야기는 해도 진정한 대화는 나누지 않았다. 그는 자신이 비참하다고 생각하는 것 같았다, 꼭 우리 아버지처럼. 이렇게 살고 싶지 않았는데 현실은 비참한 삶을 산다고 생각하는 것 같았다.

우리 아버지가 스트레스를 불쌍한 우리 어머니에게 돌렸다면 그는 술에 돌리는 것 같았다. 소주병으로 홀짝홀짝 두 병씩, 세 병씩 자기 집에 있는 물고기를 안주 삼아 밖의 의자에 앉아 종일 마셨다. 늘 혼자서 마셨는데, 횟집인 그 집에 손님이 있는 것은 한 번도 본 적이 없다. 그와 같은 시기에 쓰러져 병원 생활을 했는데, 내가 퇴원할 때까지 그는 깨어나지 못했다.

다른 한 명은 친구였는데 그도 나와 동시에 쓰러졌다. 그 친구도 평생 술로 세월을 보냈는데 지금은 완전히 불구가 되었다. 술이 원인으로 생각되지만, 의학적으로 내가 규명할 순 없다. 하지만 나와 똑같은 환경에서 신체적인 변화가 동시에 일어났으니 술이 원인이 되지 않았을까 추정해본다.

이들뿐만 아니라 동료 선원들은 술과 담배로 인해 몸을 버리는 사람이 많았다. 다행히도 난 술과 담배 대신 책을 읽었기에 그나마 지금의 건강을 유지하고 있다고 생각한다.

선원 생활 중 에피소드

고자라고 소문나다

한번은 누가 오빠는 왜 여자를 사귀지 않느냐고 물었다. 무심코 어릴 때 다쳐 안 사귀는 게 아니고 못 사귀는 것으로 사실은 고자라고 농담했다. 이 소리는 마을 방송국 기자(말하기 좋아하는 사람) 귀에 들어갔다. 마을 방송국 기자는 둘만 있으면 이 사람 저 사람을 화제로 종일 흉을 보는 사람을 말한다. 동네마다 그런 사람들이 있었다. 어떤 사람은 MBC 기자고 어떤 사람은 KBS 기자라고 했다. 내가 고자라는 말은 부풀어져 온 동네에 소문이 퍼졌다. 그 시절 술도 먹지 않았고 여자도 가까이하지 않았으니 진짜처럼 소문이 퍼진 것이다.

한 번은 내가 사는 동네에 후배 부인이 5월인데 날씨가 따뜻해 계곡에 쑥 캐러 가자고 신랑에게 말했다. 따뜻한 봄날 바깥바람이 쐬고 싶었던 것이다. 자꾸 가자고 하니 신랑은 자기는 가기 싫으니 대성이 형과 가라고 했다고 한다. 후배 부인은 아니 자기 마누라를 왜 남의 남자와 그것도 산속 계곡에 같이 가라고 하느냐, 가서 무슨 문제라도 생기면 어떻게 하느냐고 말했다고 한다. 그랬더니 신랑은 대성이 형이랑은 풀밭에 누워 자고 와도 된다고 했단다. 왜 그렇게 말하냐고 하니 대성이 형은 고자이기 때문에 괜찮다고 했다고 한다. 그 제수씨는 내 앞에서 직접 그런 이야기를 했는데 나는 오히려 기가 찼고, 같이 있던 여러 사람이 웃었다.

섬의 알부자들

그 당시만 해도 서울 땅 팔아도 울릉도 땅을 못 산다고 할 정도로 울릉도 경제 사정이 좋았고 부자도 많았다. 육지에서 관광객이 여름에는 수만 명 몰려온다. 그곳에 종사하는 사람들은 모두 육지에서 온 상인들이었다. 정작 울릉도 주민은 관광객을 개털처럼 생각했다. 한 번은 울릉 주민 부녀 회원들이 서울로 관광을 갔는데 대형 백화점에서 쇼핑하는 것을 보고 그것을 본 서울 사람이 재미교포나 재일교포 사모님들인 줄 알았다고 했다. 울릉도 여자들은 피부가 다 뽀얗고 절대 시골 아낙네처럼 촌티가 나지 않았다.

육지 사람들은 도서 지방 사람들을 우습게 보고 무시하는 성향이 있는데 울릉도 주민치고 서울이나 부산 등에 아파트가 없는 사람이 없다. 좀 산다는 사람은 식구 수대로 아파트를 갖고 있다.

언젠가 서해에서 연평도 포격 사건이 났고 온 나라가 연평도를 걱정했다. 우리 기관장들도 철마다 옮겨 다니는데, 그쪽 지방 선주들에게 콜이 들어오면 그쪽으로 옮겨 가기도 한다. 오징어 철이 끝나면 연평도 꽃게잡이로 가는 선원이 많다. 그렇기에 연평도 생활 수준을 잘 안다. 연평도 주민들이 직접 방송에 나와 살아갈 걱정을 털어놓는 인터뷰가 나왔다. 연평도를 해마다 가서 생활하는 선원들은 "저거 다 거짓말입니더, 연평도 주민치고 서울이나 인천 쪽에 아파트 한두 채씩 없는 사람이 없심더."라고 이야기했다.

선박과 환경

선박은 오래 한 자리에 정박하면 어디선가 물이 조금씩 들어오는데, 이것은 정상이다. 물이 들어오지 않는 것이 비정상이다. 배 밑에 고여있는 물은 기름 성분이 포함될 때가 있으므로 기름이 항구에 한 방울이라도 흘리면 당장 해양경찰이 출동한다. 그래서 선박은 항상 바다 한복판에 정박하거나, 항구에 정박할 때면 돌봐주는 기관장이나 선장이 있다.

일반 선원은 자유롭게 이동하지만, 기관장은 이동할 때 기존에 있던 선박에 후임 기관장이 정해질 때까지 이동하지 않는다. 프로 스포츠 선수들처럼 한 해 작업이 마무리 단계에 가면 여러 선주의 콜을 받고 동해안 일대, 즉 멀리 속초, 고성에서 울산 방어진까지 간다.

한 번은 다른 선박에 가기로 정해졌는데 현재 선박에 기관장이 정해지지 않았다. 그런데 선주에게서 배에 암모니아가 샌다는 연락을 받았다. 선박의 냉동기는 거의 암모니아 가스로 냉동하고 냉장고나 에어컨은 프레온 가스로 냉동한다. 프레온 가스는 소리와 냄새가 없고 대신 우리가 사는 지구의 빙하를 녹인다. 빙하가 녹으면 바닷물이 올라가고 인도양이나 태평양의 바닷물과 맞닿은 조그만 섬나라들은 나라 자체가 잠긴다. 지구의 오존층 파괴의 주범이 프레온 가스다. 폐냉장고나 에어컨을 함부로 버리면 안 되는 이유이다. 지구를 둘러싼 오존층이 태양의 복사열을 막아주는데 일부 오존층은 두께가 얇아져 구멍이 났다고 한다. 이런 상황이 지속된다면, 환경파괴로 인해 지구의 마지막 날이 올 수도 있을 것이다.

이런 상황을 예방하기 위해 그린피스 등 환경운동가들이 활동하고 있다. 특히 스웨덴의 청소년 환경운동가 그레타 툰베리(18세)는 환경운동가로 잘 알려져 있다. 전 세계에서는 프레온 가스 사용을 금지하는 추세다. 그런데 우리나라에서는 새로 건조되는 선박에 프레온 가스 냉동을 사용한다. 프레온 냉동은 자동으로 조종할 수 있는 장점이 있다. 옛날에는 다 암모니아 냉동을 했는데 암모니아는 거의 수동 조작을 했다. 고기가 많고 적음에 따라 밸브를 열었다 닫았다 할 수 있다.

이제는 기관장이 냉동기를 조작하는 시대가 지났다. 어획량만큼 자동으로 조종하면 냉동기가 알아서 그 타이밍에 정확히 냉동한다. 대신 프레온 가스를 사용하는 것이다.

선박에 암모니아가 샌다는 소식을 듣고 항구에 나간 적이 있다. 항구에 나가보니 응축기 암모니아 밸브에서 샜는데 이미 밸브가 얼어 얼음덩어리가 커다랗게 붙어있었다. 흑산도 홍어를 먹을 때 코가 막히면서 톡 쏘는데 그것이 암모니아다.

공업용 암모니아는 위험하여 두 모금 이상 마시면 정신을 잃는다. 그래서 가스가 있으면 선박이나 탱크로리 같은 곳엔 절대 들어가면 안 된다.

암모니아가 터지면 주변에는 온통 썩은 홍어 냄새가 나고 재래식 화장실 같은 곳에 맡는 냄새가 난다.

선상 생활

초창기 선장들은 무전기로 다른 선박을 부를 때 "너 위치가 어디고?" 하면 "예! 지금 감자밭에 있습니다." 하고 대답했다. 그러면 다른 선박은 "간밤엔 포도밭에서 작업하다가 문어 대가리로 이동 중입니다." 하면서 통신했다. 당시에는 전자식 위성항법장치가 없어 해양 지도를 보고 이야기하는데, 해양 지도에는 가로 세로로 선이 그어져 네모 칸이 수백 개 표시되어 있었다.

무선국과 대화할 때는 각 네모 칸마다 호출 번호가 있어 호출 표시로 해도상 위치를 알려주는데, 선장끼리 대화할 때는 늘 감자밭이 나오고 포도밭이 나왔다. 해양 지도의 바다 밑 해구 지형에는 감자모형의 해구가 있고 포도송이처럼 생긴 해구도 있었다. 수심 수천 미터 바다 밑의 지형도를 표시해 놓은 것인데 이제는 다 옛날이야기다.

지금은 2박 3일, 3박 4일, 목적지에 디지털 항적 표시만 해놓으면 자동으로 선박이 운행되는 시절이 되었다. 그렇더라도 항상 선장은 긴장해야 한다. 많은 선박이 들락거리고 서로 목적지와 방향이 다르기에 충돌사고가 일어날 수 있기 때문이다. 자동차도 졸음운전 하면 사고가 나듯이 선박도 선장이 졸면 사고가 난다.

디지털 기술은 날로 발전하여 충돌 각도가 되면 신호로 선장에게 알려주지만, 선장이 졸음으로 이를 인지하지 못하면 대형 사고로 이어질 확률이 높아진다. 다행히 상대 선박의 선장이 인지한다면 충돌을 피할 수 있지만, 충돌이 일어나는 경우의 수는 항상 존재한다. 그러니 선장은 운행에 신경을 써야 한다. 앉아 있으면 졸음이 오기 마련인데, 그렇더라도 졸면 안 된다.

항구에 있는 선박은 29t 이하가 많다. 29t이 넘으면 6급 선장과 기관장이 있어야 하고 중형선에 대한 세금 문제도 있어서 선주는 선박을 건조할 때 30t을 넘지 않으려 한다. 해양 장비는 첨단화되었지만 사고는 그 시절보다 더 많이 난다. 모두 자동화가 되었지만 편리함에 졸음운전을 하는 탓이다. 수동일 때는 두 눈을 부릅뜨고 조종을 했지만, 자동화는 사람이 조종하는 게 아니기 때문에 쏟아지는 졸음에는 대책이 없다.

항구 근처에서는 수동으로 변경해 항구에 들어와야 한다. 항구와 육지 근처나 섬 주위에는 눈에 보이지 않는 각종 암초가 많다. 파도가 조금 일렁이면 하얀 물거품이 이는데 물속에 있지만, 바위가 솟아있는 곳으로 잘 모르고 항해했다간 선박의 무덤이 될 수 있다.

기관장인 나는 시끄러운 엔진 소음 속에서도 선박 맨 앞에서 햇빛에 반사되는 무지개와 같은 물보라를 보며 쉬곤 했다. 어떨 땐 달리는 배와 경쟁하듯이 돌고래 수십 마리가 빙 둘러 따라오는 것을 보기도 했다. 그것을 보고 있노라면 세상 근심이 모두 사라지는 듯했다. 당시 나는 편안하게 생활했고 일은 자유로웠다.

한 번씩 선원의 일을 도우려고 나오면,

“기관장님은 주방에 가서 김치부침개나 좀 해주소.”

라고 했다. 밥하는 사람이 따로 있었지만, 나는 각종 간식을 만들어 수시로 선원들에게 주었다. 내 방식대로 호떡도 구워 주고, 밀가루 반죽을 묽게 하여 오징어며 각종 채소를 넣고 부침개도 자주 해주었다. 나의 요리는 군대 파견 시절부터 늘 해오던 터라 다양했다.

캐치라이트 불빛을 가려주는 두꺼운 FRP로 된 천장이 있어 늘어지게 잠을 잘 수도 있었다. 그런 행복한 순간을 방해하는 사람이 있는데, 바로 선장이다.

“기관장 나도 한숨 잡시다.”

하고 깨운다. 선장은 나를 제일 부러워했다. 그러면 선장과 교대해 준다. 선장을 대신해 운항할 때, 무전기의 출력은 약했지만, 다른 배와 통신했다. 거리가 멀면 중간에 선박이 받아 연결해 주었다. 예전에는 불가능했지만, 이제는 동해에서 무전기로 서해까지도 통화한다.

또 브릿지(운항지휘실)에 당직을 써도 심심하지 않다. 다른 배와 각종 이야기를 주고받았다. 진짜 중요한 이야기를 할 때는 별도의 채널로 통신했다. 지역마다 일반적으로 사용하는 채널이 있다. 부산 선박은 부산 선박 일반채널이 있고 속초는 속초대로 일반적으로 사용하는 채널이 있다.

가끔 선장끼리 통화하다가

"한숨 잡시다."

하고 나와 교대하면, 상대방 선장도 기관장을 바꾸어 준다. 그러면 또 다른 선박에도 기관장이 통화에 등장하여 기관장끼리 각종 이야기를 한다. 내게는 없는 부속이 상대방에 있는지 물어보는 등 서로 정보를 교환하는 것이다.

육지와는 다르기에 조그만 부속이라도 여러 선박이 공조해야 한다. 내가 없는 것이 상대방에게 있을 수 있고 상대방에게 없는 것이 나에게 있을 수 있다. 수백 척의 선박이 바다에 떠 있으니 필요한 모든 부품은 바다에 다 있다고 보면 된다. 때론 중요한 부품을 교환해야 할 때는 육지와 통화하여 기사가 와서 가르쳐 줄 때도 있다. 여러 선박의 기관장은 각종 부품을 바다에서 건네주고 받는다. 차량은 같이 주차할 수 있지만, 선박은 파도가 조금만 있어도 같이 붙을 수 없다. 일렁이는 파도로 살짝 부딪혀도 "꽈당"하고 어딘가 부서지는 소리가 들린다. 그래서 물건을 전달할 때는 줄을 이용한다. 가령 오일 같은 것이 장기 조업할 때는 모자랄 때가 있다. 그러면 플라스틱 부이에 줄을 묶어 바다에 빠뜨리면 다른 선박은 부이에 묶인 엔진오일을 들어 올린다.

육지에서는 항상 보는 선원을 바다에서 무선으로 만나면 정말 새로운 반가움이 있다. 동지애가 느껴지며 공동운명체 감정을 느낀다. 바다에서 비상 상황은 바로 목숨하고도 연결되기에 항상 선박은 단독 행동을 하지 않는다.

예전엔 30명이 하던 일이 요즈음은 모두 자동화되어 많은 선원이 배를 떠났다. 회사로 치면 부장급만 남고 다 사라진 셈이다. 그렇기에 바쁠 때는 선장, 기관장 할 것 없이 모두 다 출동해야 한다. 오징어는 올라오는 즉시 선원들이 담지만, 냉동실이나 저장실에 들어갈 때는 모두 힘을 보태야 한다.

조상기는 물속에서 천천히 감는데 거의 다 올라왔을 때쯤 줄이 터질 때가 있다. 물속에 조상기가 끌어올리지 못할 큰 고기가 있는 것을 의미한다. 어떨 땐 대왕 문어가 걸려 줄이 터지기도 한다. 팔뚝만 한 문어 다리가 하나 걸려 올라 올 때도 있다. 그럴 때면 줄에 묶어 기관실에 꾸덕꾸덕 말려 두었다가, 들어오고 나가면서 조금씩 칼로 베어 먹으면 이루 말할 수 없을 정도로 맛있다. 그러나 바다의 맛은 무엇보다 오징어 회로 즉석에서 만든 하얀 물회는 둘이 먹다 하나가 죽어도 모를 만큼 맛있다. 따로 반찬이 필요 없고 장기 어업 중에는 오징어 회에 고추장만 있으면 열 반찬 부럽지 않다.

오징어 회는 평생 먹어도 질리지 않고 뒤탈이 없지만, 다른 물고기는 여러 명이 먹으면 한두 명은 꼭 며칠 설사하고 복통이 와 고생한다. 고등어 회나 꽁치 같은 등 푸른 생선은 회로 먹을 때 조심해야 한다. 죽은 고기에 간을 맞혀 굽거나 찌개로 먹는 것은 괜찮지만, 회로 먹을 때는 조심해야 한다.

어부는 배탈 난 것을 '아다리' 되었다고 말하는데 한번 아다리 되면 일주일 정도 배가 아프고 설사를 한다. 그 때문에 나는 아예 등 푸른 생선은 먹지 않는다.

별별 선원과 아바이 마을

대화퇴 어장에서 조업할 때 갑판장은 일을 정말 잘하고 노련했으며, 조업 중에는 절대 술을 먹지 않았다. 술 창고 열쇠는 선장이 쥐고 있었다. 그런데 육지만 도착하면 갑판장은 하도 술을 많이 먹어서 마누라에게 멱살을 잡혀 배에 끌려 왔다. 나는 출항할 때는 항상 선장과 여러 이야기를 하는데, 선원의 특이한 점이 있으면 서로 의논하곤 한다.

선장과 이런저런 이야기 중에 갑판장이 술이 덜 깨 선실에서 자지 않고 어창 뚜껑 위에서 잠을 자고 있었다. 고기 저장실은 갑판보다 뚜껑이 30㎝ 정도 높으며 뚜껑은 혼자서 못 든다. 양옆에서 두 사람이 붙어야 겨우 들 수 있다.

저장실은 선수 쪽으로 1번, 2번, 3번 순서대로 브릿지(운항지휘실) 앞까지 있는데 뚜껑 위에는 제법 두툼한 담요가 깔려 있다. 나도 가끔 잠이 오면 시끄러운 기관실보다 그쪽에서 잠을 잔다. 여름철은 시원하고 누워만 있어도 잠이 절로 온다. 그리고 하늘을 보면 세상 편안하고 자유롭다. 언제나 그 자리는 내 자리로 담요는 항상 선원들이 수압 센 호스로 물을 뿌려 우리 집 담요보다 깨끗했다. 물기가 있으면 못 자지만 조금만 시간이 지나도 바싹 말라 버린다.

그런데 갑판장이 그 자리에서 잠을 자다 배가 잠시 흔들리니까 뚜껑 위에서 갑판으로 굴러떨어졌다. 술이 덜 깬 상태라서 잠결에 바다에 떨어진 줄 알고 갑판에서 헤엄을 치고 있었다. 선장과 나는 배꼽을 잡고 웃었다. 갑판장은 자기도 어이없어했다. 바다에 떨어진 줄 알고 헤엄을 치려고 하는데 몸이 말을 잘 안 듣더라고 했다. 그래서 코에 물이 들어오나 하고 숨을 살짝 들이켜 보았다고 흉내를 냈는데 배가 볼록 튀어나오는 모습이 더 웃겼다.

별별 사람이 다 있었다. 베트남 참전용사나 북파공작원 등 한때는 정말 세상을 주름잡았던 사나이들이 많았다. 나이가 들어 생활고에 시달려 배를 탈 수밖에 없는 마음 따뜻한 사람들도 많았다. 그 당시 뱃사람은 술을 많이 먹어 대부분 오래 살지 못했다. 나처럼 혼자 살았고 주로 가족이 없는 사람이 많았다. 나는 속초나 타 항구에 입항하면 선원들을 몽땅 데리고 그 고장의 맛집을 주로 갔다. 선원들은 본 선원들이 있고 일반 선원이 있다.

본 선원들은 멀리 항해할 때 당직을 섰다. 그 당시에는 수동이었기 때문에 물풍선을 올릴 때도 7~8명이 있어야 했다. 한 사람은 줄을 감고 물풍선은 반대로 뽑아야 하기 때문이다. 커다란 물풍선의 물을 빼면서 감아올리지만, 낙하산처럼 생긴 천의 무게가 상당하다. 빌딩 무게의 물을 안고 파도와 바람에 견디어야 하기에 엄청나게 질기고 튼튼하다. 현재는 전부 자동화되어 양마기로 감아올린다. 닻을 놓을 때는 천천히 물속에 빠뜨리면서 반대로 돌린다.

아바이 동네

속초 동명항에는 항공모함이 있다. 우리나라 최고의 자연재해 대피소며 자연재해 발생 시 입항하면 안전하다. 자연재해 때 대피할 수 있는 항구는 몇 군데 있다. 포항 동빈항도 자연재해로부터 최고로 안전한 항구다. 호남지역은 잘 모르지만, 전남 목포가 최고의 피양 항구라고 들었다. 이러한 항구는 대형폭풍이나 태풍이 오면 각지에서 피양을 온다.

자신의 위치에서 가까운 항구 쪽으로 대피하는데 옛날에는 부둣가에 도둑이 많았다. 특히 울릉도 선박은 포항 동빈항에 대피했는데 각종 무전기나 전자 장비를 몽땅 떼어 숙소로 가져갔다. 만만한 작업이 아니다. 하지만 도둑들이 많아 번거롭더라도 그렇게 했다. 해양 어탐기 등 각종 전자 장비는 개당 가격이 최소한 수백만 원이다. 전문 해상 절도단이 포항 동빈동에 있었다. 잃어버리면 몇백만 원이 날아가기 때문에 포항에 피양을 오면 장비부터 떼어 내는 작업을 했다. 한 번은 우리 배에도 도둑이 들었다. 우리 배 브릿지에 아무것도 없는 게 화가 난 절도단이 선박의 브릿지에 커다란 도끼를 찍어 걸어 놓은 적도 있었다. 그 후 오랜 수사 끝에 해상 절도단을 모두 체포했다는 소리를 들었다.

속초에서 건너편 아바이 동네에 가려면 빙 둘러 가야 하지만,

대개는 항공모함을 탄다. 항공모함은 쇠줄이 물 밑에서 바지선 위로 걸쳐 반대편으로 연결되어있다. 손으로 끄는 게 아니고 쇠줄을 끌어당기는 도구로 한다. 한 명이 해도 무겁진 않지만 일단 바지선에 탄 사람은 너도나도 갈고리를 들고 힘을 보탠다. 그것을 동명항 항공모함이라고 한다.

건너편에 있는 아바이 마을은 북한에서 피난 온 사람이 살았다. 피난 올 때 길어봐야 한두 달 있다가 다시 북한에 있는 고향에 갈 걸로 생각했다. 그래서 멀리 가지 않고 가까운 곳에 잠시 머물렀단다. 그 마을을 아바이 동네라고 부르는데 직접 피난 온 1세대 어르신들은 다 돌아가시고 현재는 Z세대가 자리 잡고 산다. 함흥냉면의 본고장이고 실제 함흥사람의 손맛이 있는 맛집이 있다. 속초에 가면 집마다 간판이 붙어있지만, 원조는 딱 한집이다.

그날 우리는 함흥냉면을 맛있게 먹었는데 맞은 편에 앉은 한 명은 입을 다물고 음식을 먹지 않았다. 끝까지 먹지 않고 입을 열지도 않았는데 식당을 나와 그 이유를 물어보았다. 그러니 자기 맞은편에 앉은 여성이 너무 예뻐 자기가 밥을 먹으면 아래위 쪽의 빠진 이가 보일까 부끄러워 먹지 않았다고 했다. 어이가 없었다.

우리야 나름대로 기술이 있고 이동해 봤자 같은 직종으로 이동하지만 일반선원들은 안 가는 곳이 없다. 여기서 조업이 끝나면 철마다 다른 곳으로 간다. 가령 꽃게잡이는 봄, 가을에 한다. 오징어 작업이 끝나면 겨울인데 겨울부터 작업을 시작하는 분야가 있다. 목포나 영광굴비 같은 종류는 겨울에 작업을 시작하여 봄에 끝이 난다. 영광굴비는 우리나라에서 사라졌는데, 지금은 사라진 굴비가 대규모 어군이 형성돼 어업성과가 좋은 선박은 몇 달 만에 30억 정도 어획고를 올리기도 했다.

그 지방에서 태어나 부모로부터 물려받아 어부가 되는 사람도 있다. 이러한 사람은 어민 후계자로 선택되고 고향에서만 해상 생활을 한다. 농사꾼이 농사하는 것처럼 어부는 바다에서 농사하는 것이다. 그 외 나처럼 사연은 각자 다르지만, 자유롭게 살고 싶은 사람도 있고 처음부터 어부가 아닌 각종 직업을 전전하다 생활고에 어부가 된 사람도 있다. 처자식 다 버리고 나와 생활하는 사람은 처음부터 어부가 아니니 태생 자체가 바다와는 관계가 없지만, 이 항구 저 항구 떠돌아다니는 사람도 있었다.

그 시절 선박에서 노인이 한 분 쓰러졌는데 선장은 놀라 내게 김 노인 숨을 쉬지 않는 것 같다고 했다. 내가 김 노인에게 인공 호흡을 시도했지만, 반응이 없었다. 그분은 자유롭게 인생을 수십 년 그렇게 사셨다. 영안실에 후손들이 몰려왔는데 현역 대령도 있는 등 유가족은 쟁쟁한 사람들이었다.

선장과 나는 유족에게 수없이 용서를 빌었고 유가족의 심한 항의를 받았다. 육지에서 생활하는 사람들은 선상 폭력에 대해 잘못 알고 있다. 실제로 그 당시에도 원양 선단은 선상 폭력이 심하게 있던 시절이었다. 하지만 김 노인은 폭력과 무관했다. 부검하니 선상 폭력의 흔적은 없고 지병으로 자연사한 것으로 판명되어, 우리는 유가족으로부터 자유로울 수가 있었다.

김 노인은 젊었을 때 바람을 피워 가족 모두에게 버림을 받았다고 했다. 수십 년 동안 그분은 소식이 없었다고 유가족이 말했다. 동기는 다르지만 나 또한 김 노인과 비슷한 처지로 동병상련의 아픔을 겪었다.

중국으로 넘어간 항공모함

항공모함하면 떠오르는 것이 중국으로 넘어간 항공모함에 대한 것이다. 지금 중국은 항공모함 기술을 확보했고 이제는 틀에 찍어내는 수준으로 항공모함을 생산하고 있다. 항공모함에서 미국은 중국을 감당하지 못할 수도 있는데, 이 모든 상황 또한 미국과 일본이 자초한 일이다. 예전 중국은 항공모함 기술을 갖는 게 꿈이었다.

소비에트 공화국이 해체되고 우크라이나가 독립했다. 그 당시 독립한 나라들은 물자와 자산 모두 독립국 안에 있는 것은 그 나라의 자원으로 하기로 소련과 합의했다. 당시 우크라이나는 이천 개가 넘는 핵탄두가 있었고 미국이 제일 난리가 났다. 핵탄두를 소련에 넘겨주라는 것이다. 미국은 영국과 프랑스와 연합해 우크라이나를 달래고 협박했다. 핵을 러시아에 넘겨주면 자신들이 핵우산이 되어 주는 것은 물론 경제를 재건해 주겠다고 약속했다. 우크라이나는 핵탄두를 모두 러시아에 넘겨주었다.

당시 우크라이나의 크림반도 세바스토폴 항구에는 낡은 항공모함 두 척이 있었다. 그것을 우리나라 중소기업이 고철값으로 사들여 부산항 남천동 이기대 앞에 띄워 놓았다. 그리고 세바스토폴 도크에 아직 완성하지 못한 항공모함이 한 척 있었다. 이 항공모함은 소련 시절 건조 중인 것으로 소련 경제가 악화하여 건조가 중단된 상태였다. 오랜 시간 지나니 항모 전체가 녹이 슬어 우크라이나 역시 감당이 안 되었고 고철로 팔아야 할 실정이었다.

우리나라 중소기업은 협상에 들어갔고 이 정보는 일본을 통해 중국에 알려졌다. 또한, 일본은 한국 부산 앞바다에 소련의 항공모함 두 척이 정박해있는 것을 연일 보도하며, 한국이 항모 기술을 손에 넣었다고 난리를 떨었고 미국은 침묵했다.

당시 우리 정부가 조금만 귀를 기울였어도 항모가 중국 쪽으로 흘러가지 않았을 것이다. 당시 노태우 대통령이 한참 북방 정책을 펴던 시기였고, 대우의 김우중 회장이 지금의 폴란드, 카자흐스탄, 우즈베키스탄을 공략 중이었다. 김우중 회장은 폴란드에 직접 자동차 공장을 설립했다. 그것에 발맞추어 우리나라 중소기업도 북방경영에 참여했다. 그러던 중 중소기업 하나가 우크라이나 중고 항모를 군사용이 아닌 고철로 수입한 것이다. 항모 기술의 최고는 제트엔진에서 나오는 수천 도의 열을 견딜 수 있는 신소재이다. 2차 세계대전 때는 항공모함이 전투기나 각종 비행체가 글라이더 형식이었고 갑판은 그냥 철강이면 되었지만, 지금은 제트엔진의 높은 열을 견뎌야 한다.

지구상에 항모 기술을 가진 나라가 몇 개국밖에 없는 이유는 제트엔진에서 나오는 고온의 열을 견딜 수 있는 갑판에 깔 신소재를 개발할 수 없기 때문이다. 중국은 꿈에 그리던 함모 기술을 놓고 흥분했고 바다에 띄워 놓고 해상 카지노로 사용한다고 민간 업자를 내세워 금액도 우리나라보다 몇 배나 비싼 값으로 제시했다. 결국 항공모함은 일본의 격렬한 소동 끝에 중국으로 팔려나갔다. 중국의 숙원 사업인 항공모함 기술을 통째로 얻게 되었다. 중국은 각종 부품을 직접 보고 연구하여 항모 기술을 마스터했다. 사 온 항공모함은 손보고 말고 할 것 없이 랴오닝 항공모함으로 탄생했다. 중국은 랴오닝 항공모함을 통해 모든 기술을 익혔고 그다음부터는 항공모함을 막 찍어내기 시작했다. 중국의 모든 정책은 더 강력해졌고 군사력이 뒷받침되어 이제는 태평양으로 나갈 준비를 하기 시작했다. 대만 상공 위로 노골적으로 중국의 전투기가 날아다니고 있다.

일본의 센카쿠 열도 역시 바람 앞에 등불이 되었다. 일본은 미국의 바짓가랑이를 잡고 늘어지고 있다. 항공모함에 대한 미국의 기술 우위는 옛말이고 중국은 수적으로 미국을 압도하는 시대가 왔다. 차츰 미국은 중국을 부담스러워하기 시작했다. 일본의 군비확장에 찬성하는 것도 중국의 군사력이 버겁기 때문이다. 언젠가 미국은 세계의 경찰이라는 지위를 잃어버리게 될 것이고 자신들의 최고의 기술인 시스템 반도체 역시 통째로 중국 손에 들어갈 시간도 얼마 남지 않았다.

미국은 언젠가는 지구상에서 가장 막강한 15억 인구의 중국을 상대로 전쟁할 수도 있다. 중국의 피해도 크겠지만, 미국도 수만 명의 병사를 잃을 것이다. 대만에 투자한 TSMC를 미국은 몸소 지켜야 할 상황이다. 아마 베트남전과 아프간 전쟁보다 더 끔찍한 전쟁을 미국은 할지도 모른다.

울릉도에서의 삶

명이나물과 와사비(고추냉이)

울릉도 나리 분지에는 지금은 대여섯 가구가 살지만, 옛날에는 수백 명이 살았다. 울릉도 유일의 화산 분화구고 그 옛날에는 호수였지만, 이제는 그 섬에서 유일한 평지인데 식당이 들어서 있다. 각종 산나물과 희귀성 식물이 자라기에 천혜의 조건을 갖춘 곳이다.

고깃집에 가면 명이나물이 고기와 함께 나온다. 울릉도는 그 나물의 주산지이다. 나리 분지 성인봉 아래에 가면 백 리 밖에서도 향이 난다는 섬백리향도 있는 등 말 그대로 자연의 보고다.

섬 곳곳에 명이나물이 깔려 있지만, 단시간에 많은 양을 채취하려면 나리 분지 성인봉 안으로 가면 된다. 그곳은 명이나물이 숲으로 이루어져 있다. 주민은 뿌리째 절대 캐지 않는다. 명이나물 명성이 전국에 알려지고 난 뒤 여름 명이 철에는 관광객을 위장한 명이나물 채취꾼이 엄청 많았다. 그들은 커다란 자루에 몇 자루씩 여객선을 통해 밀반출했는데 아예 뿌리째 뽑아갔다.

명이나물을 자신의 밭에 옮겨 심어 키울 목적이었는데, 어떤 곳도 성공하지 못했다. 그런데 농촌지도연구소에서 연구하여 인공 재배에 성공했다. 지금은 전국에서 명이나물을 재배한다. 깻잎처럼 각 식당에서 사용하지만, 정작 울릉도에는 명이나물이 씨가 말랐다. 울릉도에서는 단속을 강화하고 밀반출을 막았지만, 명이나물은 거의 멸종됐다. 지금은 전국 아무 식당에 가도 명이나물 반찬을 맛볼 수 있다. 또 하나 우리가 알고 있고 널리 쓰이는 와사비라는 말은 일본말이며, 우리나라 말은 고추냉이이다. 그런데 와사비, 즉 고추냉이의 원산지는 일본이 아니라 울릉도이다. 그런 사실을 아는 사람은 드물다.

내가 그 섬에 살 때만 해도 삼겹살을 와사비 잎으로 쌈을 싸서 먹었는데, 이제는 고추냉이도 울릉도에서 거의 사라졌다. 먹다 보면 고추냉이 잎사귀에서도 약간 톡 쏘는 맛이 있었다.

어민 후계자 지원

우리 젊었을 때는 어민 후계자 자금이 700만 원이었다. 어민 후계자로 선정되면 700만 원을 정부에서 저금리로 융자를 해 줬다. 하지만 700만 원으로 할 수 있는 일이 없었다.

당시 울릉도에는 조업을 마치면 선박이 크든 작든 항구 안 복판에 닻을 내려 계류하면 옆에 선박 역시 닻을 내려 계류하고 선박끼리 수십 척 매달아 놨다. 당시 동네의 잘 아는 형은 어민 후계자였다. 정부 자금 700만 원으로 발로 조종하는 조그만 선박을 사서 항구에서 택시처럼 운행했다. 항구 중간에 계류된 선박은 수시로 사람이 왔다 갔다 보살펴야 한다. 물은 얼마큼 들어왔는지 물이 제법 보이면 낮에는 해양 경찰이 보고 있으니 기관장들은 밤에 택시를 불러 자동 양수기를 돌려 물을 퍼냈다. 나하고 제일 친한 형으로 서로 일할 곳을 소개하고 소개받고 하는 사이다. 잘 모르는 기관장끼리 인수인계하는 것보다 친한 사이면 그만큼 편리하다. 그래서 될 수 있는 한 기관장끼리 친한 사이끼리 인수도 하고 인수도 받고 한다.

그날 낮에 배에 들렀다가 제법 물이 많이 들어와 밤에 다시 오기로 하고 집에 갔다가 밤에 항구에 그 형의 택시를 불러 선박으로 갔다. 당시 울릉도는 육지와 달라 겨울 폭풍이 와서 항구 밖에 파도가 엄청나게 치면 항구 안에도 울렁거린다. 선박이 몇 척이 울렁거리기 시작하면 매단 배 수십 척이 울렁거리는데 선박끼리 부딪치기도 한다. 배마다 크기가 다 다르고 각자 묶은 줄도 거미줄처럼 처져 있고 선박들이 울렁거리기 시작하면 줄들도 늘어났다 줄어들었다 하고 상당히 위험하다.

수십 척이 몽땅 모여있으니 자신의 선박에 가다 출렁이는 줄에 발목이 감긴 선원도 있었다. 줄은 힘을 잔뜩 받은 상태에서 허벅지까지 올라갔다 내려갔다 하면서 다리에 살점은 몽땅 훑어 버렸다. 몇 시간을 버텼으니 얼마나 아팠고 고통스러웠을까. 그를 헬기로 포항 기독교 병원에 수송했고 한쪽 다리를 절단하는 수술을 받았다.

요즘엔 어민 후계자 자금이 3억이란 소리를 들었다. 나이가 재산이고 나이만 젊으며 자신이 할 생각만 있으면 정부 융자금 3억을 받을 수 있다. 3년이나 5년이 지나면 전업 자금 5억이 또 나온다. 작은 선박을 몇 년 하여, 배를 좀 키우고 싶은 사람이 신청하면 어민 후계자 중에서 선정하여 정부가 지원해 주는 것이다. 농촌지도소 역시 마찬가지로 젊음이 재산이고 농촌 지도자로 선정되면 정부 지원금이 상당하고 영농 기술도 가르쳐 준다. 아무 지식이 없어도 젊음이라는 재산이 있으면 국가에서 기술지원까지 해주고 돈도 주고 하는 시대다. 요즘 젊은이들은 정말 좋은 세상에 살고 있을 거라고 생각되지만, 그들도 그들 나름대로 고민이 있을 것이다.

선원 생활과 문화

사무장 이야기

그 시절 사무장은 선주와 계약하고 선원을 모집하는데 선원 모집에는 가불금이 필요하다. 사무장은 선주에게서 선금으로 일정 금액의 돈을 받아 운영하지만, 선원을 모집하려면 당시에는 돈이 수천만 원씩 들었다. 나는 사무장을 모두 알고 있었지만, 다 집을 팔고 땅을 팔고 논을 팔았다. 사무장 하면서 돈 벌어 집 샀다는 소리를 들어본 적이 없다.

오징어 철이 끝나면 어떤 사무장은 전국에 돈을 받으러 다녔다. 가서 돈을 받아오는 게 아니고 오히려 돈을 주고 올 때가 많았다. 그 시절에는 다 어려운 환경에 겨우 살아가는 사람이 많았다. 사무장을 하려면 주먹도 있어야 하고 선원들도 꽉 잡고 있을 정도로 힘이 있어야 했다.

가만히 잘 있다가 출항할 때 숨는 사람도 있었다. 술집의 술값에 붙잡혀 있는 사람도 있고 이참에 밀린 외상값 모두 받으려고 술집 주인이 붙잡고 있기도 했다. 어떨 때는 파출소에 잡혀있는데 사무장이 어김없이 데려왔다. 사무장은 그 지역 파출소 하고도 유대관계가 있고 큰 죄를 지으면 안 되지만, 웬만하면 사무장이 오면 풀어주었다.

사무장은 선원 수십 명을 직접 통솔해야 했다. 출항할 때는 배마다 사무장에게 빰 맞는 소리가 들렸다. 말썽 많은 선원은 사무장에게 혼이 났다. 전국에 난다 긴다 하는 말썽 많은 사람을 통솔하기란 쉽지 않은 일이었다. 때론 교도소에서 갓 출소한 사람도 있었다. 전과 몇 범 정도는 아무것도 아니었다. 많은 선원이 교도소 출신으로 사무장은 이미 한 사람당 수백만 원 가불금을 깔아놓은 데다 질이 좋지 않은 사람은 타 선박에서도 돈을 갖다 쓰기도 했다. 그만큼 사무장은 골치 아픈 직업이었다.

선장과 다방문화

당시 선장들은 항구마다 여자들이 있었다. 성수기 때 어창 가득 고기가 채워지면, 제일 가까운 항구로 들어간다. 주로 속초항에 입항했는데 속초에서 위판하는 게 아니고 선주가 대형 냉동차를 여러 대 몰고 와 고기를 가져간다.

고기를 냉동 트럭에 실어 보내고 나면 아무리 빨리 바다로 다시 나가도 일주일은 걸린다. 배의 이상 유무를 점검해야 하기 때문이다. 그동안 선장은 한복 마담과 아가씨들에게 둘러싸인다. 당시엔 항구마다 한복 마담들이 아가씨를 수십 명씩 데리고 있었는데 아예 선장의 무릎에 아가씨가 앉아 있기도 했다. 어떤 선장은 아예 항구마다 자식이 하나씩 있을 정도로 여자관계가 복잡했다.

배가 항구에 들어오면 기관장은 굉장히 바쁘다. 성수기이고 돌려치기로 바로 조업을 나가려면 엔진 곳곳의 문제를 점검해야 하는데, 기사 부를 시간조차 없어 기관장이 직접 점검했다. 고기가 비워진 어창마다 파이프에 얼음이 붙어있어 얼음부터 제거해야 했다. 천장, 벽, 할 것 없이 얼음이 잔뜩 얼어있다. 얼음을 빨리 녹여야 출항 준비를 할 수 있다. 기관장은 콜라 한 잔 먹을 시간이 없다.

그러면 선장이나 갑판장은 고생하고 있는 기관장을 비롯한 일하는 사람에게 아가씨를 시켜 음료수를 배달해 주었다. 기관실 안에서 일하고 있으면 아가씨가 목이 터지게 불러도 들리지 않는다. 그만큼 소음이 컸다. 지금은 그 많던 항구의 한복 마담이나 아가씨가 다 사라졌다. 다방문화가 사라진 것이다. 개인적으로는 그때 그 문화가 좋았다. 요즘 젊은 사람은 카페 문화에 신세대 생활을 즐기지만, 우리 세대엔 다방문화가 전국에 있었다. 어디를 가도 쉴 수 있고 반기는 여성이 있었다.

어떤 여자는 좋은 뱃사람을 만나 살림을 차렸고 어떤 한복 마담은 선장하고 살림을 차리기도 했다. 나하고 러닝메이트로 같이 발령을 받은 선장이 한 사람 있었다. 그 선장은 당시 여인숙을 운영하고 있었는데 바다에 갔다 왔다 하는 사이 부인이 젊은 놈과 바람이 났다. 그 선장은 포항에서 조개구이집을 하는 여자와 재혼했다. 그 여자에게는 장성한 아들이 있었는데 의붓아버지를 아버지처럼 대했다. 그 형님(선장)은 포항에서 폐암으로 돌아가셨다.

나는 당시 한창 때였고 한 번씩 부둣가에 나오면 그 형수는 잠바 지퍼도 올려주고 마스크도 씌워주곤 했다. 형님이 형수에게 전화하면 아들이 부둣가로 달려 나왔다. 봄철에 선박이 있는 부둣가는 각종 그라인더가 돌아가고 한쪽에서는 용접했다. 그것은 폐암 환자에게는 치명적이었다.

섬의 다방 아가씨

나는 동해에서만 수십 년간 생활하고, 그 외 다른 쪽은 가본 적이 없다. 그런데 선원들은 동해에서 작업이 끝나고 인천 연평도 꽃게 철이 되면 그쪽도 가고 조기철이 되면 목포에도 갔다. 선원은 전국에 안 가는 곳이 없었다.

흑산도는 남해와 서해의 어업 전진기지로 동해의 울릉도처럼 선박이 한 번씩 들리는 곳이다. 선원들은 흑산도에 가면 아는 여성이 많다고 한다. 동해에서 곱게 한복을 입고 장사하던 한복 마담들이 거의 흑산도에 가 있다는 것이다. 흑산도는 유흥업소 여성의 마지막 코스로 빚이 많아 해결이 안 되면 흑산도로 팔려 갔다. 흑산도 아가씨 노래도 있고 영화도 만들어졌다. 유흥업소에 전전하다가 한번 흑산도에 팔려 가면 그 순간 흑산도를 떠날 수 없다. 뱃사람들이 들어오면 그 파트너 뱃사람이 출항할 때까지 아내 역할을 했다.

동해에서 선장의 팔짱을 끼고 사랑을 속삭였던 한복 마담도, 일부는 시집을 간 여성을 제외하고 마지막 행선지는 흑산도행이었다. 흑산도에는 여성만이 거주하는 마을이 있다고 한다. 왕년에 잘나갔던 유흥가 여성으로 젊었을 땐 육지로 나오지 못한다. 선착장에 기웃하지도 못하게 지역 건달과 업소는 유착되어 있다. 그러다 늙으면 육지로 나가봐야 할 일도 없고 그냥 정도 들어 흑산도에 눌러 앉아 살았다.

울릉도 역시도 다방 아가씨는 자기 멋대로 선착장에 기웃거리지 못한다. 아가씨가 몇 시간 이유 없이 없어지면 업주는 사진을 지역 건달에게 준다. 그러면 지역 건달은 단번에 찾아낸다. 만약 숙박업소에서 감추어주거나 가르쳐주지 않으면 지역 건달에게 커다란 봉변을 당한다. 그들은 선착장까지 모두 연결되어있다. 흑산도처럼 심하진 않지만, 여성의 섬 생활은 위험하다.

홍게잡이와 바다 오염

선상 생활을 오래 하다 보면 분야는 달라도 조업 방식 등을 자동으로 알게 된다. 바다에 있다 보면 한 번씩 다른 선박을 만나는데, 특히 홍게잡이 배를 작업 중에 만나면 제일 반갑다. 홍게잡이는 속초에서부터 주문진, 동해, 후포, 영덕에 있다. 영덕 하면 영덕대게를 떠올리는데 영덕에는 항구가 없다. 영덕 군내에는 강구항이 있고 바로 밑에 작은 항구가 있는데 바로 영덕 대게의 본고장이다.

울진 대게도 있는데, 울진 역시 항구가 없고 울진군 내 죽변항과 후포항이 있다. 이후 후포항이 홍게잡이와 울진 대게잡이의 본고장이 되었다. 후포항에는 왕돌초라는 거대한 돌 바위가 넓게 깔린 천연의 바다 생물 산란장이 있다. 왕돌초는 후포항에서 뱃길로 1시간쯤 올라가면 있는데 평상시에는 맨눈으로 잘 볼 수 없다. 거대한 암초가 넓게 퍼져 있는데 잘 모르고 항해했다간 선박의 무덤이 될 수 있다. 파도가 조금만 쳐도 하얗게 물보라가 이는데 넓게 퍼진 바위섬이 조금씩 보일 때도 있다. 어종은 달라도 대부분 선장과 기관장은 왕돌초를 잘 알고 있다.

홍게잡이 배는 어느 지역 선박이든지 만나면 대박이다. 자기들은 오징어가 먹고 싶고 우리는 홍게가 먹고 싶다. 가까이 가면 미리 준비하고 있다. 노련한 갑판장이 선박이 부딪치지 않게 가까이 접근하면 그들은 50㎏짜리 바구니 통째로 넘겨준다. 그들이 넘겨주는 홍게는 특별히 살이 꽉 찬 홍게로 따로 챙겨둔 게이다. 우리도 오징어 몇 개 덩어리를 던져주는데 어떨 땐 첫 조업 가던 중에 고기가 없어도 홍게잡이 배를 만나면 커다란 바구니 채 넘겨주기도 한다. 온종일 질리도록 홍게 매운탕도 먹고 홍게 라면도 끓여 먹곤 한다.

선박을 수리할 때는 주로 울진 후포 조선소에서 많이 하는데 강구에도 수리 조선소가 있다. 그 지역 사람은 홍게 다리 하나만 딱 뜯어 먹어 보면 이것은 누구네 홍게네 할 정도로 맛을 안다.

홍게 등 갑각류는 껍데기 허물을 벗고 탈피하는데 그 과정에서 살이 차고 몸집이 커지며 모든 게가 똑같다. 동시에 허물을 벗는 것이 아니다. 육지에 산이 있고 계곡이 있는 것처럼 바닷속에도 계곡이 있고 산이 있다. 지형지물에 따라 육지의 동식물이 살아가듯이 각종 어패류가 바닷속 지형에 맞게 살아간다. 가령 가자밋과의 돌가자미가 있다. 우리 선원들은 이시가리라고 부르는데 껍질이 울퉁불퉁하고 2㎏짜리 정도 횟집에서 먹으려면 아무리 못 잡아도 50만 원 정도 한다. 그러나 이 돌가자미 2㎏짜리가 올라오면 선원들은 칼로 목을 쳐 죽여버린다. 팔지 않고 자기들이 먹는다. 횟집에서는 얇게 썰어 주지만 선원은 그렇게 먹지 않는데 손가락 굵기만큼 썰어서 먹으면 우두둑우두둑한다. 그러한 고급 어종은 팔아 봐야 중개인만 좋을 뿐 차 떼고 포 떼고 선원에게 돌아가는 것은 버스비도 안 되니 차라리 고급 어종은 몽땅 자신들이 먹어버리는 것이다. 대게도 진짜는 선원들이 먹어버린다.

홍게잡이는 한번 자리를 잡으면 1년 열두 달 옮기지 않는다. 선원의 전 재산이 바다 밑에 있는 것이다. 바다 밑에 열 틀의 어장이 있다고 치면, 한 틀에 일억이면 10억 이상의 재산이 바닷속에 있지만, 정작 선주는 자신의 어장이 어디에 있는지 모른다. 홍게 어장은 옮길 수가 없다. 타 조업은 부실하면 어장을 빼 다른 데로 이동하지만 홍게잡이는 대부분 수심 1,000m가 넘는 곳에 어장이 깔려 있다.

가령 수심이 일천 미터면 줄은 세 배는 되어야 한다. 홍게 통발을 놓으면 조류에 줄이 짧으면 통발이 들릴 수가 있기에 넉넉하게 줄을 풀어야 한다. 물속에 50m에 하나씩 통발을 놓는데, 이런 방식으로 한 틀에 450개의 통발이 들어간다. 통발 한 틀을 배에 당겨 실으면 배가 잠길 정도다. 어떠한 상황이 와도 옮길 수 없고 몇 년에 한 번씩 돌아가면서 줄만 새 줄로 교환한다. 홍게 통발을 처음 당겨 보면 20개나 30개 정도는 빈 통발이 올라온다. 삼천 미터나 줄을 넣어도 조류에 부이가 밀려 물속의 일부 어장이 들린 것이다. 그만큼 바다 조류는 세게 흐르고 어떤 곳은 흐르지 않고 정말 알 수가 없다. 한쪽의 부이가 잠기거나 보이지 않으면 반대쪽 부이를 찾아 작업한다. 남, 북 양쪽에 항상 있다. 그래야 상선이나 배의 스크루에 한쪽이 끊어질 때 반대쪽을 끌어 올릴 수 있는 것이다. 가끔 일본 통발을 한 번씩 볼 때가 있는데 일본 어선의 홍게 부이는 쇠사슬로 되어 있다.

각종 스크루에 부이가 끊어지는 것을 방지하기 위해서인데 가령 양쪽이 다 안 보일 때가 있으면 그야말로 골치 아픈 상황이 발생하는데 자주 이러한 일이 일어난다. 무게가 1t 정도 되는 대여섯 개의 갈고리가 있다. 그런 상황이 오면 홍게 통발의 위치 표시의 중앙에 빠뜨려 끌고 다니는데 100%로 찾아 원위치시킨다. 대부분 홍게 통발어선은 지금은 FRP 어선으로 탈바꿈했고 모두 다 100t급이다. 통발 한 틀만 배에 실으면 앞뒤 양쪽 모두 브릿지가 보이지 않을 정도로 짐이 많다. 줄만 해도 양쪽 6,000m고 50개 간격이 450개의 통발이 있으니 20,000m의 줄이 넘는다. 홍게잡이 어장은 수십 년간 선장의 노하우로 자리를 잡아 놨기 때문에 건졌다 올렸다만 할 뿐 이동하지 않는다. 한쪽의 부이를 잡고 어장이 다 올라오면 반대에 있는 줄은 올리지 않고 올라온 순서 반대로 투망한다.

홍게잡이는 선장 기관장 빼고 총 13명이 작업에 참여한다. 한 명은 밥하는 선원이고 12명이 3개 조로 8명이 작업하며 4명은 잔다. 한 틀이 끝나면 다음 4명은 자고 8명이 작업하고 24시간 돌아가는데 낮과 밤이 없다. 선장은 선원이 어장 부이를 잡으면 그대로 잔다.

한 틀 작업하기 시작하면 최소한 사고가 없어도 4시간이 걸린다. 밥하는 선원은 하루에 6번 밥을 하는 것이다. 통발이 물속에서 조류에 물이 뜰 수 있기에 부이 양쪽 끝에는 100kg짜리 돌멩이가 몇 개씩 달려있다. 투망 중에는 커다란 돌멩이가 공중으로 막 날아다닌다.

후포나 강구에서 통발에 종사하는 사람은 그 당시에도 60세 이상으로 젊은 사람이 없었다. 일하는 모습은 젊은 시절 때부터 해오던 일이라 노련한데 자세히 보면 전부 손가락이 한마디씩 없다. 한두 사람이 아니고 울진 후포나 영덕 강구항에 나이가 많은 사람 중에 손가락 한두 마디가 없으면 전부 다 홍게잡이 선원이거나 과거에 홍게 통발 선원이다. 손가락 한두 마디가 없는 것에는 이유가 있다. 갑판 앞쪽에는 유압식 커다란 윈치가 있고 이 윈치는 물속의 거대한 무게의 수압을 받고 올라오는 통발을 끌어올린다. 워낙 줄이 굵고 길어 완전 실타래로 엉켜 올라올 때가 있다. 그러면 물밑에는 엄청난 압력의 통발이 수백 개 달려있고 실타래 덩어리는 윈치에 감기지 못한다. 그럴 때 방법이 있다. 물속에서 통발이 올라오는 옆에는 스테인리스 고리가 달려있다. 실타래로 엉킨 줄의 조그만 빈틈에 스테인리스 고리를 넣어 윈치를 조금씩 감으면 팅 하고 줄이 빠져나온다. 그런 식으로 하나씩 한 고리씩 엉켜있는 고리를 풀어나가는데 24시간 완전 가동에다 잠은 오지 엉킨 줄에 스테인리스 고리만 넣어야 하는데 자기 손가락도 같이 넣는 것이다. 윈치를 조작하는 사람 역시 잠은 오지 상황을 보지 않고 그냥 작동하고 줄이 빠져나오면서 손가락이 뚝 떨어져 나오는 것이다.

바다 밑 지형지물에 따라 홍게살이 차는 시기도 틀리고 맛도 다른데 이것은 그쪽 지방 사람만이 안다. 우리는 아무리 보아도

이 집과 저 집 홍게 맛이 그 맛이 그 맛이다.

오징어 배 선장도 그렇지만 홍게잡이 배 선장도 한해가 지나면 옮겨 다니는데 선장이 옮기면 갑판장과 모든 선원도 옮겨 다닌다. 선장은 은퇴하거나 또 한 명의 선주가 홍게잡이를 준비하면 자신의 갑판장에게 물려준다. 일단 항구에 들어오면 모든 지휘는 갑판장이 하고 작업준비를 해놓고 선장에게 작업준비가 다 되었다고 보고한다. 홍게잡이는 과거 일본 사람에게 배운 대로 한다. 작업하면서 선장은 선원을 위해서 수심이 낮은 4~500m에 홍게 한두 틀을 깔아둔다. 그곳은 양은 적어도 대게 못지않게 살이 꽉 찬 홍게로 맛 또한 대게 못지않다. 홍게는 수심이 깊을수록 살이 없고 껍데기뿐인데 모두 공장으로 가기에 질보다는 양으로 승부한다. 홍게가 주산지인 항구에는 아주머니들이 파는 홍게를 볼 수 있는데 바로 선장이 선원을 위해서 수심이 얕은 곳에 깔아둔 그물로 잡은 것이다. 선장은 공장으로 보내지 않고 선주 또한 관여하지 않는다. 한두 틀 당기면 제법 돈이 되는데, 선장은 홍게 도매상에게 넘기고 돈이 들어오면 선원에게 나누어 준다.

홍게잡이를 오래 한 선장은 그 지역의 홍게 자리를 다 알고 있다. 이 집에 있다가 저 집 선박으로 이동하면 저 집 홍게잡이만 해야 하는데 지금 자리에 양이 시원치 않으면 작년에 작업하던 선주집의 홍게를 당기고 그대로 투망한다. 선원과 갑판장은 알고도 모른 체한다. 그런데 한 번은 어떤 이유에서인지 선장과 갑판장 사이에 불화가 생겨 그 사실을 폭로해버린 적이 있다. 그 지역에선 난리가 났다. 대부분 홍게 선주들은 그 지역 유지이고 가만있을 리 없다.

이 모든 일은 오래전부터 선장끼리 해 오던 관습으로 저쪽 집 홍게의 살이 꽉 찰 시기를 알고 있으니, 다른 지역 선장에게 돈을 받고 좌표를 팔고 사기도 했다. 그 지역뿐 아니라 홍게에 종사하는 사람 모두 조사를 받았다. 선장들 일부는 재판을 받고 구속되었다.

우리나라는 영덕대게의 주산지로 옛날부터 유명했다. 영덕대게는 크다고 대게가 아니고 대나무 마디를 닮았다고 대게라고 했는데 진짜는 손바닥에 올리면 손이 쭉 쳐진다. 제법 무게가 나가고 딱 보면 다르다. 영덕대게는 수족관에 오래 두면 살이 찌기도 하고 빠지기도 한다. 지금은 우리 주변에서 볼 수가 없고 가끔 강구항에서 일본 쪽으로 불법 조업을 나간다.

그물을 일본 쪽에 한 3㎞ 정도부터 깔아놓고 부표는 우리 한국 영해에 표시하는 것이다. 일본 순시선은 이들을 잡으려고 엄청나게 단속하지만, 날씨가 좋으면 작업을 나가지 않고 날씨가 나빠 폭풍 경보가 떨어지면 어장을 당기러 나간다. 그물의 양쪽 줄만 남기고 그물 살은 아예 잘라 버리는 것이다. 고기는 항해 도중에 한 마리씩 벗겨낸다. 그물 살은 모조리 바다에 버리고 온다. 해양오염의 주범은 그런 어민이고 그들의 생활 터전을 그들이 스스로 망치는 것이다.

생태계에 영향을 주지 않는 배가 바로 오징어 채낚기 어선이다. 고기가 많든 적든 한 마리씩 건져 올리는 방식이고 통발 역시 마찬가지다. 해양 생태계에 영향을 주지 않고 자기 스스로 들어온 고기를 포획하는 방식으로 일본 사람은 그 두 가지 방식 외에는 사용하지 않는다. 한국은 중국을 욕할 자격이 없고 중국 다음으로 해양 생태계를 최고로 오염시키는 국가다. 우리나라 해안가 전체를 둘러보면 그물 손질하는 모습을 항구마다 볼 수 있는데 바다 밑에는 폐그물이 어마어마하게 버려져 있다. 언제 독도 부근에서 작업할 때 상어가 폐그물에 온몸이 감겨 돌아다니는 것을 보았다. 그물을 사용하는 것에 대해 정부는 지금이라도 대책을 세워야 하지만, 불가능하다. 그 이유는 우리나라에서 정치하는 사람은 바닷가 어민의 상황을 알지도 못하고 알려고 하지도 않는다. 통발 조업방식은 바다 생태계에 지장이 없다. 가령 낚시가 끊어질 때가 있는 것처럼 통발 역시 떨어져 나가기도 한다. 그 통발이 바닷속에 뒹굴어 다니지만, 생태계에 영향을 주지 않는다. 고기는 스스로 나갔다 들어왔다 하기에 바다 밑의 지형을 바꾸거나 하는 일이 없다. 그런데 폐그물이 버려지는 상황이 지속되면 물속 생태계는 파괴된다. 이 문제를 풀 수 있는 책임 있는 기관이 나서야 한다.

정보부 출신 선주

나는 선원 생활에 적응했고 다른 직장생활은 생각지 않을 정도로 연봉 또한 괜찮았다. 늘 위험한 조업을 해야 했지만, 직장 상사가 없다는 장점이 있었다.

언젠가 동빈동 부둣가에서 출항 준비로 일찌감치 일을 벌였는데 선장이 와서 선주가 바뀌었다고 했다. 즉 배가 팔렸다는 것이다. 나는 하는 일을 중지했다. 선박이 팔렸으면 미리 우리한테도 말을 해주어야 하는데, 정말 어처구니가 없었다. 저녁에 그 선주가 우리에게 정식으로 인사를 했다. 그 선주는 오랜 직장생활을 하다 낚시가 좋아 전국으로 돌면서 세월을 보내다 오징어 배에 관심이 생겨 한 번 해보기로 했단다. 우리는 처음 그분의 출신이 궁금했다. 우선 말씨가 서울 말씨였고, 선박의 첫 출항 때는 선주에 따라 다르지만, 돼지 대가리 정도 올리고 제사를 지내는데 어떤 선주는 아예 스님을 초청해 몇 시간 목탁을 두드리고 음식을 준비한다.

우리 선장과 기관장은 절을 수만 번쯤 했을 거다. 아니면 최소

무당 정도는 초청하는데 한 번 제를 지내는 경비도 선주에게는 만만치 않다. 그런데 그분의 손님은 전부 서울 사람이었다. 그냥 우린 일만 하면 되지 관심도 없었다. 그런데 선박이 속초에 입항했다는 소리에 선주가 서울에서 내려왔다.

그리고 통일 전망대를 구경시켜주겠단다. 내가 알기론 요즘은 모르지만, 당시에는 통일 전망대를 출입하려면 해당 부대에서 제법 긴 시간 동안 안보 교육을 받고 출입증을 차에 붙이고 들어갔다. 그런데 선주는 속초 지인에게 전화했고, 지인이 왔는데 안보 교육이나 출입증도 없이 통일전망대로 바로 올라갔다. 선장과 나는 좀 이상해서 서로 바라봤다. 당시 선장은 박 선장이라고 나보다 세 살 많은 젊은 선장이었다.

그런데 두 사람이 대화하고 있는데 이준광이 어떻고 하면서 대화했다. 나는 깜짝 놀라서 나도 모르게 대화에 끼어들어 정보사 이준광 소령 말입니까? 하니 두 사람이 차를 길가에 대고 아니 기관장님이 이준광을 어떻게 아느냐고 되물었다. 79년에 군 생활할 때 77년 유운학 중령이 월북하고 78년에 정보사 이준광이 월북하고 81년 동계훈련을 하고 내려올 때 석정현 대위가 월북했다고, 나는 이준광 소령이 북에서 대좌 진급을 하는 걸 보고 제대하였다고 이야기했다.

나는 제대한 지 20년도 더 되었지만, 당시 남쪽으로 귀순한 이영선 북한군은 전국을 돌면서 안보 강의를 했다. 북쪽에서 내려온 이영선 북한군은 여러 말 중에 방송국에서 인터뷰를 마치고 나오다가 방송국 입구에서 〈아직도 그대는 내 사랑〉을 부른 가수 이은하를 실제로 본 이야기를 하면서 이은하란 가수가 엄청난 미인인 줄 알았는데 막상 만나보니 실망했다고 얘기했다.

당시에는 북쪽에서 남쪽으로 오는 탈북자는 거의 없었다. 그때 그 선주분과 운전하시는 분은 정보부 소속으로 한 사람은 정보부를 정년퇴직한 건 아닌 것 같고 아직 젊었기 때문에 중간에 그만두었고 한 사람은 속초지부장이라고 자신을 소개했다. 그러면서 이준광은 우리 남쪽에서 계속 모니터링 중이었는데 얼마 전 숙청되었다고 했다. 오랜만에 그의 소식을 들었다. 공산주의는 절대로 가까이하면 안 되고 옷깃도 스쳐도 안 된다. 그들이 말하는 숙청이 권력에서 추방되었다는 의미인지 총살로 생을 마감했다는 것인지 더 물어보지 않았다.

불법 고래잡이

동해는 전 세계가 알아주는 각종 고래, 특히 참고래(나가수)의 서식지였다. 지금도 장생포나 울릉도 오래된 식당에 가보면 고래 사진이 걸린 것을 간혹 보게 된다. 고래가 얼마나 큰지 아이들이 고래 등에서 미끄럼을 타는 장면도 있다. 울릉도 오래된 마을 뒤쪽에는 우물 형식으로 콘크리트로 된 커다란 도크가 있다. 지금 사는 주민도 이것이 무엇인지 모르는 사람이 많은데 그곳은 고래기름을 짜서 보관하는 장소였다.

예전 러시아나 일본 선박은 동해 고래를 마구잡이로 잡았다. 그때 우리가 배운 기술로 고래잡이를 시작했다. 그리고 장생포에는 고래잡이 어선의 전진기지가 생겼다. 고래는 잡는 것이 문제가 아니고 발견하는 게 문제다. 고래를 발견하는 선원에게는 상금이 있고 일단 발견되면 그 고래는 죽은 고래다.

왜냐하면 고래는 물고기가 아니고 포유류기 때문에 숨을 쉬러 올라오게 되어 있다. 고래잡이 선장은 고래가 숨을 쉬러 올라오는 길목에 미리 가 있을 정도로 경험이 많다. 일단 고래가 올라오면 작살 포를 쏘고 작살이 박히면 작살이 살 속에서 우산처럼 벌어져 절대 빠지지 않는다. 그리고 고래는 물속으로 들어갈 수도 없다. 커다란 부위를 연결하기 때문이다. 작살줄에 연결된 고래는 안간힘을 쓰고 물속으로 들어가려고 하지만 드럼통만 한 부위가 달려 고래는 힘이 빠지는데, 그때 끌어 올린다.

상업 포경 시절 장생포는 휘황찬란한 도시였다. 그러다가 1985년 고래 포획이 금지되었다. 유엔에서는 고래잡이를 불법으로 규정했고 일본만이 구역을 정해 일부 허용했는데 당시 일본의 국력이 그만큼 강했다. 고래잡이는 역사 속으로 사라졌고 장생포에 가면 당시 포경선과 작살과 장비를 볼 수 있다.

그런데 이상한 것은 포경이 금지되었는데도 아직도 고래고기를 먹고 있다. 수십 년이 지났지만, 울산 시내에도 장생포에도 버젓이 고래고기 식당이 있다. 그것은 누군가 고래잡이를 계속하고 있다는 것을 의미한다. 어쩌다 어민들의 그물에 죽은 밍크가 걸리는 일도 있지만, 그것에 비하면 고래고기 식당은 너무 많지 않은가.

포경이 금지되었어도 누군가는 불법으로 고래를 포획한다. 초창기 불법 고래잡이는 세 명이 다녔다고 한다. 참고래나 향유고래 등 체급이 큰 고래는 보이지 않지만, 동해에는 아직도 밍크고래가 많다.

바다에 불을 밝히면 각종 고기가 몰려든다. 오징어만 모여드는 것이 아니고 진기 명기한 고기가 다 몰려든다. 커다란 대왕문어가 떠오르고 귀여운 바다 해달 무리가 올라온다. 온종일 헤엄

치고 장난을 치며 밤이 깊은 줄도 모른다. 어떨 땐 바다가 쫙 갈라질 때가 있다. 불빛을 보고 밍크고래가 선수 쪽으로 갈 때 몸통의 절반이 보일 때가 있는데 큰놈은 정말 크다. 밍크고래는 선원들에게 바다의 로또라고 할 정도로 값이 나가고 불법 포획했다가는 큰일이 난다.

해양경찰서나 수사과에서 잡힌 고래에 상처가 조금만 있어도 조사를 받아야 한다. 밍크고래는 채낚기 선원에게는 해당하지 않지만, 가끔 유자망 어선의 그물에 걸려 자연사하는 경우가 자주 있다. 사람이 죽으면 원인 규명을 위해 부검하듯이 고래 역시 자연사한 것인지 누가 창으로 찔렀는지 수사하고 자연사로 판명되어야 판매를 할 수 있다.

우리 오징어 선박만큼 밍크고래를 자주 목격하는 배는 없을 것이다. 캐치라이트의 불빛에 밍크가 나타난다. 우리에게는 일상이고 늘 밍크고래와는 같이 생활할 정도로 밍크는 불빛을 좋아한다. 포획이 금지되고부터 밍크고래의 숫자는 눈에 띄게 늘어났는데, 불법 고래잡이는 여전히 존재한다. 선박이 10t이면 엔진은 1,000마력이 넘는다. 경비정도 따라잡지 못한다.

선박 뒤쪽에는 그물 한두 틀을 싣고 어민을 가장해 불법 고래잡이를 한다. 기름도 어민들이 사용하는 수협 면세유를 사용한다.

역사 속으로 사라진 줄 알았던 고래잡이는 더 진화해 고래가 발견되면 창을 찔러 놓고 부이를 띄우고 또 다른 고래를 잡으러 간다고 한다. 재수 좋으면 하루에 세 마리도 잡는 날이 있다고 한다. 고래를 잡으면 타 항구의 조그만 항구로 커다란 냉동 트럭이 밤에 실으러 온다.

한 달에 세 명이 수십억씩 돈을 챙긴다고 봐야 한다. 초창기 불법 고래잡이 선원의 수입은 우리나라 비행기 조종사 수입의 열 배가 넘는다는 말이 있을 정도였다. 불법 고래잡이는 Z세대 불법 고래잡이로 이어졌는데 그들은 세 척이 공조 조업을 한다고 한다.

한 척은 찌르고 부이를 띄어 놓으면 한 척은 따라오면서 고래를 건져 해체하고 마지막 한 척이 운반하는 형식이다. 그래도 수입이 한 달에 몇천만 원씩 배당이 돌아간다. 그리고 수억씩 저축해 놓는다. 선장면허를 가진 사람이 구속되면 그 돈을 변호사비로 사용하기 위해서다. 아주 체계적으로 작업하고 면허는 작업하지 않는 타인의 면허를 빌리기도 한다. 잘못되었을 때 가족의 생계도 책임을 져 준다고 한다. 이렇게 체계적으로 작업하는 선박은 한 달에 수십 마리를 잡았다.

울산 고래고기 사건이 터진 적이 있다. 모처 냉동창고에 불법 고래고기가 있다는 제보가 검찰에 들어왔다. 검찰에서 압수수색을 해보니 수십 마리의 밍크고래가 해체된 상태로 자루에 수십 톤이 담겨 있는 것을 발견했다. 수사 중에 어떤 이유에서인지 검사가 고래를 주인에게 모두 돌려주고 사건을 종결했다. 당시에 여야 정치인들이 이를 정쟁화하였다. 지금 이 사건은 국회에 계류된 상태로 수사 정지되어 있는 아주 큰 사건이다. 문제가 되면 조금 조사하다 말고, 또 여론이 안 좋으면 조사하다가 말고 수년째 이런 상황이 반복되고 있다.

참고로 위에 서술된 이야기는 이 사건과는 별개의 사건이다. 그 후 불법 고래잡이 선원들은 전과자가 되었으며, 그 시절을 지금도 그리워하고 있다.

마치는 글

마지막도 처음처럼

일손을 놓은 지 제법 오래되었지만, 도저히 잠들 수 없는 지독한 불면증에 시달렸다. 동네 약국에서 주는 수면제는 먹으나 마나 했고 고민 끝에 정신의학 클리닉을 찾았는데 깜짝 놀랐다. 젊은 청년들이 수십 명 대기하고 있었고, 대부분이 젊은 여성들이었다.

선생님은 내겐 우울증과 그 밖에 몇 가지 정신 병력이 조금씩 있으니 수면제만 먹어선 안 되고 꼭 치료해야 할 병으로 정식으로 치료를 받자고 했고 지금은 1년 정도 되어간다. 치료 효과가 점점 나타나, 지금은 낮에도 두, 세 시간씩 낮잠도 자는 등 확실히 달라진 것을 느낄 수 있다. 내가 가는 정신의학 클리닉은 전부 예약제로 환자들 거의 젊은 여성들이고 갈 때마다 똑같았다. 요즘 젊은이의 정신적인 고통을 알 수 없지만, 가끔 이상하리만치 이해할 수 없는 선택을 하는 젊은이도 수없이 보게 된다.

젊은 친구의 고민을 누군가 해결해 줄 순 없어도 주변에 남겨진 사랑하는 이들을 생각해서라도 위험한 선택을 하지 말고 치료받기를 권한다. 확실히 치료 효과가 있다. 정신의학 클리닉에 가면 젊은 청년이 엄마 손잡고 오기도 하는데, 시작은 엄마와 같이 왔지만, 차츰 씩씩하게 혼자 다니고 확실히 화색이 좋아진다.

젊은 날, 내가 아버지를 마지막 본 날은 군대 첫 휴가 땐가 버스를 타고 당시 부산 당감동 둘째 누나 집에 가는 길이었다. 창밖에 웬 노인이 양손에 사과를 하나씩 들고 길거리에서 드시면서 가고 있었다. 북한 황해도 해주 출신의 아버지는 대대로 그 지방의 유서 깊은 광산 김씨 양반가로 지내다 전쟁으로 피난을 와서 몰락했다. 양반가의 체통이 말이 아니었다. 자식들 모두 전교 1등을 도맡아 했어도 모두 공장 노동자로 전락했으니 자신은 얼마나 비참했을까? 불쌍한 아버지 모습은 그것이 마지막이었다. 제대하고 오니 나는 어느새 고아 신세가 되어 있었다. 형님 한 분은 겨우 자립해 형수와 재미있게 살고 있었다. 내가 있어 그분들 또한 얼마나 불편했을까? 가시방석 같은 그 집을 나는 두 달도 버티지 못했고 어느새 부산항을 떠난 지 꼬박 40년이 되었다. 2남 4녀의 우리 형제들은 이제는 저승 가서도 나는 알아보지 못할 정도로 많은 세월이 지났다.

가난은 대물림한다는데 형제들 또한 삶이 나아졌는지. 꼬박 40년 동안 삶과 죽음의 경계선에서 나는 많은 독서를 하며, 젊은 날 하지 못한 공부의 열망을 대신하기도 했다. 지금은 지방의 한 시골 귀퉁이에서 이름 없는 풀포기처럼 살고 있다. 위험했던 지나온 세월을 나 혼자만 간직하기에 너무도 아까워 이 책을 썼다. 이 세상의 젊은이를 비롯한 동시대를 살아가는 사람에게 나의 이야기를 들려주고 싶었다. 아무도 관심 갖지 않았던 우리의 이야기를 독자에게 전해주고 싶어 용기를 내었다. 바다도 우리 사회의 일부분이다. 그런데 수많은 세월 동안 사회라는 동그라미에서 제외되어왔다. 고등어와 오징어 등 생선을 먹으면서도 어부들이 목숨을 걸고 그 고기를 잡은 것이라는 생각을 한 번쯤은 해보았는가? 이 책을 읽은 독자는 바다의 생활과 고기 잡는 선원에 대해 다시 한번 생각하는 계기가 되기를 기대한다.

처음처럼, 마지막도 처음처럼. 이 세상에 올 때처럼 갈 때도 처음처럼 갈 거라 항상 생각하며 살아간다.

내 이 세상의 마지막은 처음처럼이다!

2023년 5월